DER WERT DES BLUTES

STEPHEN LEATHER

amazon crossing

Das Buch

Als ein fünfzehnjähriges Mädchen kauernd und blutverschmiert über der Leiche eines Mannes gefunden wird, dessen Kehle herausgerissen wurde, kann es Polizei-Psychologe Jamie Beaverbrook kaum glauben, als ihre psychologischen Tests unauffällig sind. Auch wenn Beaverbrook nicht an Vampire glaubt, sieht er sich mit der Möglichkeit konfrontiert, dass die Schatten von Los Angeles eine Welt bergen, die denjenigen Zuflucht bietet, die nie altern und für die Blut mehr wert ist als Gold.

Der Autor

Stephen Leather ist einer der erfolgreichsten britischen Thriller-Autoren. Seine Bestseller wurde in zehn Sprachen übersetzt und seine E-Books standen in Großbritannien monatelang auf der Kindle-Top-100-Liste. Bevor er sich hauptberuflich dem Bücherschreiben widmete, schrieb er zehn Jahre als Journalist für die *Times*, die *Daily Mail* und die *South China Morning Post* in Hongkong. Er arbeitete als Biochemiker für ICI, schaufelte Kalk in einem Steinbruch, war Bäcker, Tankwart, Barkeeper und Angestellter beim Finanzamt. Er schrieb auch für Fernsehshows wie *London's Burning*, *The Knock* und die BBC-TV-Reihe *Murder in Mind*. Zwei seiner Bücher, *The Stretch* und *The Bombmaker*, wurden für das Fernsehen adaptiert. Weitere Informationen finden Sie auf www.stephenleather.com.

STEPHEN LEATHER

DER WERT DES BLUTES

KRIMINALROMAN

Übersetzt von Christiane Bergfeld

amazon crossing

Die Originalausgabe erschien 2011 unter dem Titel »Once Bitten« bei
AmazonEncore, Las Vegas.

Deutsche Erstveröffentlichung bei
AmazonCrossing, Luxembourg, September 2012

Umschlaggestaltung: bürosüd° GmbH, München
Lektorat: Kati Schaefer
Satz: infidia Textservice und Lektorat, Würzburg

Printed in Germany
by Amazon Distribution GmbH, Leipzig

ISBN 978-1-612-18333-6
www.amazon.com/crossing

ENDE

Wie fängt Snoopy doch gleich noch alle seine Bücher an? Es war eine dunkle, stürmische Nacht. Ja, genau. Es war eine dunkle, stürmische Nacht. Gar nicht so übel, dieser Anfang, denn das beschreibt das augenblickliche Wetter da draußen haargenau, den Wind, der heult und pfeift wie ein böses Monster, das mit Gewalt eindringen und mich in Stücke reißen will, den Regen, der an die Fenster klatscht und platscht, ab und zu Blitze, die im Zickzack über die unendliche Schwärze des Mitternachtshimmels zucken.

Eine weitere Möglichkeit wäre auch nicht schlecht, passt ebenso gut: Es war einmal. So lässt man doch die ganzen Märchen anfangen, oder? Diese Floskel signalisiert klar und deutlich, dass man jetzt etwas frei Erfundenes zu lesen bekommt. Da kann die Geschichte noch so schauerlich sein, man geht davon aus, dass sie nicht stimmt, nicht wahr sein kann. Vielleicht beruhigt es Sie, genau zu wissen, dass sie nie passiert ist, dass ich sie mir eingebildet oder ausgedacht habe. Na schön, dann fange ich mal so an. Es war einmal eine dunkle, stürmische Nacht.

Wer ich überhaupt bin? Ich heiße Jamie Beaverbrook und werde nächsten Monat sechsundvierzig. Vielleicht. Der Schreibtisch, an dem ich sitze, ist erheblich älter als ich und in besserem Zustand. Es ist so ein großer, militärisch anmutender Klotz mit Messingbeschlägen und Beinen so dick wie Schiffsmasten. Er steht vor einem großen Fenster mit Aussicht auf den Ozean. Den Pazifik. Der Stuhl ist ein sogenannter Kapitänsstuhl, ein dicker gepolsterter Ledersitz mit gebogener Rückenlehne, die mir bis zu den Nieren reicht. Er hat Räder, also kann ich darauf hin und her rollen. Als ich mich entschloss, diesen Raum als Arbeitszimmer zu nutzen, drehte ich den Schreibtisch vom Fenster weg zur Tür, damit mich die Aussicht nicht von der Arbeit ablenkte. Es ist eine tolle Aussicht, eine Aussicht zum Niederknien, sagte mir die Immobilienmaklerin, und sie hatte recht, aber jetzt, wo beide Uhrzeiger steil nach oben weisen, ist nicht viel zu sehen.

Ein Notebook liegt auf dem Schreibtisch, ein MacBook Pro. Ich bin ja ein großer Apple-Fan, schon immer gewesen. Ganz links steht eine Messinglampe mit Schwanenhals, die einen blassen gelben Schein auf der Tischoberfläche verbreitet. Ab und zu blitzt es weiß hinter mir auf, wirft meinen Schatten auf den Schreibtisch und erhellt das Zimmer mit einem Schein so grell wie das Blitzlicht einer Kamera, und ein paar Sekunden später folgt ein fernes Donnergrollen, das mir den Magen umdreht. Ich wusste mal, wie man die Entfernung eines Gewitters berechnet; das hat etwas mit der Differenz zwischen Licht- und Schallgeschwindigkeit zu tun. Man zählt die Sekunden, die zwischen Blitz und Donner verstreichen und teilt durch irgendwas. Sieben. Oder sechs. Oder so. Es ist lange her, dass ich mich dafür interessiert habe, wie weit weg ein Gewitter ist, aber die Sekunden zähle ich immer noch. Aus Gewohnheit vermutlich. Oder Instinkt.

Eine Whiskeyflasche steht auf dem Schreibtisch, halb voll oder halb leer, das ist Ansichtssache. Laphroaig. Ein Single Malt. Einer der besten. Daneben ein Kristallglas, ebenfalls halb leer. Vor dem Glas steht eine kleine Flasche mit Tabletten, nein, Kapseln, roten und grünen. Die Flasche hat so einen kindersicheren Verschluss; man muss ihn gleichzeitig drücken und drehen. Er ist auch versiegelt. Noch.

In meinen Händen halte ich ein Kuvert. Ein großes Kuvert. Es ist versiegelt. Ich habe es vor knapp zehn Jahren versiegelt und quer über der Lasche steht meine Unterschrift. Wer sagt, Ärzte haben eine Sauklaue? Ja, ich bin Arzt. Genauer gesagt Psychologe. Kriminalpsychologe. Zum Beweis können Sie meine Diplome und das ganze Zeug an der Wand zu meiner Rechten sehen, neben dem Bücherschrank. Beweise enthält auch dieses Kuvert, oder zumindest enthielt es welche vor zehn Jahren, als ich es versiegelte, signierte und im Schließfach einer Bank am Washington Boulevard deponierte. Heute Nachmittag habe ich es zurückgeholt, eine halbe Stunde bevor die Bank ihre Pforten schloss.

Es blitzt und fast unmittelbar danach klirren die Fenster und ein ohrenbetäubender Knall lässt mich zusammenfahren; ich verschütte etwas von dem Whiskey, während ich das Glas zum Mund führe. Meine Hände zittern, teils wegen des Sturms, aber hauptsächlich wegen des Kuvertinhalts. Es wird still, unheimlich still, als das Auge des Sturms über das Haus hinwegzieht, mit einem so gewaltigen Druck, dass es mir in den Ohren knackt; ich schlucke schwer, stelle das leere Glas ab und schenke nach. Dann schlitze ich das Kuvert mit einem Brieföffner auf, der die Form eines spanischen Miniaturschwerts hat. Es ist schwül, zu schwül zum Atmen, und mein Schädel fühlt sich an wie eine überreife Wassermelone kurz vor dem Platzen. Ich werfe einen Blick auf die Uhr an der Wand, und es sieht so aus, als sei sie stehen geblieben, als wäre ich für immer in diesem einen Augenblick eingeschlossen wie ein Insekt in Bernstein, und dann blitzt es, während sich Millionen Volt aus den Wolken entladen. Der Zauber ist gebrochen und der Sekundenzeiger tickt wieder.

Ich lasse den Inhalt des Kuverts auf den Schreibtisch gleiten, einen Stoß Fotokopien, die wie Spielkarten ausgebreitet liegen, und eine Schwarz-Weiß-Fotografie, sechs mal vier Zoll, von einem Mädchen. Des Mädchens. Das Bild ist eine Nahaufnahme ihres Gesichts, umrahmt von schulterlangem schwarzen Haar, in der Mitte gescheitelt, ein junges, herzförmiges Gesicht ohne Furchen oder Falten, ein lächelnder Mund, leicht geschwungene Augenbrauen, die ihr einen amüsierten Blick verleihen, als hätte man soeben mit ihr anzubandeln versucht – mit einem Spruch, den sie schon tausendmal gehört hat. Auf der rechten Seite liegt das Haar hinter dem Ohr, anscheinend hat sie es unmittelbar vor der Aufnahme dahintergesteckt. Weil es ein Schwarz-Weiß- und kein Farbfoto ist, erkennt man die Farbe ihrer Augen nicht, nur, dass sie dunkel sind. Tiefschwarz. Nicht dunkelbraun, nicht grau, sondern vollkommen schwarz, so schwarz wie ihr Haar. Schwarz wie die Nacht. Vorwurfsvoll starren mich diese Augen vom Foto an, und als ich es neben die Papiere lege, sehen sie mich immer noch an. Immer noch vorwurfsvoll.

Der Name in den Protokollen, ihr Name, lautet Terry Ferriman, aber im Lauf der Ermittlungen fügten wir noch Lisa Sinopoli hinzu. Und noch ein paar weitere Pseudonyme. Warum es nur Fotokopien der Protokolle sind und keine Originale? Weil sie die Originale verschwinden ließen, darum, zusammen mit den digitalen Aufzeichnungen, die ich von unseren Sitzungen gemacht habe. Ich ahnte ja, dass sie das tun würden, darum hatte ich alles je zweifach kopiert und einen Satz der Unterlagen im Schließfach deponiert, das ich unter falschem Namen gemietet hatte. Heute war ich zum ersten und letzten Mal seit damals wieder auf der Bank, denn ich war mir nie sicher, ob ich beschattet wurde oder nicht. Einen zweiten Satz Kopien hatte ich meinem Anwalt, Chuck Harrison, in einem versiegelten Umschlag anvertraut, doch binnen achtundvierzig Stunden nach der Übergabe waren sie verschwunden, und er bestritt, sie je gesehen zu haben. Der gute alte Chuck. Was ihm wohl zugestoßen ist? Seine Leiche hat man nie gefunden.

Meine Nackenhaare sträuben sich, ich zittere. Mir ist so, als ob mich jemand beobachtet, und ich wirbele herum, während es blitzt. Da ist ein Gesicht am Fenster, ein eingefallenes, gramzerfurchtes Gesicht mit tief liegenden Augen, wilder Mähne und offenem Mund. Mein Herz tut einen Sprung und ich hebe abwehrend die Hände, aber die Gestalt im Fenster macht dasselbe, und ich merke, dass es mein Spiegelbild ist. So weit ist es schon mit mir gekommen; ich erschrecke vor Schatten. Meine Hände zittern wieder, schlimmer als vorher, und die Papiere rascheln wie welkes Laub im Wind. Ich lasse sie fallen und lege meine Hände unter den Lichtkegel der Lampe. Ich weiß nicht mehr genau, wann meine Hände runzelig geworden sind, es war ein allmählicher Prozess, aber ganz offensichtlich sind das nicht mehr die Hände eines jungen Mannes; die bläulichen Venen zeichnen sich deutlich unter der rauen, sonnengebräunten Haut ab, und die Linien über den Knöcheln sind tiefe Furchen, die nicht verschwinden, wenn ich die Fäuste balle. Da sind dunkelbraune Leberflecke und vereinzelte Muttermale, und ich bin sicher, dass ich die noch nicht hatte, als ich jünger war. Wuchernde Hautzellen. Die Anzeichen des Alters. Lieber Gott, ich will nicht alt werden und ich will nicht sterben. Ich will so bleiben, wie ich bin. Nein, das stimmt gar nicht – ich will genauso sein, wie ich mit ungefähr dreißig war. In meiner Jugend Maienblüte. Bevor sie in mein Leben trat. Ihre kohlschwarzen Augen starren mich vom Foto an und jetzt scheint ihr Bild zu lächeln.

Na ja, ich weiß nicht, wie viel Zeit mir noch bleibt, also fange ich besser mal an. Auf welchen Anfang hatten wir uns doch gleich geeinigt? Ach ja, ich weiß. Es war einmal …

ANFANG

… eine dunkle, stürmische Nacht. Ich schlief nicht, als das Telefon klingelte, weil der Sturm an den Fenstern rüttelte und irgendwo draußen ein Tor auf- und zuschlug. Ich tastete nach dem Telefon. Die Leuchtschrift auf dem Radiowecker neben dem Bett zeigte 3:15, und die Stimme in meinem Ohr meldete sich als Lieutenant Samuel De'Ath, der fragte, wieso zum Teufel ich in einer Vollmondnacht zu schlafen versuchte.

»Ich wusste nicht, dass wir heute Vollmond haben«, brummte ich. »Kommt mir nicht so vor wie achtundzwanzig Tage seit dem letzten.« Das war gelogen. Ich wusste immer, wann Vollmond war – dann hatte ich stets alle Hände voll zu tun.

»Haben wir aber, und draußen wimmelt es von Irren, mein Lieber! Die Werwölfe heulen, die Vampire beißen und die Ghule ghulen. Und jetzt ergeht der Ruf an Jamie Beaverbrook, den Vampirjäger.«

De'Ath lachte wie ein Wahnsinniger. Black De'Ath nannte ich ihn, den Schwarzen To'd, teils wegen seiner Hautfarbe, aber auch wegen seines schwarzen Humors. Es machte ihm nichts aus – er konnte genauso viel einstecken, wie er austeilte.

Ich setzte mich im Bett auf und schüttelte den Kopf, um klarer zu werden. »Was geht?«

»Nackenbeißer, in der Nähe vom Sunset Boulevard. De'Ath war – passend zum Namen – ein Detective der Mordkommission, also musste das Opfer tot sein. »Der Fall ist ganz eindeutig, mein Lieber. Von dir brauchen wir nur noch den Stempel, dass der Täter alle Tassen im Schrank hat, damit wir mit dem Papierkram weitermachen können.«

»Kann das nicht bis morgen warten?«, fragte ich.

»Wir wollen das Eisen schmieden, solange es heiß ist, frisch gewagt ist halb ...«

»Schon gut, ich komm ja schon, aber verschon mich bloß mit deinen dummen Sprüchen.«

De'Ath lachte schallend und legte auf. Ich zog mich an, ohne nachzudenken, Jeans und mein Micky-Maus-Sweatshirt, aber dann überlegte ich es mir anders und schlüpfte in einen dunkelblauen Anzug, ein weißes Hemd mit roter Krawatte und nahm meine Aktentasche. Standesgemäße Kostümierung.

Ich ging durch die Küchentür hinaus, um nicht nass zu werden, schob die Garagentür hoch und sah zum ersten Mal den Mond, der wie ein einsames weißes Auge über den Hügeln Hollywoods hing und trotzig auf Kalifornien herabglotzte, als wolle er es dazu herausfordern, sein schlimmstes Geschütz aufzufahren.

Es war kalt. Eines meiner Vorurteile, mit denen ich in die Vereinigten Staaten gekommen war, lautete, dass es in Los Angeles immer heiß war und die Sonne immer auf die Reichen und die Schönen schien. Falsch – Los Angeles hat ein Wüstenklima und die Temperaturen fallen nachts in den Keller. Touristen sind oft überrascht, wie kalt die Stadt ist. Buchstäblich und im übertragenen Sinn.

Der Motor sprang beim dritten Versuch an, was nicht anders zu erwarten war. Es war ein Paradepferd britischer Autobaukunst, ein Sunbeam Alpine Mark IV, Baujahr neunzehnhundertsechsundsechzig, ca. 1,75 Liter, knallrot mit schwarzem Stoffverdeck, das Lenkrad auf der linken Seite, denn ich hatte ihn in den Staaten gekauft. Bei starkem Regen war er nicht ganz dicht und Ersatzteile waren auch schwer zu bekommen, aber er erinnerte mich an England und das Fahren machte mir viel mehr Spaß als mit amerikanischen Modellen.

Mir gefiel auch, dass er alt war; es lag etwas Tröstliches darin, das hölzerne Armaturenbrett zu spüren, das Lenkrad und den Geruch der Lederpolsterung. Er hatte so etwas Beständiges; er war schon fast ein halbes Jahrhundert alt und doch war er so gut wie neu, innen und außen.

Es gab nicht viel Verkehr um diese Nachtzeit, also war ich in einer halben Stunde im Präsidium. Ich stellte den Wagen auf dem Parkplatz des Captains ab, denn ich war mir verdammt sicher, dass der gemütlich im warmen Bettchen schlummerte.

Während der Fahrt hatte der Regen den halbherzigen Versuch aufgegeben, die Straßen aufzuweichen, obwohl die Blitze immer noch irgendwo jenseits der Hügel Hollywoods aufzuckten.

Unter dem finsteren einäugigen Blick des Mondes kletterte ich aus dem Wagen. Abschließen unnötig – nicht weil er neben einer Polizeiwache parkte, sondern weil das Stoffverdeck keinen Dieb abschrecken würde. Ein schneller Schlitz mit dem Messer und schon wären sie drin. Besser, ihn unverschlossen zu lassen, damit sie ihn öffnen und sehen konnten, dass nichts Lohnendes darin war.

Im Hauptempfangsbereich unterhielt sich De'Ath mit zwei Polizeibeamten in Uniform. Wie üblich war es ein kaum kontrolliertes Tollhaus, gerammelt voll von schwitzenden Polizisten, krakeelenden Säufern, zickigen Nutten und genervten Jugendlichen, die in zig Sprachen wild durcheinanderschrien, fluchten und stritten. »Zimmer F«, brüllte er mir über den Lärm hinweg zu: »Name: Terry Ferriman!«

»Ein Verhaftungsprotokoll wäre wohl zu viel verlangt?«, schrie ich zurück.

Er grinste. »Was erwartest du denn zu dieser nachtschlafenden Zeit?«

»Kaffee?«

Er grinste noch breiter. »Sollst du haben. Schwarz, ohne Zucker?«

»So weit kommt's noch«, protestierte ich. »Mit Milch. Zwei Stück Zucker. Anwalt?«

De'Ath schüttelte den Kopf. »Hat keinen verlangt. Ein Pflichtverteidiger steht bereit, falls gewünscht.« Er drehte mir den Rücken zu und setzte sein Gespräch fort.

Ich holte mir eine Besucherplakette vom Hauptschalter und steckte sie an meine Brusttasche, während ich mich zwischen einer hochgewachsenen Blondine in lila Hotpants und Neckholder-Top und dem goldbehängten Schwarzen im silbernen Glitzeranzug, den sie anschrie, hindurchzwängte und mich durch die Doppeltür in den Korridor drängte, von dem die Vernehmungszimmer abgingen. Es gab eine Reihe identischer grüner Türen, jede mit einem kleinen Beobachtungsfenster in

Kopfhöhe, einer rechteckigen, drahtverstärkten Glasscheibe. An jeder Tür stand ein Buchstabe und F befand sich ungefähr in der Mitte des Flurs.

Ich klopfte einmal und eine uniformierte Polizistin, brünett und mit blauen Augen, öffnete mir. Komisch, dachte ich, dass sie eine Frau zu seiner Bewachung abstellen; dann trat ich ein und sah das Mädchen am Tisch sitzen. Verdutzt drehte ich mich um. War ich etwa im falschen Zimmer gelandet? Die Polizeibeamtin bemerkte meine Verwirrung und ich fragte: »Terry Ferriman?«

Obwohl ich dabei nicht die junge Frau am Tisch ansah, war sie es, die mir bestätigte, sie sei Terry. De'Ath, dieses Schlitzohr, hatte mir offensichtlich mit Absicht verschwiegen, dass es sich um eine Täter*in* handelte. Eine Frau wohl eher nicht – sie war kaum den Kinderschuhen entwachsen. Ich nickte der Polizistin zu, und sie schloss die Tür von innen und bezog davor Posten, die Arme vor der Brust verschränkt. Ich setzte mich auf einen Plastikstuhl und hievte die Aktentasche auf den Tisch. »Dr. Beaverbrook«, stellte ich mich vor. »Ich bin Psychologe.«

»Angenehm«, sagte sie. »Ich würde Ihnen ja die Hand geben, aber …« Sie zuckte mit den Achseln, und ich bemerkte jetzt erst, dass sie Handschellen trug. Ich holte ein kleines digitales Aufzeichnungsgerät und ein Notizbuch aus meiner Aktentasche.

»Ich zeichne unser Gespräch auf – es ist leichter, als Notizen zu machen«, erklärte ich, als ich den Aufnahmeknopf drückte.

»Sicher«, sagte sie. Sie trug einen grauen Kittel und Hosen, die ihr wohl die Polizei gegeben hatte; das hieß, ihre Kleider hatte man in die Forensik geschickt.

»Sie heißen Terry Ferriman?«, fragte ich und sie nickte. Lächelnd tippte ich mit meinem Stift an das Aufzeichnungsgerät. »Sie müssen es aussprechen; Ihr Nicken nimmt der Apparat nicht auf.«

»Ach ja, schon klar«, sagte sie. »Einen wirklich niedlichen Akzent haben Sie ja. Sie sind wohl Engländer?«

Ich nickte. »Wie alt sind Sie?«, fragte ich.

Sie grinste schelmisch. »Wie alt sehe ich denn aus?«, fragte sie, reckte das Kinn und schüttelte den Kopf, sodass ihr langes schwarzes Haar hin- und herschwang, während ihre kohlschwarzen Augen mich musterten. Nach ihrem Gesicht hätte ich sie auf fünfzehn geschätzt: glatte helle Haut und blendend weiße Zähne. Der Lippenstift zog sich über die rechte Wange, als hätte sie ihn mit dem Handrücken grob verschmiert. Von Ihrem Körper her hätte ich ihr achtzehn, neunzehn gegeben. Offensichtlich hatten sie auch ihre Unterwäsche in die Forensik geschickt, denn als sie den Kopf schüttelte, sah ich, wie ihr Busen unter dem Kittel wogte. Sie ertappte mich dabei, wie ich dort hinstarrte, und lächelte. »Wie alt sehe ich denn aus?«, fragte sie wieder.

Ich spürte, wie ich rot wurde, und bevor ich antworten konnte, klopfte es an der Tür. Die Polizistin ließ De'Ath herein, der in jeder Hand einen Kaffeebecher und unter dem Arm einen Aktenordner hielt. Mit zusammengebissenen Zähnen knallte er beide Styroporbecher auf den Tisch, sodass sie überschwappten. »Au! Die sind aber heiß«, schimpfte er. Er fuchtelte in der Luft herum und fluchte. Dann zeigte er auf einen der Becher. »Das ist deiner, mit Milch und Zucker, so weiß und süß wie du«, sagte er.

»Wohingegen du natürlich ein cooles Schwarz bevorzugst«, erwiderte ich und er lachte.

»Ihr Engländer seid nicht auf den Mund gefallen«, sagte er. »Da wünsche ich mir fast, wir wären nie unabhängig geworden.«

»Lustig, lustig, tralalala«, sagte ich. »Können wir bitte weitermachen?«

»Klar«, sagte De'Ath. Er sah zu dem Mädchen hinüber. »Professor Van Helsing hat sich Ihnen schon vorgestellt?«, fragte er sie. »Dieser Mann hier wird uns verraten, ob Sie normal sind oder nicht; sagen Sie ihm also die Wahrheit, okay?«

Sie nickte mit großen Augen.

»Ist sie schon angeklagt?«, fragte ich.

»Kommt noch«, sagte er. »Der Papierkram dauert. Heute Nacht ist da draußen der Teufel los. Wenn du mit ihr fertig bist, wartet in Zimmer B ein Mann, der sich einbildet, Satan habe ihm befohlen, einen Schnapsladen zu überfallen und der Frau des Inhabers ins Gesicht zu schießen.« Er lehnte sich an die Wand und trank ein Schlückchen Kaffee.

»Schön, ich komme dann, wenn ich hier durch bin.« Ich drückte den Pausenknopf des digitalen Aufzeichnungsgeräts und saß da und sah De'Ath an, denn auf keinen Fall würde ich mit der Befragung des Mädchens anfangen, während er noch im Zimmer war. Endlich begriff er und ließ uns allein. Soll heißen: allein mit der Polizistin.

»Er hat Sie Van Helsing genannt«, sagte Terry.

»Er findet das witzig.«

Sie runzelte die Stirn.

»Professor Van Helsing. Der Vampirjäger. Der hinter Dracula her war. In dem Buch. Von Bram Stoker.«

»Ach so, ja«, sagte sie, und ihre gefesselten Hände flogen an ihren Mund und berührten den verschmierten Lippenstift. Allerdings fiel mir auf, dass es kein Lippenstift war – sondern getrocknetes Blut. Ich startete erneut das Aufzeichnungsgerät.

»Terry, ich stelle Ihnen jetzt ein paar Fragen, okay? Entspannen Sie sich, es sind keine Fangfragen – ich stelle Ihnen keine Fallen oder so was. Vertrauen Sie mir, ja?«

»Sicher. Schießen Sie los. Treffen Sie mal ins Schwarze.«

»Welcher Tag ist heute, Terry?«

»Freitag.«

»Welcher Monat?«

»August.«

»In welchem Jahr sind Sie geboren?«

Sie lächelte. »Was soll das sein, *Glücksrad*?«, fragte sie.

»Helfen Sie mir einfach, Terry. Beantworten Sie die Fragen, dann kann ich nach Hause und ins Bett. Wann sind Sie geboren?«

»Vor fünfundzwanzig Jahren«, sagte sie. »Oder so um den Dreh.« Sie war viel älter, als sie aussah.

»Wer ist Präsident der Vereinigten Staaten?«

»Keine Ahnung, ist mir schnurz. Ich gehe nie wählen – das macht die bloß übermütig.« Sie kicherte und hielt die Hände wieder an den Mund. Auch an den Händen hatte sie getrocknetes Blut.

»Wie heißt die Hauptstadt der Vereinigten Staaten?«

Sie grinste. »Los Angeles«, sagte sie. Sie beobachtete mich, wie ich ihre Antwort ins Notizbuch kritzelte, und fuchtelte abwehrend mit der Hand. »Das sollte ein Witz sein, Jamie. Okay? Das war ein Scherz. Washington ist die richtige Hauptstadt. Washington, D.C.«

Ich lehnte mich auf dem Stuhl zurück und musterte sie streng. Versuchte es zumindest. Sie sollte mich nicht einfach mit meinem Vornamen anreden. Das zeugte doch von Respektlosigkeit. »Das hier ist eine ernste Angelegenheit, Terry«, sagte ich.

»Ja, klar«, seufzte sie. »Sicher doch.« Sie beugte sich vor und sah mich intensiv mit ihren kohlschwarzen Augen an. »Der Schwarze, der ist ernst, Jamie. Der versucht wirklich mir eins reinzuwürgen, aber Sie? Sie, Jamie, sind ein Schmusekater.« Sie lächelte und zwinkerte mir zu. »Schießen Sie los.«

»Können Sie drei Städte nennen, die mit dem Buchstaben D anfangen?«

»Detroit, Dallas, Durham.«

»Durham?«

»Ja, Durham. Das ist in England.«

»Ich weiß, aber komisch, dass Ihnen ausgerechnet diese Stadt einfällt.«

Sie zuckte mit den Achseln.

»Waren Sie schon mal da?«, fragte ich.

»Na klar«, seufzte sie, und ich war nicht sicher, ob sie scherzte oder nicht.

»Was essen Sie am liebsten?«

»Ist das jetzt so ein Anmachspruch?«, fragte sie kokett.

»Nein«, sagte ich.

»Lasagne. Was sollen denn diese Fragen?«

»Sie helfen mir bei der Beurteilung Ihres Geisteszustands. Welchen Film haben Sie zuletzt gesehen?«

Sie starrte an die Decke und grübelte. Sie hatte getrocknetes Blut an der Unterseite des Kinns, einen dünnen Streifen, als wäre sie mit einem Finger darübergefahren. Sie senkte den

Blick und merkte, dass ich auf ihren Hals starrte. »Im Fernsehen oder im Kino?«, fragte sie.

»Egal.«

»*Casablanca*.«

»Was ist Ihre Lieblingsfarbe?«

Sie sah an sich hinab. »Grau jedenfalls nicht, da können Sie Gift drauf nehmen«, sagte sie. »Schwarz vielleicht. Ja, ich mag Schwarz.«

»Was von beiden ist schwerer – ein Pfund Kohle oder ein Pfund Federn?«

»Mensch, Jamie, das hatten wir in der Schule. Die wiegen gleich viel.«

»Was hätten Sie lieber, einen Hund oder eine Katze?«

»Weder noch.«

»Sie mögen keine Tiere?«

Sie zuckte mit den Achseln. »Sie sind mir gleichgültig.«

»Wissen Sie, warum Sie hier sind?«

»Ja.«

Ich wartete, aber es kam nichts mehr; sie lehnte sich nur zurück und sah mich an.

»Warum sind Sie denn Ihrer Meinung nach hier?«

»Die glauben halt, dass ich jemanden umgebracht habe.«

»Und stimmt das?«

»Sind Sie Psychologe oder Polizist?«

»Eine gute Frage«, räumte ich ein. »Was empfinden Sie?«

»Sie meinen, weil ich hier bin?«

Ich nickte.

»Keine Ahnung – Angst? Bin durcheinander. Und halt irgendwie sauer. Ja, ganz bestimmt sauer.«

»Warum wollten Sie keinen Anwalt?«

»Ich habe nichts Unrechtes getan.«

Ich stellte ihr Fragen zum Allgemeinwissen und Zeitgeschehen, dann schaltete ich das Aufnahmegerät aus und steckte meinen Stift in die Brusttasche meines Jacketts. »Okay, Terry. Das wars. Ich sagte ja bereits, es wird kurz und schmerzlos.«

»Ist das alles?«

»Damit ist der erste Teil abgeschlossen.« Ich hob meine Aktentasche auf, öffnete sie, zog das MacBook heraus und schaltete es ein. Mein Passwort wurde abgefragt und ich gab es ein.

»Okay«, sagte ich. Ich rückte meinen Stuhl neben ihren und drehte den Computer so herum, dass wir beide den Bildschirm sehen konnten. Dann sah ich die Beamtin an und fragte, ob sie Terry die Handschellen abnehmen würde.

»Da muss ich nachfragen«, sagte sie und ging hinaus, vermutlich um De'Ath zu suchen und sich seinen Segen zu holen.

»Sie sollten wirklich einen Anwalt verlangen«, sagte ich.

Sie zuckte mit den Achseln. »Ich habe doch gar nichts gemacht«, sagte sie. »Ich meine, das ist doch das Problem der Polizei, nicht meins. Deren Fehler. Ich bin im Nu wieder auf der Straße. Ich sehe das recht locker.«

»Ich kann einen guten Anwalt empfehlen. Falls Sie es sich anders überlegen.«

Sie lächelte und nickte. »Nein danke, Jamie.«

Die Polizistin kehrte mit zwei uniformierten Beamten zurück, was ich stark übertrieben fand, denn das Mädchen war überhaupt nicht aggressiv und mit Sicherheit nicht auf Angel Dust oder sonst irgendwas, das ihr die Kraft von zehn Männern oder auch nur einem verleihen würde. Einer der Männer stand an der Tür, die Hand an der Waffe in seinem Holster. Die Beamtin schloss Terrys Handschellen auf, während ihr Begleiter hinter uns trat.

Terry massierte sich die Handgelenke.

»Besser?«, fragte ich.

»Ja, danke. Was soll ich denn jetzt machen?«

»Okay, jetzt kommt noch ein weiterer Test, genau wie die Fragen von eben, nur dass sie dieses Mal auf diesem Bildschirm sind. Sie müssen nur zwischen verschiedenen Möglichkeiten auswählen.«

»Multiple-Choice-Fragen?«

»Ja, genau wie in der Schule. Auf jede Frage können Sie mit Ja oder Nein antworten. Das machen Sie mit der Maus.« Ich zeigte ihr, wie sie die Maus verwenden musste, und sie nickte. Ich drückte den Startknopf und ein einziger Satz erschien auf dem Monitor.

»Kaltes Wetter mag ich lieber als warmes«, stand da. »Das ist ein Beispiel«, erklärte ich. »Wenn Sie dem zustimmen, klicken Sie ›Ja‹ an, sonst eben ›Nein‹. So einfach ist das. Der Computer stellt Ihnen fünfhundert Fragen. Manche sind sehr direkt, wie diese hier, andere kommen Ihnen vielleicht etwas komisch vor. Aber Sie müssen mit Ja oder Nein antworten. Sie können keine überspringen oder ›beides‹ oder ›weder noch‹ antworten. Wählen Sie also die Antwort, die Ihrem Gefühl am ehesten entspricht.«

Sie nickte und starrte auf den Monitor.

»Es gibt keine zeitliche Begrenzung, aber versuchen Sie die Fragen möglichst zügig zu beantworten. Konzentrieren Sie sich. Keine Tagträumereien. Alles klar?«

Sie sah mich unverwandt an und grinste. »Klar, Jamie, das ist ja keine große intellektuelle Herausforderung. Wie soll ich denn, äh, anfangen?«

»Das mache ich schon«, sagte ich. »Sind Sie bereit?«

Sie nickte, und ich startete das Programm und rückte meinen Stuhl weg, um sie ans Notebook zu lassen. Ich lehnte mich zurück und sah ihr zu, wie sie die Fragen beantwortete. Sie beugte sich leicht nach vorn, das pechschwarze Haar fiel ihr ins Gesicht. Mit der Maus kam sie gut zurecht, sie hielt den Blick auf den Bildschirm geheftet. Die Mausklicks erfolgten in regelmäßigen Abständen, höchstens drei Sekunden auseinander. Fünfhundert Fragen, jeweils drei Sekunden, tausendfünfhundert Sekunden insgesamt. Fünfundzwanzig Minuten.

Als sie fertig war, sah sie zu mir auf und hielt die Hände hoch wie ein Kind, das zeigt, dass sie sauber sind. »Fertig«, sagte sie in einer Art Singsang. »Haben Sie sich die ganzen Fragen ausgedacht?«

»Die meisten«, antwortete ich.

Sie schüttelte den Kopf und seufzte. »Sie sind schon ein komischer Kauz«, sagte sie. »Irre, irre komisch.«

»Was fanden Sie denn komisch?«, fragte ich, als ich das Notebook wieder an mich zog.

»Na ja … die Fragen über den Tod. Und über das Töten. Und die Tatsache, dass jede Frage zweimal gestellt wurde, nur halt andersrum. Wieso eigentlich?«

»Um zu überprüfen, ob Ihre Antworten übereinstimmen.« Das sagte ich zwar, aber es war nicht der einzige Grund. Die Zeit, die zwischen dem Erscheinen der Frage auf dem Monitor und dem Mausklick verstrich, war auch wichtig. Sie gibt Aufschluss darüber, wie überlegt die Antwort ist oder wie viel Verwirrung sie ausgelöst hat. Und die Zeit, die zur Beantwortung der gleichen Frage in umgekehrter Reihenfolge benötigt wird, ist noch wichtiger. Das übernimmt das Computerprogramm, es vergleicht die Antworten und Pausen dazwischen mit Profilen von über tausend Fallgeschichten. Und dann bekomme ich die Informationen, die ich brauche, um die Zurechnungsfähigkeit zu beurteilen.

»Um sicherzugehen, dass ich nicht lüge?«, fragte sie.

»So was in der Art«, sagte ich. »Aber wenn Sie nichts Unrechtes getan haben, Terry, dann haben Sie nichts zu befürchten.«

»Sind Sie fertig, Sir?«, fragte mich die Polizeibeamtin, und als ich bejahte, zog sie die Arme des Mädchens auf den Rücken und legte sie wieder in Handschellen.

»Muss sie die ganze Zeit Handschellen tragen?«, fragte ich.

»Das ist Vorschrift«, erwiderte die Polizistin.

Ich speicherte Terrys Antworten in einer neuen Falldatei und ließ sie durch ein Sortierprogramm laufen. Eine Minute lang leuchtete »IN ARBEIT« auf, dann das Wort »ENDE«. Es dauerte nur wenige Minuten, aber das Programm stand für mehr als zehn Jahre meines Lebens. Begonnen hatte ich mit der Forschung als Teil meines Postdoktoranden-Projekts, in dem ich eine computerisierte Version des Rorschach-Tests entwickeln wollte. Das verlief aber im Sand, und darum wechselte ich zu den leichter zu digitalisierenden Frage-und-Antwort-Bewertungssystemen, wie zum Beispiel *Cattells Fragebogen zu den sechzehn Persönlichkeitsfaktoren* und dem *GMA-Test*. In der Vergangenheit erforderte die Interpretation dieser Tests verdammt viel Erfahrung und die Ergebnisse hingen ebenso sehr vom Prüfer wie von der Testperson ab. Und genau da konnte das Beaverbrook-Programm punkten: Indem es dem Computer die Einstufung der Ergebnisse überließ, eliminierte es die persönlichen Schwächen des Auswerters. Ich habe ein paar Abhandlungen über die Möglichkeiten der Computerisierung verfasst und sie stießen auf reges Interesse. Es gelang mir, Gelder von ein paar gemeinnützigen Organisationen für psychisch Kranke locker zu machen, und ich stieg in die zweite Forschungsphase ein. Nach dem üblichen Verfahren wiederholte man die Tests oder Variationen davon bei verschiedenen Anlässen, verglich dann die Resultate und ließ sie durch eine Standardfehler-Messgleichung laufen. Ich dagegen versuchte mit einem einmaligen Bewertungssystem aufzuwarten, das wie ein *Lackmustest* wirkte, ein Soforturteil: zurechnungsfähig oder nicht. Schließlich entwickelte ich eine Variation der *Spearman-Brown-Formel*, die Ergebnisse des einen Tests nahm, effektiv durch zwei teilte und so behandelte, als würden sie aus zwei parallelen Versuchen stammen. Sie eroberte die Welt der Psychometrie im Sturm, das kann ich Ihnen versichern, und sie hat mich viele Freundschaften gekostet. Niemand lässt sich gern sagen, dass ein Computer seine Arbeit schneller und effizienter erledigt, besonders kein Psychologe mit zwanzigjähriger klinischer Erfahrung.

Ich ließ mir die Ergebnisse grafisch darstellen. Der Bildschirm leerte sich, und aus der linken unteren Ecke sprossen waagerechte und senkrechte Linien, gefolgt von diagonalen Wellen. Das waren die Parameter, innerhalb derer man anhand früherer Fälle normale Persönlichkeiten vermuten konnte. Ein kleiner blinkender Stern markierte Terrys Profil. Genau in der Mitte. Dieses Mädchen war stabiler als ich.

»Bin ich denn, äh, in Ordnung?«, fragte sie.

Ich lächelte. »Sie sind okay, Terry.«

Sie grinste. »Können Sie mir jetzt einen Gefallen tun?«

»Das kommt darauf an.«

Sie deutete mit dem Kopf seitlich auf ihre Arme, die hinter dem Stuhl gefesselt waren. »Können Sie denen sagen, sie sollen mir die Handschellen abnehmen? Die tun ganz schön weh. Und meine Nase juckt.«

»Ich will's versuchen«, sagte ich, stand auf und nahm die Aktentasche. »Ich frage De'Ath.«

»Gehen Sie noch nicht«, sagte sie. »Bitte kratzen Sie mir erst die Nase.«

»Meinen Sie das ernst?«

»Todernst, Jamie. Sie juckt wie verrückt.«

Sie lächelte. Dann sah sie mich so ernsthaft an wie ein Hund, der um einen Knochen bettelt. Seufzend beugte ich mich vor und kratzte behutsam ihre Nasenspitze. Sie stöhnte leise mit geschlossenen Augen.

Die Tür flog auf und ich zuckte zusammen. »Fertig?«, fragte De'Ath.

Ich spürte, wie mir das Blut in die Wangen schoss, denn ich war sicher, dass er mitbekommen hatte, wie ich sie berührt hatte, und ich in seinem Gesicht ein herablassendes Grinsen sah.

»Ja, ich bin fertig«, sagte ich. Ich nickte Terry zu und ging zur Tür, die mir De'Ath aufhielt.

»Jamie?« Ich drehte mich zu ihr um. »Danke«, sagte sie und zwinkerte mir zu.

De'Ath folgte mir auf den Flur hinaus. »Na?«, fragte er.

»Sie macht einen guten Eindruck«, sagte ich. »Du hättest allerdings auch erwähnen können, dass es sich um ein Mädchen handelt.«

Er lachte. »Das muss ich wohl vergessen haben«, sagte er. »Tut mir leid.«

»Was hat sie denn getan, Samuel?«

»Hat einen Mann erstochen. Ins Herz. Und dann seine Kehle aufgeschlitzt. Wir fanden sie über ihn gebeugt, wie sie sein Blut aufleckte. Die Mordwaffe haben wir noch nicht gefunden, aber das dauert nicht mehr lange. Und wir wollen nicht, dass sie uns eine Vampirgeschichte auftischt. Also, ist sie zurechnungsfähig oder nicht?«

»So zurechnungsfähig wie du und ich«, sagte ich. »Oder zumindest wie ich. In Bezug auf dich bin ich mir nicht so sicher.«

»Mehr brauche ich nicht zu wissen, Doc.«

»Und … Samuel?«

»Was denn?«

»Erzähl den Leuten nicht, dass ich Van Helsing heiße. Das ist nicht komisch.«

»Weißt du, was dein Problem ist, Beaverbrook? Du hast keinen Humor.«

»Aus deinem Mund, du Arsch, ist das ein Kompliment. Wer ist denn nun der andere Kerl, den ich mir ansehen soll?«

De'Ath zog die Akte unter dem Arm hervor und schlug sie auf.

»Kipp heißt er, Henry Kipp. Sechsmal vorbestraft, fünfmal wegen Raubüberfalls. Er ist …«

»Stopp, De'Ath«, unterbrach ich ihn, »du weißt genau, dass du mir solche Informationen nicht geben sollst. Ich darf mein Gutachten nur auf der Grundlage von …«

»Okay, okay, ganz ruhig, Mann. Vergiss, was ich gesagt habe.«

»Du kommst mir doch immer mit so blöden Tricks, also erzähl mir bloß nicht, ich soll das vergessen«, sagte ich. »Diese Leute verdienen eine faire Anhörung, darum muss ich völlig vorurteilsfrei sein.«

Unsere Meinungsverschiedenheit endete abrupt, als die Schwingtüren aufflogen und eine barsche Stimme durch den Flur dröhnte.

»Na, wenn das nicht Batman und Robin sind.«

Ich drehte mich um und erblickte einen weißhaarigen Mann mit breiter Brust in einem dunkelblauen Anzug, der mit geröteten Wangen herbeieilte. Captain Eric Canonico. Nicht gerade einer meiner größten Fans. Er zeigte auf mich und brüllte mit leicht zurückgelegtem Kopf, seine dröhnende Stimme hallte durch den Korridor. »Und wer zum Teufel hat Ihnen erlaubt, auf meinem Platz zu parken, Beaverbrook? Wer zum Teufel hat Ihnen gesagt, Sie sollen da Ihr Batmobil abstellen?«

»Ich habe nicht gedacht, dass Sie so spät noch kommen, Captain«, sagte ich.

»Tja, falsch gedacht, Batman. Aber Sie irren sich ja nicht zum ersten Mal, was? Jetzt holen Sie schleunigst die Scheißkarre da weg.«

Er ließ den anklagenden Finger sinken und sein feuriger Blick wandte sich jetzt von mir ab und De'Ath zu. »Hat Mr. Wonderful hier schon das Mädchen gesehen?«

»Ja, Detective.«

»Und?«

»Sie ist okay.«

»Sie haben sie also schon verhört?«

»Wollte ich gerade, Cap'n.«

»Und das Opfer?«

»Kein Ausweis. Keine Brieftasche. Nichts. Wir lassen seine Fingerabdrücke durch den Computer laufen und überprüfen die Vermissten.«

»Halten Sie mich auf dem Laufenden. Ich bin in meinem Büro.«

Die Türen knallten zu, aber Canonicos Präsenz hing noch ein paar Sekunden im Korridor wie ein schlechter Geruch.

»Der hat dir wohl nie verziehen, was?«, fragte De'Ath.

»Nein. Wird er auch nie tun. In welchem Zimmer ist Kipp?«

»B. Was hältst du denn von dem Mädel?«

»Jung. Hübsch. Unschuldig.«

»Mann, aus dir würde nie ein Cop.«

»De'Ath, dazu hätte ich auch gar keine Lust. Nicht in einer Million Jahren. Übrigens wäre sie gern die Handschellen los.«

»Vorschrift, Doc. Sie ist eine Mordverdächtige, noch dazu in einem widerwärtigen Fall. Sie behält die Handschellen, bis wir sicher wissen, dass sie harmlos ist. Du kannst mir ja nur sagen, ob sie zurechnungsfähig ist, aber nicht, ob sie mir eventuell die Augen auskratzen würde. Überlass sie den Fachleuten. Und heb dir dein Mitleid für die Opfer auf.«

»Warum das Blut?«

»Blut?«

»Auf Mund und Händen. Sagtest du nicht, die Forensik hätte sie schon durchgecheckt?«

»Ja, Abstriche und Proben. Ist jetzt alles im Labor.«

»Warum hat man sie denn nicht gewaschen?«

»Man, wir sind eine Polizeiwache, keine Reinigung! Sie kann sich später waschen; jetzt muss ich in einem Mordfall ermitteln. Konzentrier du dich auf Mr. Kipp. Nachdem du das Batmobil weggekarrt hast.«

»Nenn es nicht so, De'Ath. Ich hasse das!«

De'Aths Lachen hallte durch den Flur, als er an die Tür des Zimmers klopfte, in dem Terry saß. Als sie aufging, sah ich Terry über De'Aths Schulter hinweg. Sie blickte hoch und lächelte mich schwach an, dann fiel die Tür zwischen uns wieder zu.

Ich ging hinaus und fuhr meinen Wagen weg, dann nahm ich mir Henry Kipp vor. Er war so zurechnungsfähig wie ich, möglicherweise mehr als ich. Am Olympic Boulevard hatte er den Drugstore eines alten polnischen Ehepaars überfallen. Er hatte dem Alten eins mit dem Kolben seiner abgesägten Flinte übergezogen und ein paar hundert Dollar aus der Kasse genommen. Seiner weinenden Frau hatte Kipp dann die Doppelläufe in den Mund gedrückt und ihr befohlen, damit aufzuhören. Um ihr anschließend das Gesicht wegzupusten.

»Die Stimmen haben es mir befohlen.« Lachend bleckte Kipp seine faulen Zähne.

»Was für Stimmen?«

»Teufel«, sagte er. »In meinem Kopf. Sie sagen mir, was ich tun muss.«

»Männliche oder weibliche Stimmen?«

»Männliche.«

»So wie die Stimme Ihres Vaters?«

»Die habe ich nie gehört. Der war schon über alle Berge, als ich geboren wurde.«

Er hatte raspelkurzes Haar, und die Nase war schon so oft gebrochen worden, dass sie ganz platt war. Die Fingernägel an seinen klobigen Pranken waren abgekaut; starke Hände waren das, die er zu Fäusten ballte, während er die Maus traktierte, und zwar so energisch, dass sie klapperte. Zähneknirschend beantwortete er die fünfhundert Fragen. Er atmete durch die Nase, was sich wie das schwere Schnauben eines Tiers anhörte. Doch laut Programm war er zurechnungsfähig. Aggressiv, amoralisch, grausam und ein Abschaum der Menschheit, aber zurechnungsfähig. Zurechnungsfähig nach dem Beaverbrook-Modell, was in der Phase als einziges zählte. Er log in Bezug auf die Stimmen, das stand völlig außer Zweifel. Ein Amateur-Anwalt, den er während eines früheren Knastaufenthalts kennengelernt hatte, musste ihm erzählt haben, dass Unzurechnungsfähigkeit eine gute Verteidigung war, aber das manische Lachen und der stiere Blick täuschten das Programm nicht. Als ich es laufen ließ, zeigte der blinkende Stern, der Kipps Psyche darstellte, alles im Rahmen dessen, was das Gericht als zurechnungsfähig anerkannte. Etwas unterhalb und weiter links als der von Terry, aber dennoch zurechnungsfähig.

Die Tür von Zimmer F war geschlossen, als ich in den Korridor zurückging, und ich blieb stehen und legte mein Ohr auf das Holz und lauschte. Ich konnte De'Ath hören, aber nicht deutlich genug, um seine Worte zu verstehen. Ich überließ ihm das Feld.

Der Sturm war noch lange nicht vorbei, als ich das Präsidium verließ und in den Wagen stieg. Als ich den Motor anließ, sah ich, dass jemand eine kleine Gummifledermaus an die Antenne gehängt hatte. Vermutlich De'Ath. Es war nicht Canonicos Art von Humor. Der hätte die Antenne abgebrochen und mir die Reifen zerstochen – das war eher sein Stil. Ich ließ die Fledermaus auf dem ganzen Heimweg im Wind flattern.

DER ALBTRAUM

Die Gasse war dunkel, unfassbar dunkel. Sie war auch ganz eng. Hätte ich wie ein Gekreuzigter meine Arme seitlich ausgestreckt, wäre ich mit den Fingern an die Häuserwände gestoßen. Ich blickte nach oben. Die nicht enden wollenden Wände zogen sich so weit in die Höhe, dass sie sich erst Meilen weiter oben in der Luft zu treffen schienen. Den Himmel konnte ich nicht sehen, nicht einmal einen Streifen sternenbestückter Schwärze. Den Mond konnte ich auch nicht sehen, wusste aber, dass er irgendwo da oben war und wie ein hungriger Leopard lauerte. Irgendwo weiter vorn hörte ich etwas rascheln, aber ich konnte nichts erkennen. In der Ferne ertönte eine Sirene, und ich drehte mich um und blickte zurück, aber ich war so weit gelaufen, dass ich die Straßenlaternen nicht mehr sehen konnte.

Da war es wieder, dieses Rascheln, als ob eine Ratte im Mülleimer herumwühlen würde. Der Boden war uneben und mit rostenden Dosen und Fastfood-Verpackungen übersät und hier und da waren schmutzige Pfützen. Ich ging langsam durch die Gasse, die Hände nach vorn ausgestreckt, denn ich hatte Angst, in irgendwas hineinzutappen, in etwas Kaltes, Klammes.

Dann war etwas wie ratschender Stoff zu hören, den ungeduldige Hände zerrissen. Irgendwas schlug gegen meine Beine und umschlang sie wie ein bettelndes Kind. Ich sprang zurück, aber es blieb haften; ich versuchte es abzuschütteln, doch vergebens. Ich griff hinunter und meine Hände fühlten nasses Papier. Es war eine Zeitung, die der Mitternachtswind durch die Gasse gepustet hatte. Schaudernd zog ich das nasse Papier in Fetzen ab und zerknüllte es zu aufgeweichten Kugeln, die ich wegwarf.

Ich hörte ein Schlürfen wie von einem saufenden Tier. Nein, nicht saufend, sondern schlabbernd. Wie eine Katze, die Milch von einer Untertasse schleckt. Schleck, schleck, schleck. Meine Hose war unterhalb der Knie feucht geworden, wo das Papier am Stoff klebte, und Wasser sickerte auf meine Knöchel herab. Ich bewegte mich auf das Geräusch zu, spähte in die Schwärze, erkannte aber nur die Abfalleimer und unordentlichen Bündel von Pappe, die auf die Müllabfuhr warteten. Hoch über mir hörte ich, wie ein Fenster sich quietschend öffnete und dann zuknallte, aber als ich aufblickte, war dort nichts, nur zwei nackte Wände.

Vor mir konnte ich endlich eine Form ausmachen, einen grauen Klumpen auf dem Boden, wie ein Mann im Sitzen, die Beine ausgestreckt, in der Taille gekrümmt. Der Kopf hing schlaff auf der Brust, das Schlürfen kam aus seiner Kehle, als ob ihm das Atmen schwerfiel. Ich wollte etwas sagen, fragen, ob er okay war, ob er Hilfe brauchte, aber die Worte blieben mir im Hals stecken und ich ging näher heran. Dann erkannte ich, dass ich nicht eine Gestalt, sondern zwei vor mir hatte. Eine lag am Boden, die andere hockte über ihr, mit dem Rücken zu mir. Ich trat zur Seite und sah die Gestalt am Boden genauer – ein Mann vermutlich, aber das war nicht sicher, denn sie war noch immer nur ein unförmiger Klumpen. Die Beine zeigten in meine Richtung, ein Arm war zur Seite gefallen, der andere wurde von irgendetwas verdeckt, das auf ihm hockte. Das Schlürfen wurde lauter. Es klang jetzt weniger nach einer schlabbernden Katze, mehr wie zwei Liebende, die sich küssen – weiche, nasse, flatschende und schluckende Geräusche, Fleisch auf Fleisch.

Etwas in mir wollte aufschreien, wollte stoppen, was da auf dem Boden der Gasse geschah, aber auch ganz genau sehen, was hier vor sich ging. Im Näherkommen waren mehr Einzelheiten zu erkennen. Die Gestalt am Boden lag auf dem Rücken. Es war ein Mann, der einen dunklen Anzug und glänzende schwarze Schuhe trug. Die dunklen Socken hatten ein Muster aus weißen Dreiecken. An den Knien war die Hose eingerissen, als ob man ihn über den Boden geschleift hätte. Die Gestalt über seinem Hals trug eine glänzende Lederjacke mit hochgestelltem Kragen und Jeans, die blau und schwarz sein mochten, und Stiefel mit silbernen Spitzen. Die Absätze waren klar zu erkennen, denn die Gestalt kniete und beugte sich über den Mann im Anzug.

Das Geschlabber endete abrupt, und die Schultern der knienden Gestalt versteiften sich, als hätte sie bemerkt, dass ich zusah. Der Kopf drehte sich langsam um. Ich versuchte wegzukommen, aber meine Füße schienen wie am Boden festgewachsen, als ob sie Wurzeln geschlagen hätten. Zuerst sah ich eine Wange, so weiß wie Alabaster, ein sanft geschwungener Bogen vom Auge bis zum Kinn, und dann einen Vorhang aus Haar, der sich bewegte. Das war alles, was ich erkennen konnte, als sich der Kopf umwandte. Als sich die Gestalt langsam aufrichtete und dabei ganz umdrehte, sah ich ihr Gesicht. Terry. Sie trug eine schwarze Motorradjacke, deren Reißverschluss bis zum Hals hochgezogen war, diagonale Metallreißverschlüsse markierten die Taschen. Sie lächelte mich an und legte die rechte Hand auf ihren Mund. Auf ihrer rechten Wange war irgendetwas Nasses, das glänzte, als sie sich bewegte, und ihre Finger berührten es, rieben es, und dann führte sie ihre Finger an die Lippen. Langsam und genüsslich leckte sie sich die Finger mit der Zungenspitze ab, einen nach dem anderen. Ich konnte mich nicht von ihrem Anblick losreißen, und sie lächelte, als ob sie wüsste, dass ich ihr ins Netz gegangen war. In ihrer Macht stand. Total.

»Ich wusste, dass du kommen würdest«, sagte sie und trat einen Schritt näher. Zum ersten Mal konnte ich den Kopf des Mannes sehen, der da am Boden lag. Sein Mund stand weit offen, als ob er zu schreien versucht hätte, aber ich zweifelte, dass er auch nur einen Laut hätte herausbringen können, denn seine Kehle war furchtbar zerfleischt worden, wie mit einem stumpfen Messer. Oder mit Zähnen. Anscheinend war er tot, die Augen leer und leblos, aber in der Kuhle an seinem Hals sammelte sich Blut, und es sprudelte und schäumte, als versuche er, durch den Rest seiner Luftröhre zu atmen.

»Sieh mich an, Jamie«, flüsterte sie und ich gehorchte ihr unwillkürlich. »Vergiss ihn. Er hat nichts zu bedeuten.« Sie leckte sich wieder die Finger und dann streckte sie sie aus und drückte sie an meine Lippen.Sie schmeckten salzig und leicht metallisch. Sie stand auf, sodass ihre Jacke meine Brust streifte. Bis zu diesem Augenblick hatte ich gar nicht wahrgenommen, wie klein sie war. Ihr Kopf reichte mir gerade eben bis zum Kinn, und sie musste ihn zurücklegen, um mein Gesicht zu sehen, wobei ihre Haut straff über die Wangenknochen gezogen wurde und sie unglaublich jung wirken ließ, wie ein Kind mit einem verschmierten Gesicht. »Du musst dich mir hingeben wollen, Jamie. Du musst das aus tiefstem Herzen wollen, mit ganzer Seele. So funktioniert das. Du musst dich selbst opfern. Das ist das Mindeste. Verstehst du?«

Ich nickte, das Herz klopfte mir bis zum Hals. Sie schob mir ihren Mittelfinger zwischen die Lippen und rieb ihn sanft über meine Zähne, als wolle sie mich provozieren zuzubeißen.

Sie stellte sich auf die Zehenspitzen, legte den Kopf schief und drückte ihre Lippen auf meinen Hals, unmittelbar unter mein linkes Ohr, wo ich eine Ader im Rhythmus meines Herzens schlagen hörte. Sie küsste mich sanft, und ich spürte ihre Zunge, die meine Haut abtastete. Sie fühlte sich rau an, wie die einer Katze, nicht wie die Zunge eines jungen Mädchens. Dann legte sie den Kopf in den Nacken, als ob sie auf etwas wartete. »Das erste Mal, da tuts noch weh …«, sagte sie und bei jedem Wort spürte ich ihren Atem. Und dann schlug sie ihre scharfen Zähne in meinen Hals wie ein Gepard beim Todesbiss.

Unwillkürlich zuckte mein Kopf zurück und ich schlug die Augen auf; ich war in meinem Schlafzimmer, meine Beine hatten sich in der Decke verfangen, die Kissen lagen auf dem Fußboden verstreut. Ich war schweißgebadet, aber mein Mund war ausgedörrt und das Schlucken mühsam. Ich wankte ins Bad und goss mir ein Glas Wasser ein. Ich nahm den Mund voll, spülte ihn gründlich aus und spie das Wasser ins Waschbecken.

Ich knipste das Licht über dem Badezimmerspiegel ein und betrachtete mein Spiegelbild. Verschlafene Augen starrten mich an, tiefliegend und sorgenvoll, das Weiß von roten Äderchen durchzogen, die Pupillen geweitet, als hätte ich irgendwas genommen. Hatte ich aber nicht. Ich öffnete den Mund weit und zog die Haut auf meinem Gesicht straff. Es ließ mich jünger aussehen. Ich entspannte mich und die Falten und die Jahre kamen zurück. Fünfunddreißig Jahre und im Sauseschritt auf fünfzig zu.

Ich bewegte den Kopf hin und her und erwartete fast, Bissmale zu sehen, aber die Haut war makellos. Ich rieb mir das Kinn, fühlte die wachsenden Stoppeln. Ich konnte mich erinnern, wie ich mir nur den Apparat meines Vaters borgen musste, um den Flaum über der Oberlippe zu rasieren, zuerst etwa einmal im Monat, dann zweimal die Woche, dann einmal und zum Schluss täglich. Aber erst in den letzten Jahren sprossen die Stoppeln mitten in der Nacht. Ein Anzeichen für das Erwachsensein, denke ich mal. Eine Alterserscheinung. Wenn ich jetzt abends weggehen wollte, wirkte ich ungepflegt, wenn ich mich nicht noch einmal rasierte.

Ich nahm noch einen Mund voll Wasser und gurgelte. Was ich ausspuckte, war rot. Blutrot. Ich drehte die Hähne auf und es verschwand wirbelnd im Abfluss; als ich zum zweiten Mal ausspuckte, war es nur klares Wasser und Schleim. Prüfend betrachtete ich meinen Mund im Spiegel und entdeckte weder Schnitte noch Abschürfungen. Nur Zähne und Füllungen. Noch ein Anzeichen für körperlichen Verfall. Ich nahm den Mund noch einmal voll und spie es wieder aus, aber es kam kein Blut mehr.

Ich nahm mir ein Glas Wasser mit ins Schlafzimmer, legte mich auf die Seite, mit dem Rücken zum Fenster, und versuchte, wieder einzuschlafen. Bilder von dem Mädchen und der Gasse gingen mir immer wieder durch den Kopf, ihr Lächeln, ihr Blick, das Blut. Ich hörte meinen eigenen Herzschlag im rechten Ohr, das auf das Kissen gedrückt war. *Pochpoch, pochpoch, poch.* Das Rauschen von Blut in den Adern, den Gefäßen, in denen sich bereits Cholesterin und Fetttropfen und der ganze restliche Schutt ablagerten, die in meinem Gewebe herumschwammen. *Pochpoch, poch. pochpoch.* Die ständige Erinnerung an meine eigene Sterblichkeit, ein faustgroßes Stück Gewebe mitten in meiner Brust, von dem mein ganzes Dasein abhing. Ohne seine rund siebzig Spritzer von sauerstoffangereichertem Blut pro Minute gäbe es keinen Jamie Beaverbrook mehr. Wie es wohl wäre, wenn man einen Herzanfall hatte, die Pumpe stottern, zucken und stehen bleiben spürte, zu wissen, dass das Ende bevorstand, das Hirn keinen Sauerstoff mehr bekam und dass alles bald vorbei wäre? Die leere Schwärze sich für immer und ewig ausdehnte? Kein Jamie Beaverbrook mehr?

Wie üblich deprimierte mich der Gedankengang. Die morbiden Grübeleien über meine eigene Sterblichkeit überkamen mich meist in der Nacht, wenn ich allein im Dunkeln war. Ich bewegte den Kopf, um das Ohr vom Kissen zu bekommen, damit ich mein anklagendes Herz nicht hören musste, das die Schläge zählte, die für die mir noch verbleibende Zeit standen. Siebzig pro Minute, vierhundertzwanzig in der Stunde, rund hunderttausend am Tag. Wie viele waren das pro Jahr? Über fünfunddreißig Millionen Schläge. Wie viele blieben mir also noch übrig, wenn ich noch fünfzig Jahre zu leben hatte? Ich rechnete nach und kaum auf rund 1,8 Milliarden. *Pochpoch* minus eins. *Pochpoch* minus zwei. *Pochpoch* minus drei. Dies war nicht wie Schäfchen zählen, um sanft einzuschlafen – hier bröckelte mein Leben ab, Stück für Stück, während ich allein im Doppelbett lag, und die Vorstellung erfüllte mich mit Grausen.

Ich bewegte wieder den Kopf, und dieses Mal spürte ich, wie meine rechte Schulter knackte, als sich der Arm in der Gelenkpfanne bewegte, ein Zeichen für Knorpelverschleiß nach zu viel Tennis und Squash. Früher hörte ich nichts, wenn sich die Knochen aneinander rieben. Oder ich hatte es nie bemerkt. Der Knorpel in meinen Knien knackte auch, wenn ich aufstand, und ab und zu meine Hüften, wenn ich mich schnell umdrehte. *Lieber Gott,* flehte ich, *lass mich nicht alt werden und nicht sterben. Lass mich so bleiben, wie ich jetzt bin. Oder wenn du besonders barmherzig sein willst, lass mich so sein, wie ich vor fünf Jahren war, in meiner Jugend Maienblüte. Als ich jung war.*

Ich holte tief Luft und konnte die Luft in meine Lungen strömen hören; als ich ausatmete, pfiff sie wie der Wind in den Zweigen eines sterbenden Baums. Wie das wohl ist, dachte ich, wenn man aufhört zu atmen? Vermutlich starben Menschen meistens so – die Lungen hören zuerst auf zu arbeiten, dann das Herz, und erst dann würde das Hirn merken, dass es kein frisch mit Sauerstoff angereichertes Blut mehr bekam, wie es sollte, wie es seit den vergangenen Gott weiß wie vielen Millionen Herzschlägen gewesen war. Würde der Körper panisch reagieren oder ruhig gehen und sich friedlich dem unendlichen Vergessen anheimgeben?

Ich wälzte mich hin und her, konnte aber nicht schlafen – nicht weil ich nicht müde war, sondern weil mir diese dunklen, deprimierenden Gedanken durch den Kopf gingen und alles andere verdrängten. Gedanken an Krankheit, an das Altern, an den Tod. Ich schaltete den Fernseher am Fuß des Betts ein und sah mir einen Krimi an, in dem zwei junge Frauen, Detektivinnen in teuren Cabrios, einen Drogenring in die Enge trieben und dabei zwei Autoverfolgungsjagden und eine Schießerei überstanden, ohne ihr Make-up zu verwischen. Das deprimierte mich noch mehr, darum holte ich mir ein Budweiser aus der Küche und trank es im Bett, auf Kissen gestützt, denn ich wollte nicht mehr im Liegen meinen Herzschlag hören.

DIE WOHNUNG

Ich entsinne mich nicht, dass ich eingeschlafen bin, aber das muss ich wohl, denn das Nächste, an das ich mich erinnerte, war, dass ich mit schmerzhaft verrenktem Nacken auf dem Kissen und zwei leeren Flaschen Budweiser auf dem Nachttisch aufwachte. Der Fernseher lief, und eine Blondine mit zu viel Lippenstift berichtete von sieben Morden mitten in Los Angeles und dass die Polizei mit weiteren rechne, von wegen Vollmond und so weiter.

Es war sieben Uhr morgens, ungefähr eine Stunde, bevor ich normalerweise aufstand, aber ich duschte, rasierte mich, zog mich an und setzte mich mit einer Tasse Kaffee und ein paar Äpfeln an den Schreibtisch. Dort lag seit gestern Abend immer noch meine Aktentasche. Ich öffnete sie und zog mein MacBook heraus. Normalerweise schreibe ich meine Gutachten im Büro, aber ich wollte früh anfangen, weil es nicht lange dauern würde, bis das Telefon klingelte, wenn es in der Nacht sieben Morde gegeben hatte. Ich war einer von vier Psychologen im Dienst des LAPD, aber eine Kollegin lag im Krankenhaus und ließ sich ihren Busen liften und ein anderer war zum Skifahren in Aspen, was die doppelte Arbeitslast für mich und meinen Kollegen Anton Rivron bedeutete.

Das Dezernat bestand darauf, dass alle Mordverdächtigen möglichst rasch von Psychologen untersucht wurden, und zwar schon seit Anfang der Neunzigerjahre. Vorgeblich im Interesse der Gerechtigkeit und so ein Fairplay-Scheiß, doch es war kaum mehr als eine kostensparende Übung. Eine vollständige Ermittlung in einem Mordfall war überflüssig, falls sich die Unzurechnungsfähigkeit des Täters herausstellte. Viel einfacher und billiger war es, ihn den Psychiatern zu überlassen, ihn in einer sicheren Anstalt einzusperren und die Schlüssel wegzuwerfen, statt zu versuchen, ein Motiv und die Gelegenheit zur Tat und den ganzen Kram nachzuweisen, wie sie es immer im Fernsehen anstellen. Und wenn der Täter nicht verrückt war, dann brauchte man gleich zu Beginn der Ermittlungen unbedingt ein psychologisches Gutachten in der Akte. Damit verhinderte man, dass die Verteidigung, sobald die Anklage fix und fertig war, nicht einfach versuchte den Verschworenen weiszumachen, der Täter habe vorübergehend nicht alle Tassen im Schrank gehabt.

Das kam früher öfter vor – Täter hockten in ihren Zellen und ließen die Jungs von der Mordkommission einen wasserdichten Fall zusammenzimmern, um dann urplötzlich Selbstgespräche zu führen, die Augen zu verdrehen und zu behaupten, sich an nichts erinnern zu können. Oder sie verfielen auf einen beliebigen von einem Dutzend Tricks, der sie ihrer Meinung nach aus dem Knast in die Psychiatrie bringen würde. Dort gedachten sie dann auszuharren, bis sie die Behörden entweder überzeugen konnten, dass sie geheilt waren, oder bis ihnen die Flucht gelang. Und die Wartezeit ließ sich in der Psychiatrie doch angenehmer verbringen als in einem Hochsicherheitsgefängnis.

Das Dezernat brauchte jemanden, der eine kurze und knackige, aber dennoch zuverlässige Entscheidung über die geistige oder sonstige Gesundheit von Verdächtigen fällte, damit die Detectives wussten, wie sie weiter zu verfahren hatten. Sie hatten mich über Headhunter in England aufgespürt, um das System aufzubauen und die drei Psychologen anzuwerben, die mit mir als freie Berater zusammenarbeiteten. Ich hatte an der Universität London an einem Computerprogramm gearbeitet, das die Zurechnungsfähigkeit eines Menschen beurteilen und mit Mustern verschiedener Geistesstörungen vergleichen konnte. Ich hatte mich zuerst für diesen Bereich interessiert, nachdem ich die Arbeit von Professor David Carter an der Universität Sussex verfolgt hatte, den die Polizei in Großbritannien immer anrief, wenn sie einen Serienmörder oder einen vielfachen Vergewaltiger nicht dingfest machen konnte. Er hatte eine Methode gefunden, Psychogramme per Computer zu erstellen, die auf den von der Polizei gefundenen Indizien beruhten. Anhand seiner so gewonnenen Täterprofile erleichterte er die Polizeiarbeit ungemein.

Ich begann mich dafür zu interessieren, was am anderen Ende der Ermittlungen geschah, nachdem die Täter geschnappt worden waren. Für meine Dissertation entwickelte ich Computermodelle verschiedener Geistesstörungen und krimineller Neigungen, auf Grundlage von fast tausend Interviews, die ich in Gefängnissen und Nervenkliniken in Großbritannien durchgeführt hatte, und dann begann ich an einem Computerprogramm zu arbeiten, das mithilfe von einfachen Fragen und

Antworten den Geisteszustand eines Menschen feststellen konnte. Es bedeutete viele Jahre Arbeit, aber schließlich brachte ich es auf einen Stand, in dem man es mit einem beachtlichen Grad von Genauigkeit anwenden konnte. Ich legte mehrere wissenschaftliche Publikationen vor, die großen Anklang fanden, und ging auf ein paar Vortragsreisen. Dann erhielt ich eines Tages einen Anruf aus dem Londoner Büro einer amerikanischen Headhunting-Firma. Drei Monate später war ich in Los Angeles und verdiente das Fünffache von dem, was ich als Postdoktorand in der Forschung bekommen hatte.

Der Umzug nach Los Angeles war sehr sinnvoll, sowohl aus persönlichen Gründen – ich war von jeher Amerikafan – aber auch, weil es der ideale Ort für die Forschung über Soziopathen und Psychopathen und einer ganzen Reihe anderer psychischer Abnormitäten war. Einfach ausgedrückt, gab es in Los Angeles pro Quadratmeter mehr Verrückte als irgendwo sonst auf Gottes grüner Erde, und während ich ein unverschämt hohes Salär bezog, rechnete ich damit, auch noch eine stattliche Anzahl wissenschaftlicher Publikationen raushauen zu können. Das hat auch geklappt. Wohlgemerkt, es gab auch eine Schattenseite. Ich verlor meine Tochter, und meine Frau verließ mich und hetzte mir eine Anwältin auf den Hals, die genauso sympathisch war wie ein Rottweiler mit einem sensationell niedrigen IQ. Und prompt hatte ich einen Spitznamen weg, Jamie D. Beaverbrook, Vampirjäger. Man muss Amerika doch einfach lieben!

Den Spitznamen verdankte ich dem ersten Fall, den mir das LAPD anvertraute. Es ging um einen Obdachlosen in den Sechzigern, der einen anderen Obdachlosen im Streit um einen

Einkaufswagen aus dem Supermarkt erwürgt hatte. Der Mann behauptete, Stimmen hätten ihm das befohlen, doch das Programm erklärte ihn für zurechnungsfähig. Als ein Detective ihn zu seiner Zelle zurückbrachte, griff ihn der Obdachlose an, biss ihm ein Stück vom Ohr ab und schrie, er sei Dracula und ich Van Helsing. Ich ließ ihn ein zweites Mal durch das Programm laufen, um sicher zu sein, und der Kerl war zurechnungsfähig, allerdings mit einem größeren Alkohol- und Drogenproblem. Seitdem gab mir fast das ganze LAPD die Schuld am zerfleischten Ohr des Polizeibeamten.

Ich schrieb als Erstes das Gutachten über Kipp und druckte es aus. Ich heftete die Seiten in einem blauen Ordner ab und beschriftete ihn mit »Kipp, H.«. Dann holte ich mir noch einen Kaffee aus der Küche. Ich stellte die Tasse auf den Schreibtisch, dann ging ich die Morgenzeitung holen. Ich setzte mich aufs Sofa und begann sie zu lesen, und dann merkte ich, dass mein Unterbewusstsein auf Zeit spielte. Es versuchte, den Augenblick hinauszuzögern, an dem ich das Gutachten über Ferriman, T. beginnen würde. Wieso eigentlich, grübelte ich. Weil sie so hübsch war? So jung? Weil sie so hilflos wirkte und doch gleichzeitig so selbstbeherrscht?

Ich schlug die Zeitung zu und setzte mich wieder an den Schreibtisch. Dann rief ich ihre Datei auf den Bildschirm und las die Antworten durch. Sie waren so, wie man sie von einer ausgeglichenen jungen Frau erwartet – nicht zu aggressiv, nicht zu selbstbezogen. Die Sorte Mädchen, die eine gute Freundin oder Geliebte abgibt. Es kostete mich doppelt so viel Zeit wie das Gutachten über Kipp. Nicht, dass sie ein komplizierterer Fall gewesen wäre – vielmehr ertappte ich mich immer wieder dabei, dass ich sie in einem guten Licht erscheinen lassen wollte, dann aber merkte, es könne auch so wirken, als ob ich voreingenommen wäre. Dann schwenkte ich um und beurteilte sie zu streng. Der Witz lag beim Beaverbrook-Programm aber gerade darin, dass es Gefühle völlig ausschalten sollte. Das Urteil sollte vollkommen objektiv ausfallen, und das war es auch fast immer, doch in ihrem Fall musste ich mich ständig zwingen, neutral zu bleiben. Und die ganze Zeit sah ich vor meinem geistigen Auge das Mädchen in der Gasse mit der schwarzen Lederjacke, ihre Lippen an meinem Hals. Nein, ich erwähnte den Traum nicht in meinem Gutachten. *Das erste Mal, da tuts noch weh …*

Ich druckte es gerade aus, als das Telefon klingelte. De'Ath war dran. Er erkundigte sich, wie ich vorankam.

»Gerade fertig geworden«, sagte ich und hielt den Hörer neben den Laserdrucker, damit er es hören konnte. »Wie laufen die Ermittlungen?«

»Welche?«, fragte er, obwohl er ganz genau wusste, dass ich nicht einen gewissen Mr. Henry Kipp meinte.

»Das Mädchen«, sagte ich.

»Ja, das Mädchen«, wiederholte er. »Ehrlich gesagt, Doc, das flutscht nicht so richtig.«

»Sagtest du nicht, der Fall sei klar?«

»Tja, hab ich wohl, nicht? Wir haben die Rückmeldung aus der Forensik, und es war sein Blut auf ihrem Gesicht und ihren Händen, das steht zweifelsfrei fest. Aber an ihrer Kleidung war kein Blut. Dennoch war er ganz blutbesudelt. Man hat ihn in die Brust gestochen und seine Gurgel aufgeschlitzt; sie hätte auch ganz rot sein sollen. Und immer noch keine Mordwaffe in Sicht.«

»Was für eine Version erzählt sie denn?«

»Jetzt behauptet sie, dass sie ihn in der Gasse gefunden hat und ihn wiederbeleben wollte. Hat man Töne? Aus seiner Kehle strömt Blut und sie versucht ihn wiederzubeleben!«

»Wer war denn das?«

»Ich warte noch auf Rückmeldung. Die Jungs von der SpuSi arbeiten auf Hochtouren. Sie lassen seine Fingerabdrücke durch den Computer laufen. Hör mal, Doc, ich will dein Gutachten so bald wie möglich auf dem Tisch haben.«

»Kein Problem, aber ich glaube nicht, dass es uns weiterhilft. Geistesgestört ist sie nicht – absolut nicht.«

»Ja, ja, schon gut. Bringst du es mir vorbei?«

»In einer halben Stunde. Okay?«

De'Ath stöhnte. »O Mann, kannst du nicht mal rumkommen? Wir haben gerade einen Durchsuchungsbefehl für ihre Wohnung gekriegt – warum treffen wir uns nicht da. So ab zehn, okay?«

Ich stimmte beflissen zu, vielleicht zu beflissen, aber ich das Mädchen faszinierte mich, und ich dachte, ein Hausbesuch könnte Aufschlüsse bringen, die ich nicht einfach durch Gespräche mit ihr bekommen würde. Ich beendete den Druckvorgang, band mir eine Krawatte um und um halb elf war ich vor ihrem Wohnblock.

Es war ein vierstöckiger moderner Block auf der North Alta Vista Avenue, in der Nähe vom Sunset Boulevard, und, wie ich bemerkte, ziemlich nahe der Stelle, wo man sie über der Leiche kniend gefunden hatte. Ich erkannte De'Aths Wagen, der draußen geparkt war, und ich ging die Treppe hinauf, statt den Aufzug zu nehmen, um mir zu beweisen, dass ich fit war.

Ich war außer Puste, als ich im obersten Stockwerk ankam, darum blieb ich im Treppenhaus stehen, bis ich mich besser fühlte, und klingelte dann an der Tür. De'Aths Partner, Dennis Filbin, ein bulliger Ire mit Säufernase, öffnete brummend und ließ mich ein.

»Nichts anfassen«, knurrte er. Er trug Latexhandschuhe wie De'Ath, der gerade mit sorgenvoller Miene aus dem Schlafzimmer kam.

»Nichts anfassen«, sagte De'Ath.

»Das hab ich ihm auch schon gesagt«, bemerkte Filbin.

»Das hat er mir auch schon gesagt«, bemerkte ich. »Hast du was gefunden?«

»Schminke, einen Teddybär, Schränke voller Klamotten. Schlechte Angewohnheiten hat sie anscheinend nicht.« Er klang enttäuscht.

»Du klingst enttäuscht«, sagte ich. »Darf ich mich denn mal umsehen?«

»Bitte sehr – aber fass nichts an!«

»Kann ich Handschuhe haben?«, fragte ich.

»Wenn du nichts anfasst, brauchst du keine Handschuhe«, knurrte De'Ath. »Hast du das Gutachten?«

»Alle beide – das über Kipp und das über sie.« Ich reichte ihm beide und sah mich um, während er und Filbin sie durchlasen. Das Apartment war klein: ein Wohnzimmer, von dem eine kleine Kochnische abging, und ein Schlafzimmer mit Platz für ein Doppelbett, einen Schminktisch und sonst kaum etwas. Ihre Kleider hingen in Wandschränken gegenüber dem Bett und ich drückte eine von den Türen mit einem Bleistift auf. Viele Klamotten hingen dort: Kleider, Jacken, Röcke, Blusen, die meisten billig und bunt, von der Sorte, die man in einem Jungmädchenzimmer erwartet. An der Wand hingen drei gerahmte Poster, alles Filmplakate: *Die totale Erinnerung – Total Recall*, *Vom Winde verweht* und *Bambi*. Zweifellos ein vielseitiger Geschmack.

Ein Plüschhase stand auf dem Ankleidetisch, daneben ein Schwarz-Weiß-Foto in einem antiken vergoldeten Rahmen. Ich bückte mich, um das Bild zu betrachten; es war ein junger Mann, der in einem Regisseurstuhl saß, offenbar in einem Filmset aufgenommen, denn im Hintergrund sah man Kameras und ein Gewirr aus dicken schwarzen Kabeln. Der Mann war Anfang zwanzig, glatt rasiert, das zurückgekämmte schwarze Haar glänzte wie geölt. Er sah gerade über die Schulter zurück und lächelte, als wüsste er, dass dieses Foto im Schlafzimmer eines Mädchens landen würde. Es war das Zahnpastalächeln und der aufrichtige Blick eines Filmstars. Auf der Rückenlehne des Stuhls stand der Filmtitel. *Zeit des Flieders*. Und darunter der Name des Stars. Es war ein altes Foto, und die Kameras im Hintergrund schienen aus dem Goldenen Zeitalter des Kinos zu stammen, vielleicht sogar noch aus der Stummfilmzeit. Rechts im Bild stellte jemand eine Lampe auf einem massiven Stativ ein, ein Mann mit ausgebeulten Hosen, kariertem Hemd und einer Mütze, wie sie Jimmy Cagney in seinen alten Gangsterfilmen trug.

Ob Terry eine Cineastin war, die Erinnerungsstücke an alte Filme sammelte? Aber abgesehen von den drei gerahmten Filmplakaten und dem Foto gab es keine weiteren Memorabilien. Vielleicht war der Mann auf dem Foto ja ein Verwandter. Vielleicht ihr Vater? Nein, unmöglich – sie hieß ja Ferriman. Es sei denn, sie hatte ihren Namen geändert. Wenn der Mann in den Zwanzigern war und das Bild aus, sagen wir, den Dreißigerjahren stammte, dann müsste er jetzt um die achtzig sein. Vielleicht der Großvater?

»Was guckst du denn da?«, fragte De'Aths Stimme hinter mir. Ich richtete mich auf. Meine Wirbelsäule knackte dabei. Das machte sie in letzter Zeit öfter. Ich tippte auf beginnende Arthritis.

»Das Foto«, sagte ich. »Vielleicht ein Verwandter?«

»Ja, kann sein. Wir sind hier fast fertig; nun komm mal in die Puschen!«

»Okay, gib mir bitte ein, zwei Minuten, ja?«

Über dem Bett lag ein dicker pfirsichfarbener Quilt und nur ein Kissen hatte eine Kuhle. Irgendwie war ich angenehm überrascht, dass Terry Ferriman anscheinend allein schlief. Ich folgte De'Ath ins Wohnzimmer zurück. Dort standen ein kleiner LED-Fernseher, eine Hi-Fi-Anlage, ein dreisitziges schwarzes Ledersofa und ein dazu passender Sessel. Ein grauer, unscheinbarer Kurzflorteppich und weiße, nackte Wände. Keine Bilder, keine Fotos. Es gab ein paar Bücher auf schwarzen Metallregalen, die sich eine ganze Wand entlangzogen, und schwarze Jalousien an den beiden Fenstern. Sie waren heruntergelassen, aber schräg gestellt, so dass Sonnenlinien einfielen und helle rechteckige Muster auf den Fußboden zeichneten. Ein Couchtisch aus schwarzem Metall mit Rauchglasplatte stand vor dem Sofa, darauf lagen ein paar Modezeitschriften. De'Ath hatte recht – da war nichts. Kein Messer mit Blutflecken, kein Haufen blutiger Kleider, kein Ratgeber *Erfolgreich morden für Dummies*. Ich konnte nachvollziehen, warum er so enttäuscht war.

Die Kochnische war weiß und makellos und wirkte vollkommen unbenutzt. Es gab einen Herd, eine Mikrowelle, eine kleine Kühlschrank-Gefrier-Kombi und eine Doppelspüle aus Edelstahl. Ferner gab es einen Toaster, einen Wasserkocher und einen Messerblock aus gebürstetem Holz, in dem Messer mit schwarzen Griffen steckten. Alles war blitzblank. Makellos. Als hätte sie dort nie gekocht.

De'Ath beobachtete mich, wie ich die sauberen weißen Flächen ansah. »Sieht so aus, als ob sie oft essen geht«, sagte er. »Im Kühlschrank gibts nur Wein und Sprudel.«

»Das ist doch nichts Besonderes«, sagte ich. »In meinem Kühlschrank findet man auch herzlich wenig Essbares.« Komisch, wie ich sie immer wieder in Schutz nehmen musste. »Hübsche Wohnung«, sagte ich.

»Ja, klein, aber fein«, sagte er. »Etwas klein für meinen Geschmack, aber eine junge Singlefrau dürfte sich hier ganz wohl fühlen.«

»Samuel, du weißt, dass ein Messer aus dem Block fehlt?«

»Ja«, sagte er. »Das ist uns aufgefallen.«

»Keine Zahnstocher«, sagte Filbin, der just aus dem Bad kam.

»Zahnstocher?«, fragte ich.

»Wir haben einen Zahnstocher in den Schnürsenkeln des Opfers gefunden«, erklärte Filbin. »Aber in seinen Taschen waren keine. Könnte also vom Täter stammen.«

Sie begleiteten mich in die Diele und Filbin schloss die Tür ab. Während wir auf den Lift warteten, fragte ich De'Ath, wohin er jetzt wollte.

»Ins Büro«, sagte er. »Wir warten noch auf den Bericht über das Opfer. Und ich will das Mädchen noch mal vernehmen.«

Der Lift kam und wir gingen hinein. »Kann ich mitkommen?«, fragte ich.

De'Ath zog die Brauen hoch. »Du zeigst ja ein ungewöhnliches Interesse an diesem Fall, Doc«, sagte er.

Ich zuckte mit den Achseln. »Sie fasziniert mich.«

»Mann, das ist ja widerlich«, lachte De'Ath. »Du könntest doch ihr Vater sein.« Er lachte und Filbin lachte mit.

»Ach Quatsch, Samuel. Sie ist nur zehn Jahr jünger als ich.«

Filbin schüttelte ungläubig den Kopf. »Das müssen ja harte zehn Jahre gewesen sein«, sagte er. Jetzt lachten sie noch lauter, und ich war erleichtert, als sich die Türen summend aufschoben und wir in die Sonne hinaustraten.

»Ich will euch Komikern ja keineswegs den Spaß verderben, aber ist es dir recht, wenn ich euch zum Präsidium begleite – ja oder nein?«

»Bist du denn nicht mit dem Batmobil gekommen?«, fragte De'Ath.

Ich seufzte. »Doch, ich meinte nur, dass ich hinter euch her fahre.« Ich deutete auf meinen Wagen. »Da habe ich geparkt.«

Filbin schirmte seine Augen mit der Hand vor der Sonne ab. »Schöner Wagen«, sagte er. »Ist wohl englisch?«

»Ja. Obwohl ein Amerikaner das Design mitgestaltet hat. Darum hat er Heckflossen.«

Filbin nickte anerkennend, dann zog er die Stirn kraus. »Was hängt denn da an der Antenne? Sieht wie eine Fledermaus aus.«

DIE OBDUKTION

Auf dem Parkplatz des Präsidiums war nichts frei, also stellte ich den Alpine an der Straße ab. Die meisten Cops kannten mich, deshalb rechnete ich nicht mit einem Strafzettel. De'Ath und Filbin saßen schon an ihren Schreibtischen, als ich im Morddezernat ankam. Über dreißig Detectives arbeiteten in dem Großraumbüro, und alle Zweier-Schreibtische waren so aufgestellt, dass sich die Partner gegenübersaßen und die Telefongespräche des anderen annehmen und sich gegenseitig die Sandwiche stibitzen konnten. Sie arbeiteten in drei Schichten und verbrachten die meiste Zeit auf der Straße. Das bedeutete, dass nie mehr als sechs Detectives gleichzeitig im Büro waren. Filbin telefonierte gerade, offenbar mit der Forensik. De'Ath merkte, dass ich zuhörte. »Die haben ihre Kleider schon zurückgeschickt«, erklärte er. »Sie sind angeblich sauber, und es gibt keinen Grund, sie in der Forensik zu behalten.«

»Was machst du als Nächstes?«, fragte ich.

»Sie nach dem fehlenden Messer aus dem Block fragen. Und was sie in der Gasse zu suchen hatte. Polizeifragen, Doc, genau wie die im Fernsehen.«

Filbin knallte den Hörer auf. »Idiot«, sagte er.

»So redet man doch nicht über Jamie D. Beaverbrook, den weltberühmten Vampirjäger«, sagte De'Ath vorwurfsvoll.

»Ich meinte doch nicht den Idioten hier«, sagte Filbin, »sondern die Leute von der Forensik. Ob ihre Kleider angekommen sind? ›Vergessen Sie nicht, sie zu quittieren. Und auch nicht, die Unterlagen zurückzuschicken.‹ Man kommt sich ja vor wie im Kindergarten!«

Auf Filbins Schreibtisch lag ein blauer Ordner, aus dem ein Farbfoto herauslugte. Er bemerkte meinen Blick und schob ihn mir rüber. »Fotos vom Tatort«, sagte er. »Nichts für Zartbesaitete.«

»Darf ich mal?«, fragte ich, eigentlich mehr, um De'Ath bei Laune zu halten. Er reagierte manchmal ziemlich gereizt, wenn ich mir Freiheiten herausnahm.

Beide Männer nickten. Ich zog mir einen Stuhl heran und setzte mich. Es gab etwa ein Dutzend Hochglanzfotos, alle im Format zwölf mal zehn Zoll. Manche waren Nahaufnahmen vom Gesicht des Opfers. Es war ein etwa vierzig Jahre alter Mann, das Haar militärisch kurz geschnitten, stierer Blick. Seine Kehle klaffte von einem brutalen Schnitt, der sich von der Luftröhre bis zum rechten Ohr hinzog. Andere Fotos zeigten seine blutdurchtränkte Brust, obwohl die genaue Einstichstelle des Messers schwer zu erkennen war.

Ein Telefon klingelte und De'Ath nahm das Gespräch an.

Das Opfer trug einen Anzug – nicht den grauen aus meinem Traum, sondern einen braun-gelb karierten. Und eine rote Krawatte mit passendem rotem Einstecktüchlein in der Brusttasche. Beide waren so rot wie das Blut an Hals und Brust.

Ich blätterte in den Fotos. Ich wusste genau, wonach ich suchte, wollte es mir aber nicht eingestehen. Ein Ganzkörperporträt war auch dabei. Ich sah die braunen Schuhe und musterte die Socken. Sie waren rot. Also nicht schwarz mit weißen Dreiecken. Seufzend lehnte ich mich zurück.

De'Ath legte den Hörer auf. »Das war die Gerichtsmedizin«, sagte er zu Filbin. »Die Obduktion ist heute Nachmittag. Ich werde mich mal mit der jungen Miss Ferriman unterhalten. Kannst du mal rumtelefonieren und rauskriegen, wer solche Messergarnituren liefert? Welche Marke war das noch gleich? Dick, oder?«

Filbin nickte. »Ja, Dick. Eine deutsche Firma.«

»Okay, du weißt, was wir brauchen: die Anzahl der Messerblöcke, die im Raum L.A. verkauft wurden, und wir wollen eine Garnitur, damit wir das Exemplar identifizieren können, das aus ihrer Küche fehlt.« De'Ath sah mich an. »Bist du noch hier?«, fragte er.

»Nein, ich bin ein Hologramm«, erwiderte ich. »Ich bin schon vor einer Stunde gegangen.«

Ein Sergeant in Uniform kam hereingeschneit, eine große Plastiktüte in der Hand. Er ließ die Tüte auf Filbins Schreibtisch fallen und schob dem irischen Detective ein Klemmbrett unter die Nase. »Hier unterschreiben!«, schnarrte er.

»Wieso? Ist das meine Wäsche?«, fragte Filbin.

»Verarsch mich nicht, Filbin! Das sind Ferrimans Klamotten, aus der Forensik. Quittier einfach den Empfang. Schreiben kannst du doch wohl, oder?«

Seufzend nahm Filbin einen Stift von seinem Schreibtisch und kritzelte auf das Klemmbrett, während ich nach der Tüte griff. Sie enthielt ein weißes T-Shirt, hochhackige Stiefel, ein weißes Höschen, einen schwarzen Minirock und einen BH sowie eine schwarze Motorradlederjacke. Ich zog die Jacke heraus und hielt sie hoch. Sie sah völlig normal aus. So was sah man ständig auf der Straße – großer Kragen, viele Reißverschlüsse, Gürtel am unteren Rand. Sie wissen schon. Wie die Jacke, die sie im Traum getragen hatte.

Der Sergeant mit dem Klemmbrett trat ab. Er wandte noch mal den Kopf und rief: »Übrigens, Doc, weißt du, dass am Batmobil ein Strafzettel steckt?«

»Das hier ist keine Boutique«, sagte De'Ath. Er nahm mir die Jacke ab und stopfte sie in den Sack zurück.

»Was machst du denn mit den Sachen?«, fragte ich.

»Sie ist noch nicht angeklagt, also darf sie ihre eigenen Kleider tragen«, sagte er. Er schnappte sich die Tüte und nahm sie mit zu den Vernehmungszimmern.

Als er durch die Doppeltür ging, kam Captain Canonico ins Büro gestürmt wie eine Fregatte unter Volldampf. »Beaverbrook, haben Sie Kruzifix und Pflock dabei?«, grölte er.

»Morgen, Detective«, sagte ich beklommen.

Er stürzte auf mich zu, legte die Hände auf den Tisch und baute sich vor mir auf wie ein Sturm, der losbrechen will. »Hab noch 'nen Drecksack für Sie«, sagte er. »Vor einer halben Stunde frisch reingekommen. Gestern Nacht hat er zwei kleine Jungs umgebracht. Hat sie mit einem Lötkolben gefoltert und ihnen die Pimmel abgebissen. Hat man Töne? Richtig abgebissen und runtergeschluckt. Behauptet, das steigert seine Potenz. Wissen Sie, was ich mit so einem anstellen würde, Beaverbrook? Ich würde ihm die Eier mit einer stumpfen Säge abhacken und ihn lebenslang einbuchten. Das würde ich machen. Aber Sie, Beaverbrook, Sie denken vermutlich, er ist nur ein bisschen gestört und wir sollten ihn in irgendeine hübsche Klinik verfrachten, wo er das Tischlern lernt und lange Spaziergänge an der frischen Luft macht. Jedenfalls ist er in Zimmer C. Gehen Sie doch mal zu ihm rein und gucken ihm in den Kopf!« Er rutschte vom Schreibtisch und schielte in meine Richtung. »Und am Batmobil steckt schon wieder ein Strafzettel«, sagte er und verschwand in sein Büro.

»Der hat dich wohl immer noch auf dem Kieker?«, fragte Filbin, als er den Hörer abnahm und eine Nummer wählte. Ich antwortete nicht, schnappte nur meine Aktentasche und machte mich auf den Weg zu den Vernehmungszimmern.

Rund zwei Stunden blieb ich in Zimmer C, und ich fühlte mich ganz schlecht, als ich wieder herauskam. Elend, schmutzig und befleckt. Ja, der Mann war unzurechnungsfähig, so viel stand fest. Das Programm klassifizierte ihn als paranoiden Schizophrenen, und ich wusste, dass Captain Canonico nicht begeistert sein würde.

Verdenken konnte ich es ihm nicht. Kindermörder verabscheute ich noch mehr als jeden anderen Killer, einfach abgrundtief. Wenn es nach mir gegangen wäre, hätte ich dem Arschloch liebend gern auf der Stelle mit einer zerbrochenen Flasche eine bimediale Lobotomie verpasst, aber so funktioniert das amerikanische Justizsystem leider nicht. Manchmal hasste ich meinen Job, und noch mehr hasste ich die Leute, mit denen ich dadurch in Berührung kam. Es gibt keine Rechtfertigung für das Töten von Kindern. Absolut keine. Ich ging direkt in mein Büro, schrieb das Gutachten und legte es in die Hauspost, denn ich wollte nicht mehr da sein, wenn Canonico es in die Finger bekam.

Er hatte mir nie verziehen, was vor ein paar Jahren passiert war, als ich an einem meiner ersten Fälle arbeitete. *Die Teenagermörder* nannte man sie, zwei richtige Kotzbrocken, die zusammen in einer Zelle von San Quentin wegen Vergewaltigung einsaßen. Jahrelang vertrieben sie sich die Zeit, indem sie ihre Vergewa ltigungserfahrungen austauschten und Zukunftspläne für die Zeit nach ihrer Entlassung schmiedeten. Sie verfielen auf die grandiose Idee, sich einen großen Lieferwagen anzuschaffen und diesen zum Entführen und Vergewaltigen von Mädchen zu benutzen. Um es spannender zu machen, wollten sie je ein Mädchen im Alter von dreizehn bis neunzehn vernaschen. Es war so etwas wie ein sportlicher Wettbewerb. Es sollte ein komplettes Siebenerset werden, mit weniger wollten sie sich nicht begnügen. Sie hießen Ed Vincent und Ronnie Bryant, aber nach der dritten Vergewaltigung nannten die Medien sie nur noch *die Teenagermörder.* Es was Vincents Idee, die Mädchen auch noch anal zu vergewaltigen, und Bryant war darauf verfallen, eine Videokamera und Lampen hinten im Wagen zu installieren, um ihre Heldentaten mit den Mädchen filmen zu können. Es ließ sich nie feststellen, wer von ihnen die Idee gehabt hatte, die Opfer mit ihrer eigenen Unterwäsche zu strangulieren. Sie beschuldigten sich gegenseitig.

Vincent war der Klügere von den beiden – er hatte einen IQ von hundertvierundfünfzig –, und vor Gericht sagte Bryant, er sei von Vincent beeinflusst worden, der sei an allem schuld. Man schnappte sie nach dem fünften Mord. Auf jeden Fall war es immer der gleiche Tathergang. Die unbekleideten Leichen wurden am Rand einer Fernstraße gefunden. Auf ihren Rücken war jeweils eine Zahl mit Lippenstift geschrieben, das jeweilige Alter des Opfers. Innerhalb eines Jahres nach ihrer Entlassung brachten sie eine Dreizehnjährige, eine Fünfzehnjährige, eine Siebzehnjährige, eine Achtzehnjährige und eine Neunzehnjährige um. Das 7er-Set sei fast komplett gewesen, stellte Vincent fest. Dass es nicht geklappt hatte, schien ihn mehr zu beunruhigen als die Tatsache, dass ihm die Todesstrafe bevorstand.

Jedenfalls, um es kurz zu machen, sie wurden in einer Bar in Hollywood aufgegriffen, und man zog mich hinzu, um sie durch mein Programm laufen zu lassen. Man muss bedenken, dass das Programm zu dieser Zeit noch nicht so ausgereift war wie jetzt. Oder so genau. Es war kein Programmfehler – eher, dass ich nicht genügend Fallgeschichten als Input zum Vergleich hatte. Das sagte ich zumindest zu Canonico. Nicht, dass mir das etwas genützt hätte. Ich ließ sie durch das Programm laufen, und es markierte eine Reihe psychischer Abnormitäten, die meiner Meinung nach ernst genug waren, um eine Unterbringung in einer geschlossenen Anstalt statt in einem Gefängnis zu rechtfertigen. Canonico protestierte und verlangte eine zweite Meinung; ich bestand darauf, dass jede weitere Untersuchung in einem Krankenhaus vorzunehmen sei, und man brachte sie in getrennten Fahrzeugen zu einer sicheren Einrichtung in der Nähe von Santa Ana.

Das ging dann aber gründlich in die Hose: Vincent konnte entkommen und war zehn Tage auf der Flucht. In der Zeit las er ein vierzehnjähriges Mädchen auf, fesselte sie hinten in seinem Lieferwagen und filmte, wie er sie von vorn und hinten vergewaltigte und am Ende erwürgte. Sie schnappten ihn in einem Motel vor Palmdale, als sich das Video ansah und sich dabei einen runterholte. Canonico zwang mich, mir das Video anzusehen, bis zum bitteren Ende, und er ohrfeigte mich links und rechts, sobald ich versuchte, aus dem Sessel zu fliehen, weg von den Bildern der Qual und des Entsetzens und den unbeachteten Tränen des Mädchens.

Ihren Tod hatte er mir nie verziehen, und ich erwartete auch nicht, dass er es je tun würde. Ich war nicht schuld, das wusste ich, und als Vincent schließlich vor einem Gremium von Psychiatern stand, kamen diese zu demselben Schluss wie ich und er landete in einer sicheren Nervenklinik. Bryant wurde vor etwa einem Jahr hingerichtet, nachdem alle Möglichkeiten der Berufung ausgeschöpft waren.

Filbin saß immer noch an seinem Schreibtisch und arbeitete die Liste mit den Messerlieferanten der Stadt ab. Ich fragte ihn, ob De'Ath noch immer die Ferriman verhörte. Er schüttelte den Kopf und sagte, De'Ath sei ins Büro der Gerichtsmedizin gegangen, um zu sehen, wie die Obduktion des Opfers voranging. Ich verließ das Gebäude, ohne Canonico über den Weg zu laufen, was fast die Tatsache wettmachte, dass ich tatsächlich einen Strafzettel vorfand. Irgendwer hatte eine Knoblauchzehe auf meine Antenne gespießt; ich zog sie herunter und warf sie in die Gosse. Der Vampirscherz hatte sich schon längst abgenutzt.

Als ich am Labor ankam, wo der Gerichtsmediziner am Mordfall der vorigen Nacht arbeitete, parkte ich den Alpine neben De'Aths Wagen. Drinnen erzählte mir eine Dame am Empfang, De'Ath sei ins Labor gegangen, wo die Leiche gerade seziert und analysiert wurde. Ich beschloss draußen zu warten, denn ich hatte schon oft genug beim Aufschneiden von Leichen zugesehen. Ehrlich gesagt wurde mir dabei immer speiübel. Ich hatte mich zwar noch nie übergeben, aber warum das Risiko eingehen? Nach rund einer halben Stunde kam ein grauhaariger Mann im grünen Overall mit einem digitalen Aufzeichnungsgerät heraus, gefolgt von De'Ath, der die Augenbrauen hochzog, als er mich sah.

»Ich war neugierig«, erklärte ich. »Ich wollte nur wissen, was die Obduktion ergeben hat.«

»Messer ins Herz«, sagte De'Ath. »Die Kehle wurde erst hinterher aufgeschlitzt. Wir haben eine ziemlich klare Vorstellung, wie das fragliche Messer aussah.«

»Wie ist denn der Plan? Ein Messer wie das verschwundene besorgen und es dann mit der Form der Mordwaffe vergleichen, die man anhand der Obduktion vermutet?«

»Mann, an dir ist ein Detective verloren gegangen«, lachte De'Ath. »Ich bin nicht sicher, was uns das nützen sollte. Ich habe sie nach dem Messer gefragt. Sie sagte, dass das Messer schon verschwunden war, als sie die Wohnung gemietet hat, und das könne sie auch beweisen. In einer Küchenschublade sollte eine Liste des gesamten Inventars sein, datiert auf den Tag des Mietvertrags. Vielleicht haben wir sie übersehen. Ich bin gerade unterwegs dorthin.« Er sah meinen Gesichtsausdruck und wedelte mit dem Finger, bevor ich etwas sagen konnte. »Wenn du mitkommen willst, solls mir recht sein, aber dass das bloß nicht der Captain erfährt«, warnte er.

Auf dem Weg hinaus wedelte er mit seinem Notizbuch vor meiner Nase. »Da gibt es noch was, das du wissen solltest«, sagte er. »Das Opfer war völlig blutleer. Oder doch fast.«

»Was?« Ich war schockiert, doch dann argwöhnte ich, dass er schon wieder an einem Vampirwitz bastelte.

»Der Körper war fast blutleer. Nun überrascht das nicht allzu sehr, wenn man bedenkt, dass er in die Brust gestochen wurde, aber an seiner Kleidung oder an der Stelle, wo wir ihn gefunden haben, war nicht mehr als etwa ein halber Liter. Und, wie ich bereits sagte, die Kleider des Mädchens waren sauber.« Er blieb an seinem Wagen stehen und schloss die Tür auf.

»Du willst mir doch nicht etwa erzählen, dass er von einem Vampir gebissen wurde, Samuel?«

Er lachte schallend und klatschte mit der Hand auf das Dach des Wagens. »Du machst schon zu lange mit Irren rum, Mann. Du schnappst auch bald über.«

Er lachte wieder und schüttelte den Kopf. »Das bedeutet, mein lieber Van Helsing, dass er mit ziemlicher Sicherheit woanders getötet und dann in der Gasse abgelegt worden ist.« Immer noch lachend, stieg er in seinen Wagen.

Als ich ihm auf dem Weg zu Terrys Wohnung hinterherfuhr, sah ich, wie er sich immer noch vor Lachen bog und den Kopf schüttelte.

Er ließ uns in ihre Wohnung, und ich wartete neben der Hi-Fi, während er neue Handschuhe anzog und sorgfältig die Schubladen in der Kochnische durchsuchte. »Hier ist sie ja«, sagte er und fischte ein Blatt Papier heraus. »Eine vollständige Liste des Inventars.«

Er sah auf den Messerblock und zählte. Sechs Messer im Block, sechs auf der Liste. Auf sechs Monate vorher datiert. Er faltete die Liste zusammen, schob sie in eine Plastikhülle und steckte sie in seine Innentasche. Er zog eine Plastiktragetasche aus der Schublade und legte die Messer behutsam hinein. »So, fertig«, sagte er.

»Eine Minute noch«, bat ich und ging ins Schlafzimmer.

»Nichts …«

»Ich weiß, nichts anfassen«, schrie ich zurück. Ich hatte da einen gewissen Riecher, fragen Sie bloß nicht wieso, aber ich wollte herausfinden, wie der Mann auf dem Foto hieß. Der Filmstar. Greig Turner stand hinten auf dem Stuhl und ich kritzelte den Namen auf die Rückseite einer meiner Visitenkarten.

»Was treibst du denn da, Doc?«, fragte De'Ath, als ich ins Wohnzimmer zurückkam.

»Nichts. Nichts Wichtiges«, sagte ich. »Hast du Lust auf einen Drink?«

Er sah auf seine Armbanduhr, so ein Elektronikding von Seiko mit jeder Menge Knöpfen. »Ja, schon überredet! Ich kenne da was in der Nähe, komm mit!«

De'Ath kannte immer was in der Nähe, überall im Großraum Kalifornien. Er schloss die Tüte mit den Messern in seinem Kofferraum ein, und wir gingen in eine enge Bar auf dem Sunset Boulevard mit Hockern und einem Barkeeper in einer grün-goldenen Weste, der so schniefte, als hätte er eine teure Angewohnheit. Er brachte jedem ein kühles Blondes, wir stießen an und er hielt dann diskret Abstand.

»Was hast du denn auf dem Herzen?«, fragte De'Ath schließlich.

»Ich weiß nicht, Samuel.«

»Es ist das Mädel, nicht?«

Ich zuckte mit den Achseln. »Irgendwie schon. Vielleicht. Keine Ahnung.«

»Mann, du spielst mit dem Feuer. Ihr droht eine Mordanklage und du arbeitest für das LAPD! Sei vorsichtig, okay?«

Ich nickte und trank mein Bier. »Kann ich mit dir darüber reden?«, fragte ich.

»Ich bin ganz Ohr.«

Man hat sie über der Leiche des Opfers gefunden, stimmts?«

Er nickte. »Stimmt.«

»Wissen wir schon, wer er ist?«

De'Ath schüttelte den Kopf.

»Okay, man findet sie also über seiner Leiche, mit seinem Blut auf ihrem Gesicht. Er wurde erstochen, aber es gibt kein Messer. Es fehlt eins aus dem Block in ihrer Küche, mit dem der Kerl vielleicht getötet wurde, vielleicht auch nicht. Aber sie kann beweisen, dass das Messer nie in ihrem Besitz war, ja?«

De'Ath klopfte auf seine Jackentasche. »Vorausgesetzt, diese Liste ist koscher, dann ja.«

»Man hat keine Mordwaffe gefunden, und die Gerichtsmedizin geht davon aus, dass das Opfer woanders getötet und nur in der Gasse abgelegt wurde. Stimmts?«

»Stimmt«, wiederholte er geduldig.

»An ihrer Kleidung war kein Blut, das bedeutet, sie kann nicht diejenige gewesen sein, die ihn in die Gasse geschleift oder getragen hat. Stimmts?«

»Vielleicht, Doc. Aber ich weiß, was du meinst. Sie hätte das schwer allein schaffen können, ohne eine Blutspur zu hinterlassen und sich von oben bis unten damit zu besudeln.«

Ich stellte mein Bierglas auf die Theke. »Aber kapierst du denn nicht? Keine Mordwaffe, kein Blut auf der Kleidung – sie kann es nicht getan haben.«

De'Ath nickte und nahm einen tiefen Zug aus seinem Glas. Er drehte sich zu mir um und wischte sich mit dem Handrücken den Schaum von der Oberlippe. »Aber das reimt sich immer noch nicht zusammen«, sagte er gedehnt.

»Was denn?«

»Wenn er schon tot war, bevor man ihn in die Gasse geschleift hat, wieso behauptet sie dann, sie habe versucht, ihn mit Mund-zu-Mund-Beatmung zu retten?«

»Vielleicht hat er noch gelebt.«

De'Ath schnaubte. »Die Gerichtsmedizin geht davon aus, dass er innerhalb von Sekunden starb. Lange bevor man ihn dort liegen gelassen hat.«

»Vielleicht hat sie nicht gemerkt, dass er tot ist. Vielleicht glaubte sie, ihn retten zu können.«

»Ja, Doc. Vielleicht. Aber ich denke mal, wir behalten sie noch ein Weilchen länger in der Zelle. Nur um sicherzugehen, hm?« Er winkte den Kellner heran und bestellte noch zwei Bier. »Sag mal, Doc, du hast wohl was für das Mädchen übrig?«

»Nun mach mal halblang, Samuel. Es gibt immerhin noch so was wie Berufsethos.«

»Ja, schon. Außerdem bist du vermutlich alt genug, um ihr Vater zu sein.«

»Was? Jetzt hör aber auf! Sie ist fünfundzwanzig. Ich weiß, sie sieht jünger aus, aber sie ist fünfundzwanzig.«

»Ja? Und wie alt bist du, Doc?«

»Ich bin fünfunddreißig, nächsten Monat werde ich sechsunddreißig.«

Er nickte wenig überzeugt. »Ich habe dich immer für älter gehalten.«

»Du hast gedacht, ich bin alt genug, um eine fünfundzwanzigjährige Tochter zu haben?« Ich sah mein Gesicht in dem verspiegelten Aufbau hinter der Bar, drehte meinen Kopf nach links und nach rechts und betrachtete dabei mein Spiegelbild.

Unser Bier kam, aber ich trank meins nicht – mir war die Lust vergangen. Ich fuhr nach Hause.

Ich parkte den Wagen und ging ins Haus. Die Stille überraschte mich, wie üblich. Ich erwartete immer noch Deborah hier, beim Fernsehen, beim Training in ihrem rosa Fitnessanzug, beim Kochen, Putzen. Jetzt war alles still. Ich ließ die Aktentasche in der Diele und kochte mir einen Kaffee in der Küche.

Ich lehnte mich an den Kühlschrank, während ich einen Schluck von dem milchigen Gebräu trank und fühlte, wie meine Beine zitterten. Das Telefon klingelte. Es war mein Anwalt, Chuck Harrison. Er wollte wissen, ob ich zu ihm in die Kanzlei kommen könne. Ich machte einen Termin für vier Uhr.

Da ich ich schon mal am Telefon war, rief ich Peter Hardy an. Peter und ich waren etwa zur gleichen Zeit nach L.A. gekommen, ich, um die Psychogramme der Spinner in der Stadt zu erstellen, er, um über sie zu schreiben. Na ja, meistens waren es verschiedene Kategorien von Spinnern. Als Reporter arbeitete er für Englands dreistere Boulevardblätter. Er schippte den ganzen Klatsch und Tratsch aus dem Showbiz mit dem Unflat der Westküste so schnell über den Atlantik, wie Fleet Street dafür zahlen wollte. Nur äußerst selten kreuzten sich unsere Pfade beruflich, aber wir betranken uns oft und gern zusammen. Beide durchlitten wir schmerzhafte Scheidungen. Schmerzhaft teure.

»Jamie«, sagte er. »Was machen die Bestien? Hält euch der Vollmond auf Trab?«

»Das kannst du laut sagen«, erwiderte ich. »Und mir ist gerade der Knoblauch ausgegangen.« Wenn Hardy mich aufzog, machte mir das nichts aus. Er war schon okay. »Hey, was kannst du mir über Greig Turner sagen?« Hardy war ein Filmfreak, immer auf der Jagd nach Neuem, aber er kannte auch die alten Filme aus dem Effeff. Er verfügte über eine umfangreiche Videobibliothek in seiner Wohnung, Hunderte von Schwarz-Weiß-Klassikern. Von den meisten hatte ich noch nie was gehört.

»In welchem Zusammenhang?«

»Filme. Schon älteren Datums, Dreißigerjahre, denke ich mal. Vielleicht auch aus den Vierzigern.«

»Wie hieß er noch gleich?«

»Turner. Greig Turner.«

»Schauspieler oder Regisseur oder was?«

»Keine Ahnung, Pete. Ich kenne nur sein Bild. Er sah gut aus, darum vermute ich, dass er Schauspieler war. Aber das ist nur geraten.«

»Du hast ›sah gut aus‹ gesagt. Glaubst du, er ist tot?«

»Das Foto sah alt aus – er könnte inzwischen gestorben sein.« Ich fischte die Karte aus der Tasche, auf der ich Turners Namen notiert hatte. »Er war in einem Film mit dem Titel *Zeit des Flieders.*«

»*Zeit des Flieders*?«

»Ja. Er saß auf einem Regisseurstuhl, und ›Greig Turner‹ und *Zeit des Flieders* standen auf der Rückenlehne.«

»Ja, okay, ich finde das für dich raus. Sollte nicht allzu schwer sein. Ich melde mich bei dir, okay? Wie läuft der Jahrhundertprozess?«

»Ich habe heute Nachmittag einen Termin bei meinem Anwalt.«

»Ja? Ich auch. Hey, hast Du mal den Film *Der Fremde im Zug* gesehen? Den von Hitchcock? In dem planen zwei Typen …«

»Ja, schon gut – du machst meinen Kram und ich deinen, was? Nein danke!«

»Für den Fall, dass du es dir anders überlegst …«, sagte er. Das sollte ein Scherz sein, das war mir klar, aber er war etwas zu realistisch. Ich legte auf, trank meinen Kaffee aus und tigerte im Zimmer herum, ohne mich entspannen zu können. Ich sah auf meine Uhr. Drei Uhr. Noch eine Stunde, bis ich bei Harrison in der Kanzlei sein sollte. Mehr als genug Zeit. Ich überlegte, was wohl dieses Mal das Problem war. Ich hatte gedacht, dass Deborah und ich die finanzielle Seite endlich geklärt hatten. Sie hatte klar zu verstehen gegeben, dass sie weder das Haus noch den Wagen wollte, nur Bares, und Chuck hatte mit der knallharten blöden Kuh, die sie als Anwältin engagiert hatte, einen Deal ausgehandelt, der hinten zu viele Nullen hatte. Wenn eine sechs Jahre lange Ehe den Bach runtergeht, ist das schon schlimm genug, aber dass dazu noch alles, was ich in den letzten zehn Jahren verdient hatte, mit wegschwamm, war kaum zu ertragen.

Ich fuhr den Wagen zu einer Tankstelle auf dem Weg zu Chucks Kanzlei, prüfte den Ölstand, das Kühlwasser und den Reifendruck und tankte. Ich kam zehn Minuten zu früh, aber ich musste nicht warten, er ließ mich von seiner Sekretärin zu ihm hineinführen und begrüßte mich mit einem warmen Händedruck. Einem Händedruck, der meines Wissens so um die fünfhundert Dollar die Stunde wert war. Er winkte mich zu einem großen Ledersessel, der ihn mindestens drei Stunden Arbeitszeit gekostet haben musste, netto, und lehnte sich in seinem eigenen zurück.

Er legte die Fingerspitzen aneinander und runzelte die Stirn. »Wir haben ein Problem, Jamie«, sagte er leise.

»Wir?«

Er lächelte schwach. »Ich bin auf deiner Seite«, sagte er.

»Ich bin ganz Ohr«, sagte ich.

Er nickte. »Okay, wir haben uns jetzt über den ehelichen Zugewinn, Kranken- und sonstige Versicherungen und die Bankguthaben geeinigt. Die Gegenseite war mit der Aufteilung, wie ich sie bei unserem letzten Treffen skizziert habe, einverstanden. Doch leider muss ich dir mitteilen, dass dich die Gegenseite jetzt auch der Grausamkeit bezichtigt.«

»Wieso denn Grausamkeit?«

»Seelische Grausamkeit. Zu den Klängen von zweihunderttausend Dollar.«

»Deborah behauptet, dass ich grausam zu ihr war? Ich fass es nicht.«

»Du darfst nicht vergessen, dass sie eine der schärfsten Anwältinnen von L.A. beauftragt hat. Carol Laidlaw ist ein mieses Arschloch und eine Lesbe obendrein. Wenn sie fertig ist, wird dich deine Frau aus tiefster Seele hassen, einerlei, wie freundschaftlich ihr euch getrennt habt.«

»Das ist eine tolle Neuigkeit, Chuck«, sagte ich, ohne die Bitterkeit in meiner Stimme unterdrücken zu können. »Wie stehen denn ihre Chancen?«

»Das kommt darauf an, wie gut sie das begründen können. Ob sie damit vor Gericht durchkommen oder nicht.«

»Grausamkeit! Absolut nicht, Chuck. Ich habe Deborah nie ein Haar gekrümmt. Nie. Und was seelische Grausamkeit betrifft, Gott, ich kann mich kaum an unseren letzten Streit erinnern.« Das stimmte nicht. Ich konnte mich wohl erinnern. Und auch an ihre letzten Worte.

»Du darfst nicht vergessen, dass Laidlaw ein echter Profi ist, wenn es darum geht, alles Schlechte in einer Ehe auszugraben. Glückliche gemeinsame Erinnerungen interessieren sie nicht, nur die Leichen im Keller, und sie weiß genau, wie sie deren Skelette zum Klappern bringt.«

Chucks bildhafte Sprache gefiel mir nicht – sie gefiel mir ganz und gar nicht. Aprils Tod lag zwar schon über ein Jahr zurück, aber ich war überhaupt noch nicht darüber hinweg und zweifelte, ob das jemals der Fall sein würde. Sie hatte nur vier Tage gelebt, war die ganze Zeit an ein Beatmungsgerät angeschlossen gewesen. Verzweifelt klammerte sie sich ans Leben, aber mit so wenig Aussicht auf Erfolg, dass wir ihr fast gar keinen Namen gegeben hätten. Wir verbrachten Stunden neben dem Brutkasten und sahen ihren entstellten kleinen Körper zucken und atmen, die vollkommenen winzigen Händchen sich schließen und öffnen.

»Was will sie denn, Chuck?«

»Noch mal hunderttausend.«

Also mich wie eine Weihnachtsgans ausnehmen. »Sag ihr, es ist okay. Sie kann sie haben.« Ich würde den Wagen verkaufen müssen und noch einige andere Sachen. Das Haus etwa.

»Wir könnten dagegen angehen, Jamie. Es gibt keinen Grund aufzugeben. Ich hatte keine Ahnung, dass es böse enden würde. Aber eigentlich hätte ich mir das ja denken können, als sie

Laidlaw engagierte. Sie ist eine Blutsaugerin erster Güte, eine echte Vampirin. Sie saugt und saugt, bis nichts mehr übrig ist. Aber wir können kämpfen.«

Ich hob die Hände. »Lass es einfach, Chuck. Zahl, was wir zahlen müssen, damit mein Leben weitergeht.«

Er wirkte gequält. »Ich sage dir, was ich mache, Jamie – ich biete fünfzigtausend und warte ab, was passiert. Vielleicht kann ich sie runterhandeln.« Überzeugt klang das nicht. Vielleicht war ich derjenige, der Laidlaw hätte engagieren sollen.

Ich stand auf und hielt ihm die Hand zum Abschied hin. »Wie du willst, Chuck. Tu einfach, was du für richtig hältst.«

Er schüttelte mir die Hand und ich ging zu meinem Wagen zurück. Der würde mir fehlen. Eine Weile saß ich einfach so da und umklammerte das Lenkrad so fest, dass meine Knöchel weiß wurden, meinen Kopf voller Gedanken an die Tochter, die ich beinahe gehabt hätte. Sie fehlte mir so sehr.

Schließlich startete ich den Wagen und fuhr nach Hause, hin- und hergerissen zwischen Trauer und zorniger Verbitterung. Ich schäumte so sehr vor Wut, dass ich um ein Haar ein Mercedes-Cabrio gerammt hätte, und ich musste mich buchstäblich auf die Bremse stellen, bevor der Alpine kreischend zum Halten kam. Es hupte, als der rote Kleinlaster hinter mir plötzlich bremste, und ich winkte entschuldigend und versuchte die bösen Gedanken aus meinem Kopf zu verscheuchen.

Das Herz klopfte mir wieder bis zum Hals, und ich spürte einen dumpfen Schmerz in meiner Brust, als hätte ich mir einen Muskel gezerrt.

Zu Hause angekommen, öffnete ich per Fernbedienung im Wagen die Garagentür, aber ich fuhr nicht hinein. Plötzlich konnte ich den Anblick vom Haus mit all den Erinnerungen nicht mehr ertragen, darum kehrte ich um und fuhr stattdessen zum Präsidium. Es war noch früh am Abend, und ich dachte mir, ich könnte ebenso gut im Zentrum des Geschehens abwarten, dass der Vollmond unterging.

Ich sah im Morddezernat vorbei, bevor ich in mein Büro ging, aber weder Filbin noch De'Ath waren da. Ein paar Detectives nickten zur Begrüßung. Als ich an ihnen vorbeiging, heulte einer wie ein Wolf und der andere lachte und ich hörte ihn »Vampirjäger« sagen.

Wie üblich lag De'Aths Schreibtisch unter einem Berg aus verstreuten Papieren, Telefonbüchern und aufgerissenen Briefumschlägen versteckt. Ich ließ mich auf seinen Stuhl fallen und hob den Hörer von seinem Telefon ab. Wahllos drückte ich auf verschiedene Tasten, während ich den Blick über seinen Schreibtisch schweifen ließ. Wonach suchte ich? Ich war mir dessen nicht sicher. Da lagen ein halbes Dutzend laufender Vorgänge sowie Verbrecherfotos von Männern, die so aussahen, als ob sie für eine Handvoll Kleingeld zu töten bereit wären, und unter einem großen Briefumschlag fand ich ein halb verzehrtes Vollkornsandwich mit Schinken und Senf. Jede Nummer, die ich wählte, war besetzt, also rief ich meine eigene Nummer zu Hause an. Ich schnippte den Umschlag auf und ließ ein paar Schwarz-Weiß-Fotos von Terry Ferriman herausgleiten. Es waren nicht die üblichen Porträts wie in den Verbrecheralben, von vorn und als Seitenprofil mit Nummern darunter, sondern eher Schnappschüsse. Sie trug die Motorradlederjacke und war ordentlich gekämmt. Vermutlich hatte De'Ath die Aufnahmen absichtlich so arrangiert, damit er sie Zeugen vorlegen konnte und so weiter, ohne es zu offensichtlich zu machen, dass das Mädchen in U-Haft saß.

Ich steckte eins von den Fotos in meine Aktentasche, während mir meine eigene Stimme ins Ohr dröhnte, ich solle meinen Namen und meine Nummer hinterlassen, damit ich mich bei mir melden könne. Ich legte den Hörer auf und ging nach oben in mein Büro. Es war halb sieben und wurde schon dunkel draußen.

Der erste Anruf kam kurz vor neun Uhr. Zwei Polizeibeamte hatten einen Mann aufgelesen, der splitternackt und in geduckter Haltung im Zentrum von L.A. herumlief. Ab und zu war er stehen geblieben, um den Mond anzuheulen. Ehrlich gesagt ist so ein Verhalten in La-La-Land, wie der Großraum Los Angeles im Volksmund heißt, gar nicht mal so selten, aber die Streifenpolizisten gaben an, dass er zwei Mädchen angefallen hatte, nach deren Aussagen er ihnen die Titten abbeißen wollte. Man hatte ihn nach seinem Namen gefragt, er darauf aber nicht geantwortet, nur geknurrt und geheult. Er wollte oder konnte auch meine Fragen nicht beantworten, was mir meine Arbeit unmöglich machte. Er weigerte sich, auf dem Plastikstuhl Platz zu nehmen, und hockte stattdessen auf allen vieren in einer Ecke des Zimmers. Als ich ihm das erste Mal zu nahe kam, spuckte er mich an, und zwei Beamte in Aids-Schutzkleidung stopften ihn in eine Zwangsjacke und hielten ihn auf dem Stuhl fest.

»Was halten Sie davon, Doc?«, fragte einer der Männer, die Stimme gedämpft von der Atemschutzmaske und der weißen Kapuze.

»Ich glaube, er ist auf einem Trip«, sagte ich. »Auf Angel Dust oder einer von diesen Designerdrogen aus dem California

Institute of Technology. Am besten, man überlässt ihn ein paar Stunden sich selbst und wartet, ob er runterkommt. Lasst mal ein paar Blutuntersuchungen machen. Natürlich erst, nachdem er mit einem Anwalt gesprochen hat.«

Die beiden Maskierten nickten im Duett, und ich fragte mich, ob sie vielleicht sauer waren, weil es nicht meine Aufgabe war, jeden ausgeflippten Junkie zu überprüfen, den sie von der Straße auflasen. Ich sollte mich auf die ernsten Fälle konzentrieren. Ich ließ sie damit allein und ging zu den Polizeibeamten zurück. Rivron hatte die Füße auf dem Tisch liegen und las in einer Zeitschrift.

»'n Abend, Jamie«, sagte er, ohne aufzusehen. »Du bist spät dran.«

»Ich hatte eine Verabredung mit einem Wolfsmenschen«, erwiderte ich. »Totale Zeitverschwendung. Manchmal glaube ich, die Cops machen sich einen perversen Spaß daraus, uns zu verarschen.«

»Du darfst das gar nicht an dich ranlassen«, sagte er. Ich war Rivrons Chef, aber er war fünf Jahre älter als ich und oft schienen wir mit vertauschten Rollen zu spielen. Er gab mir Tipps, und ich befolgte sie oft, denn er war ein guter, zuverlässiger Psychologe und widmete der Lektüre von Fachliteratur viel mehr Zeit als ich. Rivron war einer von denen, die man vergisst, sobald sie aus dem Zimmer sind. Er hatte das ideale Statistengesicht für einen Kinofilm; ganz gleich, wie oft er im Hintergrund auftauchte, man würde sich partout nicht an ihn erinnern. So ziemlich alles an ihm war durchschnittlich.

Er hätte sich auch gut als Verbrecher gemacht; man könnte sich gut ausmalen, wie die Cops ihre Runden machten und

Beschreibungen am Tatort sammelten – durchschnittliche Körpergröße und Statur, braune Augen, braunes Haar, keine unveränderlichen Merkmale. »Würden Sie den Mann eventuell wiedererkennen, Ma'am?« Pause. Hüsteln. Peinlich berührter Blick. »Eigentlich nicht, Officer, nein.«

Auch seine Kleiderwahl grenzte ans Unauffällige – Sportjacke, sauber gebügelte Flanellhosen, helles kariertes Hemd, Slipper, dezente Socken. Er hatte seine eigene teure Praxis als Psychoanalytiker in Beverly Hills. Seinen Brotberuf nannte er das. Das LAPD beriet er unentgeltlich. Ein Gesprächsthema auf Dinnerpartys mit den Stars. Falls das bitter klingt, ignorieren Sie es bitte – ich bin bloß neidisch, weil ich keine Chance habe, Filmstars von meinen Verstrickungen mit dem Abschaum von L.A. zu erzählen. Seit Deborah mich verlassen hat, kann ich mit niemandem mehr über meine Arbeit reden.

Das Telefon schrillte und Rivron ging dran. Er machte sich ein paar Notizen und legte wieder auf. »Vampir gefällig?«, fragte er. »Unten in Zimmer D. Hat ein paar Penner gebissen.«

»Und sie kaltgemacht?«

Er schüttelte den Kopf. »Dem blüht sicher noch eine Alkoholvergiftung. Wenn nicht Schlimmeres.«

Das Telefon klingelte und dieses Mal ging ich dran. »Übernimm du das mal, ich mach das hier«, sagte ich zu Rivron und der hob seufzend seine Aktentasche auf. Darin waren sein Notebook und eine Kopie des Beaverbrook-Programms. Er winkte, als er an der Tür vorbeiging, und ich winkte zurück.

»Beaverbrook«, sagte ich. Es war ein diensthabender Sergeant. Sie hatten einen Fall für mich. Angeblich hielt sich der Delinquent für besessen. Ich stutzte aber, als sich herausstellte, dass er von einem Teenager redete, den man am Steuer eines gestohlenen Rolls-Royce erwischt hatte.

»Das kann doch nicht Ihr Ernst sein?«, sagte ich.

»Doch, Doc, der behauptet glatt, er ist von Rolls-Royces besessen«, lachte der Sergeant und legte auf. Lustig, lustig, tralalala!

Sie halten dieses ganze Getue um den Vollmond für gequirlte Scheiße? Ein Satellit, der zischend die Erde umkreist, kann unmöglich das Verhalten von Milliarden kleiner Menschen beeinflussen, die tief unten ihren Geschäften nachgehen? Die meisten Wissenschaftler würden Ihnen ins Gesicht lachen, wenn Sie behaupten würden, der Mond sei an abscheulichem Treiben schuld, aber fragen Sie doch mal einen beliebigen diensthabenden Polizisten, der erzählt Ihnen, ohne mit der Wimper zu zucken, dass die Irren bei Vollmond ganz aus dem Häuschen sind. Na ja, vielleicht haben die zu viele Horrorfilme gesehen, und es ist eigentlich keine Reaktion des Körpers, sondern nur so ein Reflex à la pawlowsche Hunde: den Mond sehen und heulen. Aber das läuft doch auf dasselbe hinaus, oder? Ich habe jedenfalls genügend Grundlagenforschung betrieben, um zu wissen, dass es bei Vollmond einen statistisch signifikanten Anstieg der Kriminalität gibt. Ich bin dazu übergegangen, Tatverdächtige, die das erste Mal bei Vollmond getestet wurden, ein zweites Mal zu überprüfen, lasse sie ein paar Wochen nach der Festnahme durch das Programm laufen und vergleiche die Ergebnisse. Da gibt es einen Unterschied. Sicher keinen großen – die Kurven verändern sich nicht so dramatisch, dass ein zum Zeitpunkt der Tat unzurechnungsfähiger Mensch bei abnehmendem Mond wieder zurechnungsfähig wird, aber eine gewisse Wirkung zeigt sich schon. Wenn ich genügend Rohmaterial gesammelt habe, schreibe ich darüber mal was für eine der nicht ganz so seriösen Fachzeitschriften, aber ich kann jetzt schon absehen, wie man mich dafür durch den Kakao zieht.

Viele Menschen reagieren instinktiv auf den Mond. Ohne groß darüber nachzudenken, gehen sie einfach davon aus, dass sie bei Vollmond leichter betrunken werden oder in Streit geraten. Viele Bauern glauben, die Ernte falle besser aus, wenn man die Saat bei zunehmendem statt bei abnehmendem Mond ausbringt. Den Grund wollen sie gar nicht wissen; sie glauben einfach daran.

Einer Theorie zufolge soll der Einfluss des Mondes auf den Menschen ja von den Gezeiten abhängen, also dieselbe Anziehungskraft auf das Wasser in unserem Körper wie auf die Meere des Planeten haben. Da unser Körper zu über achtzig Prozent aus Wasser besteht, könnte die Anziehung des Mondes also auch die Konzentration der Chemikalien im Körper und deren Reaktionen beeinflussen. Nach einer anderen Hypothese soll es etwas mit dem Mondlicht zu tun haben, ähnlich wie bei SAD, der sogenannten saisonal-affektiven Störung. Darunter leiden schätzungsweise einer von hundert Menschen, und zwar überwiegend Frauen. Diese jahreszeitlich bedingte Depression tritt in der Regel zwischen Oktober und März auf und soll eine milde Form von Lichtdefizit bei Menschen sein, deren Hormone sich nicht dem jahreszeitlich bedingten Lichtmangel anpassen können. Betroffene neigen zu depressiven Stimmungen, Ängsten und manchmal Gewalttätigkeit und man kann ihnen mit einer Form von Lichttherapie helfen. Sie sitzen dann vor einer Tageslichtlampe, die UV-Licht abstrahlt – nicht genug für

Sonnenbräune, aber doch die fünf- bis sechsfache Dosis, die man unter normaler Innenbeleuchtung im Haus bekommt. Es funktioniert. Wenn aber manche Menschen empfindlich auf einen Mangel an Tageslicht reagieren, dann wirkt das Mondlicht vielleicht auf andere Menschen, und zwar auf eine Art, die uns noch nicht bekannt ist. Was immer die Ursache sein mag, das Endergebnis ist jedenfalls das gleiche: Bei Mondschein kommen die Irren heraus und spielen verrückt.

Hundemüde verließ ich das Präsidium gegen vier Uhr morgens und fühlte mich an Leib und Seele beschmutzt. Irgendwer hatte eine Knoblauchgirlande um die Antenne meines Wagens drapiert. Ich warf sie auf die Rückbank. Selten so gelacht.

DIE FREILASSUNG

Ich war wohl so in meine Arbeit vertieft, dass ich Terry Ferriman ein, zwei Tage vergaß. Peter Hardy hatte sich wegen des Filmstars noch nicht wieder gemeldet, und ich hatte viel um die Ohren, zum einen Deborahs finanzielle Bombe, dann aber auch die Arbeit, die mich auf Trab hielt. In Vollmondnächten arbeiteten mein Team und ich fast rund um die Uhr und kümmerten uns um mutmaßliche Missetäter.

Ich kam gerade von einem hastigen Lunch mit Rivron zurück, als mich De'Ath im Dienstraum am Arm packte. »Mann, dein Vögelchen will ausfliegen«, sagte er mit anzüglichem Grinsen.

»Mein Vögelchen?«, fragte ich verständnislos, wie so oft, wenn De'Ath mit mir redete.

»Vogel, Fledermaus. Ist doch egal. Ferriman, Terry. Mutmaßliche Vampirin dieser Gemeinde.«

»Was, du lässt sie laufen?«

Er grinste. »Hab mir schon gedacht, dass dich das freut«, sagte er. »Sie kam mir mit so einem offiziellen Schrieb von einem total angesagten Top-Anwalt, und sie hat es tatsächlich geschafft, die Kaution auf eine sechsstellige Summe runterzuhandeln.«

»Das ist immer noch eine schöne Stange Geld, Samuel. Für ein Mädchen mit einer so winzig kleinen Wohnung.«

»Vielleicht hat sie steinreiche Eltern«, sagte er achselzuckend.

»Die Eltern sind tot, sagt sie.«

»Ja? Das muss ich in der Akte übersehen haben. Waise?«

»Behauptet sie zumindest. Vielleicht hat sie daher das Geld.«

»Du meinst, sie hats geerbt?«

»Entweder eine Erbschaft oder eine ausgezahlte Versicherungssumme. Gibts was Neues vom Opfer?«

»Nach letzter Meldung immer noch tot.« Er wieherte vor Lachen und wiederholte den Scherz für Filbin, der gerade mit zwei Styropor-Kaffeebechern ankam. Filbin lachte auch.

»Du weißt, wie ich das gemeint habe«, sagte ich geduldig.

De'Ath klatschte auf seinen Schreibtisch und lachte nur noch lauter. »Nein«, sagte er schließlich, nachdem er sich beruhigt hatte. »Identität noch nicht festgestellt.«

»Ist sie noch hier?«, fragte ich. »Du sagtest doch, der Vogel will ausfliegen.«

De'Ath wischte sich die Augen. »Sie packt gerade ihre Siebensachen. Willst du sie sehen?«

»Eigentlich nicht«, log ich. Tatsächlich wollte ich sie sehen, obwohl ich ehrlich gesagt nicht wusste, wieso. Doch, wusste ich wohl, ich fand sie anziehend, darum wollte ich sie sehen, auch wenn es nur für ein »Hallo« und »Wie gehts?« reichte. Ich deponierte die Aktentasche mit dem Notebook im Büro und ging zum Haupteingang des Präsidiums, denn ich wusste, dass man sie dort entlassen würde. Sie war schon da und stritt sich mit dem diensthabenden Polizisten, fuchtelte wie wild mit den Armen und verdrehte die Augen wegen seiner Antworten. Es war Patsy O'Hara, ein netter Sergeant irischer Abstammung. Vater von fünf Kindern, ein Enkel war auch schon unterwegs. Ich kannte ihn als ziemlich umgänglichen Menschen, darum fragte ich mich, was sie für ein Problem hatte. Ich hielt Ausschau nach ihrem Anwalt, aber sie war allein, also ging ich zu ihnen.

»Ich will aber nicht gehen!«, sagte sie und schlug mit der Faust auf den Schreibtisch.

»Damit kommen Sie hier nicht durch, junge Frau«, sagte O'Hara, und ich hörte ihm an, dass sein Geduldsfaden bald reißen würde. Terry trug die Kleider, die ich in der Tüte auf Filbins Schreibtisch gesehen hatte: Minirock, Stiefeletten mit Ledertroddeln an der Seite, schwarze Strümpfe und die Lederjacke über einem weißen T-Shirt. Und eine Sonnenbrille. Sie wirkte älter als in dem grauen Polizeikittel.

»Ich will einfach nur bis später hier bleiben, klar? Sie können mich nicht zwingen zu gehen!« Sie stampfte mit dem Fuß auf, während sie das sagte.

O'Hara seufzte und schüttelte den Kopf. »Ms. Ferriman, Ihr Anwalt hat sich verdammt viel Mühe gegeben, Sie frei zu bekommen. Ich kann ums Verrecken nicht verstehen, warum Sie nicht einfach gehen.«

»Terry?«, sagte ich. Jetzt stand ich neben ihr.

Sie wandte sich mir zu und nahm die Sonnenbrille ab. »Jamie, Gott sei Dank!«, sagte sie. »Würden Sie diesem Mann bitte Vernunft beibringen?«

»Wo ist das Problem? Lieutenant De'Ath sagt, Sie können gehen.«

»Genau das ist das Problem«, sagte sie. »Ich will nicht gehen. Nicht jetzt.«

»Was meinen Sie damit? Will Ihnen jemand etwas antun?«

Sie wirkte noch gereizter. »Ich kann bei Sonnenlicht nicht nach draußen, das ist alles.«

Ich musterte O'Hara streng. »Wollt ihr beide mich etwa verarschen, Patsy? Das hätte ich ja nicht von dir gedacht.«

Er wirkte peinlich berührt und hob die Hände. »Hey Jamie, es hat nichts mit mir zu tun. Großes Pfadfinderehrenwort.«

»Hast du mir die Fledermaus an die Antenne gehängt, Patsy?«

»Das war ich nicht«, sagte er.

»Verdammte Scheiße, ich weiß nicht, wovon ihr beiden da quatscht, aber ich möchte einfach noch ein paar Stunden hier bleiben«, schimpfte Terry und setzte sich wieder die Sonnenbrille auf. »Bis es dunkel wird, okay?«

»Und wie ich Ihnen bereits erklärt habe, junge Frau, ist das hier kein Wartezimmer«, sagte O'Hara und sah mich beifallheischend an. »Ihr Anwalt hat die Kaution gezahlt; Sie sind frei.«

»Ich kann aber nicht weg«, schrie sie und stampfte mit dem Fuß auf.

Ich nahm ihren Arm. »Spaß beiseite, Terry, das reicht jetzt. Ich weiß nicht, wer Sie darauf gebracht hat, aber jetzt ist Schluss mit lustig. Diese Vampirscherze muss ich schon jahrelang über mich ergehen lassen.« Ich zog sie in Richtung Ausgang. »Wenn Sie möchten, fahre ich Sie gern nach Hause. Aber hören Sie jetzt mit dem Vampirgetue auf, okay?«

Sie leistete immer noch Widerstand, rutschte mit den Füßen über den glatten Boden. »Jamie, das ist kein Scherz. Ich vertrage kein Sonnenlicht, echt jetzt!«

»Na toll!«, sagte ich. »Nur weiter so, dann zücke ich auch mein Kruzifix.«

Sie blieb wie angewurzelt stehen, und ich war überrascht, wie viel Kraft sie hatte. Einen Augenblick lang konnte ich sie nicht von der Stelle bewegen. Ihre Augen sah ich nicht wegen der Sonnenbrille, aber ich spürte, dass sie mich böse anfunkelte. Dann entspannte sie sich plötzlich, als hätte sie sich entschieden, die Rolle nicht weiterzuspielen.

»Okay, Jamie«, sagte sie gedehnt. »Wie Sie wollen.« Sie ließ sich von mir zur Tür hinaus und auf die Treppe zum Gehweg begleiten. Es war früher Nachmittag, und die Sonne schien so hell, dass ich meine Augen abschirmen musste, als ich zu Terry hinüberblickte.

»Sehen Sie«, sagte ich. »Sie sind nicht in Flammen aufgegangen.«

Lächelnd begann sie zu zucken, und dann sah ich, wie sich auf ihrer rechten, der Sonne zugewandten Gesichtshälfte Blasen zu bilden begannen, als hätte man sie mit Säure übergossen. Die Stirn folgte, zuerst brachen Hunderte kleiner Bläschen aus, dann bräunte sie sich wie ein Pfannkuchen. Terry hob schützend eine Hand, und ich sah, dass auch diese braun wurde. Ich packte sie an der Schulter und schob sie ins Gebäude zurück.

»Gott, Terry, was haben Sie denn bloß?«, fragte ich.

Sie zitterte unkontrolliert. Ich geleitete sie zu einer Bank an der Seite des Raums und ließ sie Platz nehmen. Patsy O'Hara kam besorgt zu uns herüber. Er wollte wissen, was denn los sei.

»Gibt es hier einen Doktor?«, fragte ich ihn.

»Du bist doch selbst einer, Jamie«, sagte er.

»Einen Arzt!«, schrie ich. »Um Gottes Willen, Patsy, ich bin Psychologe. Ich habe keine Ahnung, was das hier ist. Hol doch jemanden, schnell.«

»Doc Peterson untersucht gerade ein paar Alkoholsünder«, sagte er. »Ich geh ihn holen.«

Er zuckelte in Richtung der Zellen, während ich bei Terry sitzen blieb. Es bildeten sich keine Blasen mehr, aber überall auf der rechten Wange und auf ihrer Hand hatte sie braune Flecken und auf der Haut kleine blutige Nadelstiche. »Terry, es tut mir leid. Es tut mir echt leid«, sagte ich. Sie verzog nur das Gesicht.

Patsy kam mit Peterson zurück. Der schob mich beiseite und setzte sich neben sie, nahm ihren Kopf in seine Hände und inspizierte den Schaden auf der Wange. Dann nahm er ihr die Sonnenbrille ab und prüfte zuerst die Haut um die Augen und zum Schluss die Hand.

»Weißfleckenkrankheit?«, fragte er Terry.

Sie nickte.

»Warum sind Sie in die Sonne gegangen?«, fragte er.

Sie zuckte mit den Achseln. Patsy und ich sahen uns an. Schwer zu sagen, wer schuldbewusster aus der Wäsche schaute.

»Verwenden Sie keinen Sonnenschutz?«, fragte Peterson.

»Lichtschutzfaktor dreißig«, sagte sie. »Nur damit kann ich tagsüber nach draußen. Aber ich hatte nichts bei mir.«

»Dann hätten Sie sich einen Hut borgen sollen. Oder drinnen bleiben. Waren Sie deshalb schon bei einem Arzt?«

»Natürlich«, sagte sie. »Ich habe das ja schon seit meiner Kindheit.«

»Haben Sie es schon mit einer Steroidtherapie versucht?«

»Ja, aber die hat nichts gebracht. Die Ärzte sagen, ich soll am besten aus der Sonne bleiben.«

Patsy kehrte an seinen Platz zurück. Ich blieb sitzen und hätte mich am liebsten in ein Mauseloch verkrochen. Peterson wandte sich jetzt an mich. Er war ungefähr zehn Jahre älter als ich und konnte wunderbar mit Patienten und überhaupt mit allen Menschen umgehen, weshalb die Cops ihn gerne die Betrunkenen untersuchen ließen. Er hatte ein sympathisches Gesicht, Augen wie Austern und einen mexikanischen Schnurrbart, den er ab und zu rieb. »Hast du das schon mal gesehen, Jamie?«, fragte er.

Ich verneinte und er hielt Terrys Hand vor meine Nase. »Vitiligo – die Weißfleckenkrankheit«, sagte er. »Eine Immunschwäche, die die Pigmentierung der Haut nicht normal arbeiten lässt und sie überempfindlich für Sonnenlicht macht. Ungewöhnlich ist das nicht – es betrifft etwa einen von hundert Menschen, die in der einen oder anderen Form darunter leiden.«

»Davon habe ich noch nichts gehört«, antwortete ich. Ich sah zu Terry hinüber. »Ich werde es mir merken«, sagte ich zu ihr. Sie lächelte verzagt und setzte die Sonnenbrille wieder auf.

»Kann ich irgendwas für sie tun?«, fragte ich Peterson.

»Nein, die Bräunung geht von selbst wieder zurück«, sagte er. »Was die Krankheit betrifft, sagte ich ja bereits zu … Verzeihung, Ihren Namen habe ich nicht verstanden«, wandte er sich an Terry.

»Terry«, antwortete sie.

»Wie ich Terry hier schon sagte, kann man das langfristig nur mit Steroiden behandeln, aber nicht einmal das ist sicher. Das beste Mittel ist, im Haus zu bleiben.« Er stand auf und schüttelte ihr die Hand. »Viel Glück, Terry. Und bleiben Sie aus der Sonne, okay?«

»Versprochen, Doc«, sagte sie.

Als Peterson wegging, legte ich Terry meine Hand auf die Schulter. »Terry, es tut mir so leid. Ich hatte ja keine Ahnung.«

»Sie haben mir nicht geglaubt«, sagte sie.

»Ich weiß, tut mir leid. Es ist nur so, dass die Jungs hier mir so viele Streiche spielen, das glauben Sie gar nicht! Die machen mir das Leben zur Hölle.«

»Jamie Beaverbrook, Vampirjäger?«

»Genau. Und nach einer Weile denkt man wohl, dass alle mitspielen. Ich bitte um Verzeihung, ich hätte Ihnen glauben sollen. Ich werde Ihr Wort nie wieder anzweifeln.«

»Sie meinen, es gibt ein nächstes Mal?«, fragte sie schelmisch.

»Das will ich doch hoffen«, sagte ich.

»Ja, ich auch. Denke ich mal«, sagte sie.

»Bleiben wir Freunde?«, fragte ich.

»Na klar«, bekräftigte sie.

DER CLUB

Mit dem abnehmenden Mond begann auch die Arbeitslast etwas nachzulassen. Ich kam kurz vor acht zurück und sah das rote Lämpchen auf meinem Anrufbeantworter blinken. Peter Hardy bat mich um einen Rückruf. Ich rief ihn an, aber er war nicht da, also hinterließ ich ihm eine Nachricht auf seinem Anrufbeantworter. Ich brannte darauf zu erfahren, was er über Greig Turner und *Zeit des Flieders* hatte herausfinden können, aber da L.A. nun mal so ist, wie es ist, konnte es Tage bis zu einem persönlichen Gespräch dauern. Ich schob ein Hühnchenfertiggericht in die Mikrowelle und ging einige Protokolle durch, als es an der Tür klingelte. Es war nach Mitternacht und ich erwartete niemanden, also spähte ich erst einmal durch den Spion.

La-La-Land kann man nach Anbruch der Dunkelheit nicht gerade als sicheren Hafen bezeichnen, nicht mal in meinem Viertel, und es entsprach nicht gerade meiner Vorstellung eines amüsanten Mittwochabends, von einer Horde Biker auf Angel Dust überfallen und vernascht zu werden. Paranoid, hm? Dann probieren Sie doch mal, ein Weilchen hier zu leben.

Da war niemand, was mich nicht sonderlich beunruhigte, denn dafür gab es drei mögliche Erklärungen: Sie waren weg, sie versteckten sich, oder sie waren hinter das Haus gegangen und brachen ein, während ich hier stand und die Haustür fixierte. Nur weil ich paranoid bin, heißt das nicht, dass nicht ein paar Typen mit Knarren da draußen rumlaufen. Ich kehrte ins Arbeitszimmer zurück und es klingelte schon wieder. Ich dachte unwillkürlich daran, die Polizei zu rufen, verwarf den Gedanken aber, denn wenn ich mich irrte und überreagierte, würde es nicht lange dauern, bis die Mär vom Vampirjäger Jamie Beaverbrook, der Schiss im Dunkeln hat, unter den »blauen Jungs« im LAPD, wie man sie wegen ihrer Uniformen nannte, die Runde machte.

Ich ging zurück und spähte wieder durch das Guckloch. Sie war es. Es war fast Mitternacht und vor meiner Haustür stand Terry. Was zum Teufel war denn los? Ich öffnete ihr und sie lächelte zu mir hoch.

»Hi«, sagte sie. Sie trug eine schwarze Leinenjacke, die Ärmel bis zu den Ellenbogen hochgekrempelt, ein schwarzes T-Shirt, schwarze Lederjeans und eine Panorama-Sonnenbrille. Sie hatte das also ernst gemeint, dass Schwarz ihre Lieblingsfarbe war. Weiß Gott, wie sie es schaffte, über die Straße zu kommen, ohne überfahren zu werden.

»Wissen Sie, wie spät es ist?«, fragte ich.

Sie grinste. »Spät«, erwiderte sie. Sie sah auf meine Kleidung. »Sie waren doch noch nicht im Bett?«

Ich wollte sie fragen, was sie hier suchte, wie sie an meine Adresse gelangt war und wieso sie so verdammt attraktiv aussah so spät am Abend.

»Wollen Sie mich nicht hereinbitten?«, fragte sie fast zickig.

Ein irrer Gedanke schoss mir durch den Kopf, jene Szene aus den alten Dracula-Filmen, in der der Graf vor der Tür steht und auf Einlass wartet, weil er ohne ausdrückliche Aufforderung nicht über die Schwelle kann.

Sie bemerkte mein Zögern und zuckte mit den Achseln. »Na schön. Ich wollte mich ja nur bedanken, sonst nichts.«

Sie wandte sich zum Gehen, und ich trat auf sie zu und berührte sie an der Schulter. »Tut mir leid, bitte geh nicht weg«, sagte ich. »Es ist spät. Darum war ich überrascht, dich zu sehen.«

Sie wandte sich zu mir um und lächelte. »Du warst so nett zu mir – du hast ja richtig Anteil genommen. Die anderen haben es mir so schwer gemacht. Ich bin nur gekommen, um mich zu bedanken.«

Ich hielt ihr die Tür auf. »Komm doch rein«, sagte ich. Ihre Jacke streifte mich, als sie eintrat. Irgendwo da oben in den Hügeln heulte ein Hund, als wären seine Eier in einem Schraubstock gefangen. Ich folgte ihr hinein und schloss die Tür.

Sie ging durchs Haus und sah sich alles genau an, wie eine potenzielle Käuferin. »Hübsch«, sagte sie. »Das gefällt mir.«

»Nach links«, sagte ich. »Wir gehen ins Arbeitszimmer.«

Ich sah ihren Hüftschwung beim Gehen. Gott, sie sah gut aus! Sie blieb mitten im Arbeitszimmer stehen und ließ den Blick schweifen. Dann nahm sie die Sonnenbrille ab und wandte sich zu mir um. Ich hatte vergessen, wie schwarz ihre Augen waren. Auf ihren Wangen waren keine Narben, aber ich hätte nicht sagen können, ob sie verschwunden oder überschminkt waren.

»Das ist ja ganz anders«, sagte sie. »Dich hätte ich mir nicht in so einem Zimmer vorgestellt. Es wirkt doch irgendwie ziemlich nüchtern. Im Gegensatz zur übrigen Einrichtung.«

»Tja, das hier ist das einzige Zimmer, das ich nach dem Willen meiner Frau als mein eigenes Reich betrachten durfte. Den Rest hat sie gestaltet.«

Sie zog die Brauen hoch. »Deine Frau?«

»Exfrau«, korrigierte ich.

»Sie hat aber einen guten Geschmack! Wie heißt sie denn?«

»Deborah«, sagte ich, leicht säuerlich, dass sie deren Geschmack besser als meinen fand. Mir gefiel ja diese Holzvertäfelung mit ihrem rauen intellektuellen Touch. Ich hatte mir viele Gedanken darüber gemacht.

»Geschieden? Oder ist sie gestorben?« Ihre unverblümte Art überraschte mich.

»Geschieden. Sieh dir das Haus gut an. In Kürze muss ich es verkaufen.«

»Unterhalt?«

»Unterhalt«, bestätigte ich.

Sie ging zum Bücherregal und sah sich meine Diplome an. »Ziemlich beeindruckend«, sagte sie. »Wofür steht denn das ›D.‹?«

»Dean«, sagte ich.

»Jamie Dean?«, fragte sie und dann dämmerte es ihr. »James Dean? Deine Eltern haben dich nach James Dean genannt? Wie süß!«

»Ja, meine Mutter war ein Fan von ihm. Ich wurde an seinem Todestag geboren.«

»Freitag, den dreißigsten September, neunzehnhundertfünfundfünfzig. Cholame Valley.«

Ich war beeindruckt. Die meisten Kalifornier wussten, wo er gestorben war, aber nicht viele hätten das genaue Datum nennen können.

»Du siehst nicht so aus, als wärst du neunzehnhundertfünfundfünfzig geboren.«

Ich lächelte sarkastisch. Sie wusste genau, wie ich das gemeint hatte. »An dem Tag«, sagte ich. »Ich bin am dreißigsten September geboren. Und meine Mutter war immer ein Fan. Obwohl ich mir nicht sicher bin, dass es eine gute Idee war, ein Kind mit dem Namen eines Filmstars zu belasten. Jedenfalls kein Kind in Nordengland. In der Schule hat man mich gehänselt.«

»Nennst du dich deshalb Jamie und nicht James? Und warum nicht Dean?«

»Eher aus beruflichen Gründen. Einen Psychologen, der James Dean heißt, würde man wohl kaum ernst nehmen können.«

»Das ist doch dasselbe in Grün, Jamie. Nur dass die Leute, die dich aufziehen, älter sind. Derselbe Spott, nur auf einer anderen Spielwiese.«

Ich konnte es nicht fassen. Das Mädchen war ja fast noch ein Teenie und versuchte schon, mich zu psychoanalysieren.

»Darum geht es doch gar nicht. Nicht darum, dass man mich damit aufzieht. Es ist nur so, dass …«

»Ich weiß, du wolltest nicht, dass James Dean an der Tür deines Büros steht. Man könnte dich ja auslachen.«

»Es ist keine Frage des Ausgelachtwerdens; es geht darum, dass man mich ernst nimmt.«

Sie lächelte amüsiert und zog die Brauen hoch. Sie musste gar nichts sagen. Vielleicht war es dasselbe.

»Möchtest du etwas trinken?«, fragte ich.

»Nein danke. Ich bin nur gekommen, um mich bei dir zu bedanken und dich auszuführen.«

»Mich auszuführen?«

Sie lachte. »Um dir zu zeigen, wie ich deine Hilfe schätze. Hol deine Autoschlüssel. Zieh dich nicht extra um – so siehst du interessant genug aus.«

Interessant? Eine alte Levi's und ein Billy-Idol-T-Shirt waren interessant? Deborah hätte das nicht so genannt. Für sie gehörte das in die Modekategorie »So willst doch nicht etwa unter die Leute«.

»Hast du eine Jacke?«, fragte sie. »Leder vielleicht?«

»Ich habe noch irgendwo eine alte Motorradjacke, aber die habe ich jahrelang nicht mehr getragen.«

Sie lachte. »Wunderbar, dann hol sie doch!«

Im Schlafzimmer durchsuchte ich gerade den Schrank, als mir aufging, dass ich ihre Anweisungen wie ein kleines Kind befolgte. Komisch. Sie setzte mich nicht unter Druck, ich wollte nur tun, was sie sagte. Ich lechzte nach ihrer Anerkennung. Ihrem Lächeln. Ich fand die Jacke und zu meiner Überraschung passte sie immer noch. Ich ging ins Arbeitszimmer zurück und stellte mich mit ausgestreckten Armen hin. »Wie sieht das aus?«, fragte ich.

Sie legte den Kopf schief und nickte nachdenklich. »Wunderbar«, sagte sie. »Aber du solltest den Kragen hochstellen.«

»À la James Dean?«

»Probiers doch mal.«

Das tat ich und sie lächelte. »Sieht toll aus.«

»Wohin wollen wir denn?«, fragte ich.

»Das ist eine Überraschung.«

»Ist es weit?«

Sie lachte. »Ein etwa einstündiger Ritt auf einem guten Pferd.«

»Was?«

Sie grinste über meine Verwirrung und schüttelte den Kopf. »Das war ein Scherz«, sagte sie. »Nicht weit. Los, steigen wir in dein Auto.« Sie nahm meinen Arm, und halb zog sie mich, halb schob sie mich in die Diele. »Küche?«, fragte sie.

»Was?«

»Wo ist die Küche?«

Ich deutete mit dem Kopf nach links und sie zog mich in die Küche. »Reis?«, fragte sie.

»Reis?«

»Reis. Hast du Reis da, Jamie?« Sie sprach langsam, als wäre ich ein behindertes Kind, aber sie lächelte, um mir zu zeigen, dass sie mich aufzog.

Ja, ich hatte Reis. Deborah hatte eine besondere japanische Sorte für ihre Sushipartys. »Im Schrank neben dem Kühlschrank.«

Sie hockte sich hin und holte ein großes Glas heraus. »Schön. Mülltüten?« Sie drehte den Kopf zu mir um. »Mülltüten?«, wiederholte sie.

Ich zeigte auf die Schublade. Sie richtete sich auf, öffnete sie und zog zwei schwarze Plastikmüllbeutel heraus. Eine braune Papiertüte lag auf der Arbeitsfläche, und sie schüttete drei, vier Hand voll Reis hinein, drehte sie oben zu und steckte sie in ihre Jackentasche. Sie rollte die Müllbeutel zusammen und wedelte dann damit vor mir herum wie ein Dirigent, der vor seinem Orchester volle Fahrt aufnimmt. »Na, dann los!«, sagte sie.

»Wohin denn, Terry?«

»Das ist eine Überraschung.«

»Überraschungen mag ich nicht.«

»Die hier schon. Glaub mir, Jamie.«

Sie kam auf mich zu, ihre schwarzen Augen schienen mich zu verschlingen, als sie näher kam und ihre Arme um meinen Hals schlang. Ich sah das verzerrte Spiegelbild meines Gesichts in ihren Pupillen. Es wirkte erschrocken. Ihre Nase reichte bis knapp unter mein Kinn und sie sah zu mir hoch. »Ich meine es ernst. Vertrau mir, Jamie.«

Ich schmolz dahin. »Okay.«

»Ja!«, sagte sie und dann stellte sie sich auf die Zehenspitzen und küsste mich leicht auf die Wange. »Los, komm!« Sie nahm meine Hand und zog mich zur Garage. Erst auf der Fahrt durch die Stadt fiel mir auf, dass sie mich gar nicht nach dem Weg zur Garage gefragt hatte, so als hätte sie das bereits gewusst.

Sie wollte mir nicht verraten, wohin wir fuhren, aber sie lotste mich in einen Teil von L.A., den ich überhaupt noch nicht kannte; dunkle Straßen, baufällige Häuser und brachliegende Grundstücke, ausgebrannte Autos und vermüllte Gehwege. Sie wissen schon – eben kein normales Stadtviertel. Einmal war ich sicher, dass wir im Kreis gefahren waren, und mich durchzuckte eine böse Ahnung, dass sie mir vielleicht eine Falle stellen wollte. Am Ende blieb eine Leiche mit aufgeschlitzter Kehle, die der Erklärung bedurfte, und soweit ich wusste, hatte De'Ath nur einen einzigen Namen auf dem Schirm. Ihren.

»Da«, sagte sie und deutete in eine Richtung.

»Was?«

»Da. Park da drüben.«

Ich fuhr rechts ran und schaltete den Motor ab. Nach ein paar Sekunden blieb er stotternd stehen. Der Zündungszeitpunkt musste wieder neu eingestellt werden. Ich wollte aussteigen, aber mit ihrer Hand auf meinem Schenkel hielt sie mich zurück.

»Halt«, sagte sie. Bilder schossen mir durch den Kopf. Ein dunkler Gehweg. Eine Gestalt in einem langen schwarzen Mantel kam auf den Wagen zu. Bückte sich. Aufblitzendes Metall. Ein roter Vorhang. Ihr Mund. Ihr Lächeln. Ihre Zähne.

»Bist du in Ordnung?«

»Was?«

»Mensch, Jamie, ich weiß, du solltest längst im Bett sein, aber du benimmst dich ja wie der letzte Zombie. Wach auf! Ich habe gefragt, ob du in Ordnung bist.«

»Ja, bin ich.«

Ihre Hand lag noch auf meinem Schenkel. Ich spürte ihre Nägel durch den Stoff meiner Jeans. Ich hatte nicht gewusst, wie scharf sie waren, wie Tierkrallen. »Tust du mir einen Gefallen?«, fragte sie.

Ich sah ihr in die Augen. »Jeden.«

Langsam zog sie die linke Hand aus der Jackentasche und ließ die braune Reistüte in meinen Schoß fallen.

»Steck dir das in die Hose.«

»Was?«

»Jamie, hörst du bitte auf zu fragen? Mach einfach, was ich sage, okay? Stopf dir die Reistüte vorne rein. Vertrau mir.«

Ich tat wie befohlen und dann stiegen wir beide aus. Sie kam zu mir herum und hakte sich bei mir unter.

»Schließt du denn nie ab?«, fragte sie.

»Zwecklos. Die müssen ja nur das Stoffverdeck aufschlitzen.«

»Wer denn?«

»Die Spitzbuben. Die Mächte des Bösen.«

Sie lachte. »Du bist verrückt.«

»Ich bin Psychologe.«

»Das eine schließt das andere nicht aus.«

»Da könntest du recht haben.« Ich blieb stehen und sah sie an. »Terry, beantwortest du mir eine Frage?«

»Klar.«

»Warum laufe ich hier mit einer Tüte Reis in der Hose herum?«

Sie kicherte und tippte mir mit den Müllbeuteln auf den Kopf. »Das würde dir nur die Überraschung verderben«, sagte sie und zog mich am Arm. »Los, komm, wir sind fast da.«

Vor einem Kino stellten wir uns ans Ende einer Kassenschlange. Selbst für Los Angeles war das hier ein merkwürdiger Haufen. Jung sahen die alle aus, mindestens zehn Jahre jünger als ich. Na ja, vielleicht auch fünfzehn. Die meisten Männer waren geschminkt, viel Mascara und Lidschatten und schwarzer Lippenstift, und sie trugen lange, schäbige Mäntel. Die Mädels steckten in knappen schwarzen Miniröcken und Netzstrümpfen und Tops, die zu tief blicken ließen. Sie trugen auch viel Makeup, genau wie die Männer. Am Eingang hatten sich zwei bullige Türsteher postiert und filzten alle beim Reingehen, aber auf nette Art, und es wurde viel gelacht und herumgealbert. Die Schlange bewegte sich schnell vorwärts. Als wir an der Reihe waren, sollte der Film offenbar gerade anfangen, darum fiel die Leibesvisitation ziemlich oberflächlich aus. Sie sahen in meinen

Taschen nach und prüften Terrys Müllbeutel, aber das war es auch schon. Sie hielt die Eintrittskarten bereit, und auf dem Weg durchs Foyer bemerkte ich ein paar Plakate von dem Film, den wir uns ansehen wollten. *Die Rocky Horror Picture Show*. Ein britischer Schauspieler, Tim Curry, in der Rolle eines durchgeknallten Wissenschaftlers, des Transvestiten Frank N. Furter.

»Hast du den schon mal gesehen?«, fragte Terry, als wir in den abgedunkelten Saal kamen.

»Nein«, antwortete ich. »Du?«

»Nur etwa tausend Mal«, sagte sie. »Schnell, es geht los!«

Unsere Plätze lagen mitten in der fünften Reihe, und wir mussten uns an einem bunten Haufen von Freaks und Spinnern vorbeizwängen, die alle den Eingangssong des riesigen Lippenpaars auf der Leinwand mitsangen. Männer zogen ihre Mäntel aus und zeigten tief ausgeschnittene Fummel und Strapse.

»Hol den Reis raus«, flüsterte Terry, als wir uns hinsetzten. Ich tat wie befohlen und sah ein paar Plätze weiter ein Mädchen mit blonder Igelfrisur und lila Lidschatten einen Plastikbeutel mit Reis unter ihrem Lederminirock hervorziehen. Sie merkte, dass ich sie beobachtete, und zwinkerte mir zu.

Die Lippen verschwanden von der Leinwand und Terrys rechte Hand grub in die Tüte; heraus kam eine Hand voll Reis. Sie bedeutete mir, es ihr nachzutun. Die Zuschauer schienen den Film schon oft gesehen zu haben, nach der Art und Weise zu urteilen, wie sie die Dialoge mitbrüllten und kommentierten. Als dann eine Hochzeitsszene kam, war die Luft erfüllt von fliegendem Reis, der auf uns alle herabhagelte, begleitet von Kreischen und Pfiffen.

»Irre, was?«, lachte Terry, die Lippen an mein Ohr gepresst.

»So was hab ich noch nie gesehen«, bekräftigte ich.

»Es wird noch besser«, sagte sie. »Glaub mir, es wird noch besser.«

Ein typisch amerikanisches Paar, Brad und Janet, sang auf der Leinwand und das Publikum flippte aus. Im Gang parodierte ein Paar in identischer Aufmachung die beiden Schauspieler passend zum Soundtrack. Terry reichte mir eine Mülltüte. »Setz dir die mal auf«, flüsterte sie.

»Was?«

»Setz dir das auf. Vertrau mir.«

Ringsum raschelte es im Kino. Anscheinend hielten sich jetzt alle entweder eine Zeitung oder eine Plastiktüte über den Kopf. Terry setzte sich die Tüte auf, und während ich es ihr nachtat, wechselte die Filmszene. Brad und Janet saßen jetzt bei strömendem Regen in einem Wagen. Von oben plätscherte Wasser über die Tüte auf meinem Kopf und sickerte meinen Nacken herunter.

Terry kicherte. »Irgendwer schafft es immer, Wasser reinzuschmuggeln«, flüsterte sie. »Es ist echt irre, nicht?«

»Ja, irre«, sagte ich. »Ich hoffe nur, es ist auch wirklich Wasser.«

Der Rest des Films war ebenso chaotisch. Leute im Publikum waren kostümiert wie die Figuren auf der Leinwand, sprachen die Dialoge mit, schrien die Pointen heraus; andere rannten nach vorn zur Leinwand, zeigten auf Gegenstände und taten so, als ob sie beim Knopfdrücken, Hebelziehen, Vorhangaufziehen und Schränkeschließen halfen. Es war nervig. Publikumsbeteiligung in einer Anstalt. Terry kannte anscheinend das ganze

Drehbuch auswendig. Sie sang mit, schrie die Pointen zusammen mit den anderen und ab und zu griff sie nach meiner Hand und drückte sie. Sie amüsierte sich, und ich verdammt noch mal auch, wie ich so in einem dunklen Kino saß, mit genügend Verrückten, um ein Jahresabo von *Clinical Psychology* zu füllen. Die Handlung? Ich kann mich nicht erinnern – irgendwas mit der Erschaffung eines Menschen aus Ersatzteilen, Besuchern von einem anderen Planeten, vielen Männern in Strümpfen und Strapsen, und Tim Curry tötete Meatloaf nach einer Lobotomie mit einem Eispickel. Aber Terry, die sehe ich deutlich vor mir, ihre schwarzen Augen vor Freude weit offen, wie sie sich die Lippen leckt und lacht, das Haar vor- und zurückschwingt, ihr Lachen so süß, dass ich sie einfach nur in die Arme nehmen und fest drücken wollte. Ich war drauf und dran, mich in sie zu verlieben; das wusste ich todsicher. Die Erkenntnis brachte lauter Bedenken mit sich, in Bezug auf ihre Gefühle, bezüglich des Altersunterschieds und vor allem wegen der Tatsache, dass ich für das LAPD arbeitete und man gegen sie als Tatverdächtige in einem Mordfall ermittelte.

Der Abspann lief, das Licht ging an, und sie wandte sich mir zu und ertappte mich dabei, dass ich sie ansah. Sie zog die Stirn kraus und streichelte mir die Wange. »Bist du okay, Jamie D. Beaverbrook?«

Ich nickte und griff nach ihrer Hand. »Ja.« Ich wollte ihr sagen, wie ich fühlte, ihr von meinem Herzschmerz berichten, aber ich unterdrückte es. Angst vor Zurückweisung vermutlich. Oder davor, mich lächerlich zu machen.

»Möchtest du etwas trinken? Ich kenne was in der Nähe«, sagte sie.

»Gern.«

Wir kamen Arm in Arm aus dem Kino und gingen zum Wagen zurück.

»Ist es weit?«, fragte ich.

»Höchstens ein paar Minuten«, sagte sie.

»Auf einem guten Pferd?«

Sie kicherte. »Mir gefällt das, wie du mich zum Lachen bringst, Jamie«, sagte sie.

Sie lotste mich und fünf Minuten später hielten wir vis-à-vis einem schwarz gestrichenen, fensterlosen Bau. Eine Treppe führte zu den Doppeltüren hinauf, die offenstanden, und darüber verkündete die Leuchtschrift eines Neonschilds »The Place«. Die Tür wurde von einem breitschultrigen, kahlköpfigen Schwarzen in einem schwarzen Anzug bewacht. Sein gleichgültiges Gesicht verzog sich zu einem Grinsen, als er Terry erblickte. »Terry, mein Mädel!«, dröhnte er. »Wie gehts denn meinem Lieblingsnachtgespenst?«

»Wie gehabt, Toby«, sagte sie. Sie küsste ihn auf die Wange. »Dies ist mein Freund Jamie«, sagte sie im Vorbeihuschen. Toby nickte mir zu, grinste aber nicht. Ich folgte Terry durch ein rotes Foyer zu weiteren Türen, ebenfalls von einem anderen Schwarzen bewacht, der noch größer war als Toby. Auch er begrüßte Terry mit Namen und öffnete die Türen für sie, sodass der stampfende Heavy-Metal-Beat herauswaberte. Die Tanzfläche war brechend voll. Dort tummelte sich ein ähnlicher Haufen wie im Kino, massenhaft Schwarz, massenhaft Leder, massenhaft nackte Haut und gepiercte Ohren und Nasen, und überall wurde Terry freudig begrüßt, mit Wangenkuss, Umarmung, einem warmen Lächeln. Sie schien unendlich viele Freunde zu haben, und ich mich erfasste eine Woge der Eifersucht, besonders wenn Männer sie anfassten, aber sie verbrachte nie mehr als ein paar Minuten mit ihnen, bevor sie mit mir im Schlepp weiterzog. Die ohrenbetäubende Musik machte jede Unterhaltung unmöglich, aber wie es schien, bestand herzlich wenig Bedarf an Gesprächen, nur an viel Körperkontakt und der Verrenkung von Gliedmaßen. Ich kam mir alt vor. Wem zum Teufel wollte ich was vormachen, ich war auch alt, nur mein Hirn hatte es noch nicht akzeptiert.

Die Tanzfläche wurde auf einer Seite der Länge nach von einer Theke aus glänzend schwarzem Holz mit einem Messinggeländer begrenzt. Ein halbes Dutzend Barkeeper in schwarzen Hosen-und-Westen-Ensembles gaben ihr Bestes, um mit dem nicht abreißenden Strom von Bestellungen fertigzuwerden. Mindestens drei Leute drängten sich an einer Stelle und wollten Getränke kaufen. Sie wedelten mit Geldscheinen und überschrien die nervtötende Musik. Terry blieb stehen und legte ihren Mund dicht an mein rechtes Ohr, so dicht, dass ich ihren Atem spürte. Ich dachte, sie wollte mich küssen, doch stattdessen fragte sie mich, was ich trinken wollte. Ich legte meinen Mund an ihr Ohr und sagte, ich sollte es besser holen, sie habe keine Chance, durch das Gedränge zu kommen. Grinsend antwortete sie, einer der Barkeeper sei ein Freund von ihr, also bat ich sie um einen Wodka Tonic.

Sie führte mich zu einer Säule und befahl mir, da stehenzubleiben, damit sie mich wiederfinden könne, und dann bahnte sie sich einen Weg zur Bar wie ein schwarzer Hai, der sich durch einen Fischschwarm bohrt. Sie ging ans andere, weniger umlagerte Ende der Theke, wo niemand bediente. Dort stellte sie sich auf die Fußstütze, um sich fünfzehn Zentimeter größer zu machen, aber auch so ragte sie nicht aus der Menge heraus, und ich rechnete damit, dass es noch einige Zeit dauern würde, bis sie zum Zug kam.

Links von mir kreiste ein junger Typ mit einem rot-grünen Irokesen und einem dutzendfach zerschlitzten T-Shirt vor einem Mädchen mit taillenlangem blonden Haar und hautengem Gummikleid, das wenig der Fantasie überließ. Hinter ihnen tanzten langsam zwei Brünette in identischen Lederklamotten und küssten sich selbstvergessen inmitten des pulsierenden Gewummers.

Es war heiß und ich spürte den Schweiß auf meinem Gesicht und im Kreuz. Ich sah wieder zu Terry rüber. Sie war immer noch nicht bedient worden. Sie schrie weder, noch winkte sie oder tat sonst etwas, um die Aufmerksamkeit der Männer hinter der Theke zu erregen. Vielmehr schien sie zu warten und fixierte einen der Barkeeper, einen hochgewachsenen, mageren Typ mit langem schwarzem Haar, das er zu einem femininen Pferdeschwanz zurückgebunden hatte. Seine langen Arme wirkten auf den ersten Blick unvorteilhaft, sie bewegten sich ruckartig von der Flasche zum Glas wie eine schlecht geführte Handpuppe, aber er war schnell und machte anscheinend keine Fehler. Er hatte tiefliegende Augen und ein schmales Gesicht mit offenbar dauerhaftem Stirnrunzeln. Er wirkte sehr ernst, denn er starrte den Gästen geradewegs ins Gesicht, fast drohend, und dann nickte er knapp und führte die Bestellung aus. Er schien sie immer auf Anhieb richtig zu verstehen, bat nie um Wiederholung, und anders als der Rest des Personals beugte er sich nicht ständig vor, um besser zu hören. Anscheinend spielte es keine Rolle, wo er stand oder wie leise der Gast sprach. Es war, als gäbe es die Musik gar nicht, als würde er in völliger Stille arbeiten. Er sagte auch nie etwas, tippte nur die Bestellungen in die Registrierkasse und zeigte darauf, wenn die Gäste den Betrag reklamierten. Er war taub, wie ich feststellte. Er war taub und las von den Lippen ab. Und offensichtlich konnte er das gut.

Gerade hatte er einem männlichen Pärchen mit nietenbesetzten Hundehalsbändern und Lederwesten zwei Bier serviert und ließ den Blick über die Bar wandern. Seine Augen weiteten sich, als er Terry sah. Er steuerte auf sie zu und lächelte breit. Er hob die geöffnete rechte Hand und bewegte sie vor und zurück, das Zeichen für *Hallo*.

Sie ahmte die Geste nach, zeigte auf ihr rechtes Ohr, und dann ballte sie beide Hände zu Fäusten, bewegte sie zusammen, dann auseinander. Das Zeichen für *laut*. Darauf richtete sie die Finger im rechten Winkel zu den Handflächen hoch und ließ dann beide Hände sinken. Dann hob sie die Linke mit der Handfläche nach unten auf Brusthöhe und bewegte sie in einem Bogen über die rechte Hand. Beide Gesten zusammengenommen bedeuteten heute Abend. *Laut heute Abend.*

Er nickte, deutete mit dem rechten Finger und ließ ihn im Uhrzeigersinn kreisen. *Immer.* Er deutete auf sie und dann mit dem Zeigefinger direkt nach oben, die Handfläche vor seinem Gesicht, und ließ ihn entgegen dem Uhrzeigersinn kreisen. *Du allein?*

Sie winkte mit der offenen rechten Hand mit zusammenliegenden Fingern und der Handfläche auf ihn zeigend und beschrieb ein S in der Luft. *Nie.*

Er lachte lautlos.

Sie ballte die Fäuste und brachte die Knöchel zusammen, mit den Daumen oben. *Mit.* Sie öffnete die Fäuste, brachte die Hände an den Zeigefingern zusammen, wieder auseinander, veränderte die Lage und legte sie wieder zusammen. *Freund. Mit Freund.* Sie meinte mich.

Er lachte wieder, legte die Fäuste an den Knöcheln zusammen und wackelte mit den Daumen. Das Zeichen für *Liebespaar.*

Sie schüttelte den Kopf und wiederholte das Zeichen für Freund. Mir sank das Herz.

Er deutete auf seine Brust, klatschte sich an die Stirn und zeigte auf Terry. *Ich kenne dich.*

Sie deutete auf ihren eigenen Kopf mit dem rechten Zeigefinger und bewegte ihn im Uhrzeigersinn. *Verrückt.*

Er sah an ihr vorbei, ließ den Blick über die Menge schweifen und fing meinen Blick auf. Er lächelte, dann sah er sie wieder an. Er machte ein Zeichen an seiner Stirn, als wollte er an einen imaginären Hutrand greifen, und deutete dann. *Er.* Mit den ersten beiden Fingern der rechten Hand machte er das V-Zeichen und zeigte auf seine Augen, dann schwang er die Fingerspitzen nach außen und vom Körper weg. *Zusehen. Er sieht zu.*

Terry drehte sich um und sah mich. Sie runzelte die Stirn und legte das Köpfchen schief. Der Barkeeper lachte und bediente jetzt eine hochgewachsene Platinblondine, die auf der Schulter ein Tattoo eines Feuer speienden Drachen trug. Terrys Hände begannen vor ihrem Körper herumzufliegen. Sie wies auf mich, legte die Hand an den Kopf und schnippte den Zeigefinger hoch, dann wiesen beide Zeigefinger nach oben und machten steigende Kreisbewegungen vor ihrem Gesicht, worauf sie erst die Daumen und Zeigefinger und dann die Hände zusammendrückte, um sie abschließend in einer Wellenbewegung auseinander zu nehmen. Sie hatte gefragt, ob ich die Gebärdensprache kannte. Ihre Gesten waren schnell, also ob sie mich auf die Probe stellen wollte, und beinahe hätte ich so getan, als hätte ich nichts begriffen, aber ein anderer Teil von mir wollte angeben, ihr demonstrieren, dass wir etwas gemeinsam hatten.

Natürlich, gebärdete ich zurück. *Du kannst das aber gut.*

Sie grinste. *Du auch. Wieso kannst du das denn?*

Meine Schwester ist taub, gebärdete ich.

Ist sie älter oder jünger?

Ich legte die Fingerspitzen auf die Brust und bewegte sie dann nach oben bis über die Schultern, was ich mehrmals wiederholte, das Zeichen für Übermut. *Jung. Taub geboren,* gebärdete ich. *Ich habe es mit ihr zusammen gelernt.*

Wie heißt sie?

Ich gebärdete ihren Namen Buchstabe um Buchstabe. *Patricia.* Terry runzelte die Stirn und gebärdete zurück, dass sie es nicht verstand. Ich bemerkte meinen Fehler; ich hatte das britische Alphabet verwendet, das anders als das amerikanische war. Ich kannte beide, denn Patricia hatte taube Freunde aus den Staaten gehabt und ich hatte sie mehrmals getroffen. Ich buchstabierte den Namen noch einmal, dieses Mal auf amerikanische Art.

Anders als im britischen System brauchte man dafür nur die rechte Hand.

Dieses Mal nickte Terry und lächelte.

Ich zeigte auf sie und dann kraulte ich mich mit den Fingern der rechten Hand am Kinn. *Du bist süß.* Sie grinste und hielt den rechten Zeigefinger parallel zu ihren Lippen, bewegte ihn von rechts nach links. *Lügner.* Dann kehrte sie mir den Rücken zu, suchte wieder den Blick des Barkeepers und bestellte unsere Drinks. Mit den Gläsern bahnte sie sich einen Weg durch die Trauben von Verrückten, ohne einen Tropfen zu verschütten. Ich war beeindruckt. Sie trug immer noch die Sonnenbrille, was ich irgendwie süß fand. Wir stießen an, und sie sagte etwas, das wie Russisch klang.

»Was hast du gesagt?«

»Das war ein russischer Trinkspruch.«

»Na, dann prost!«

»Möchtest du tanzen?«

Ich ließ meinen Blick über die wogende Menge schweifen und erschauderte. »Ich glaube nicht. Sie würden mich bei lebendigem Leib verschlingen.«

Sie lachte. »Also, ich schon. Halte das mal für mich.«

Ich nahm ihr Glas und sah ihr zu, wie sie sich auf die Tanzfläche quetschte, so etwas wie eine Lücke fand und anfing, sich zu bewegen. Sie tanzte gut, so gut, dass ein paar von den Typen nicht mehr den eigenen Partnerinnen, sondern stattdessen ihr zusahen. Sie hatte ein gutes Gespür für den Rhythmus, tanzte auf der Stelle und gab sich ganz der Musik hin. Ein hochgewachsener Schwarzer in zu engen Hosen und bis zur Taille geöffnetem weißen Seidenhemd machte sich vorsichtig an sie heran; sie lächelte ihn an, und sie tanzten, als hätten sie es schon oft zusammen getan. Ich war eifersüchtig, sie sahen gut aus, und was sie machten, war ungefähr so sexy, wie es ohne Anfassen werden konnte. Ich beneidete ihn darum, wie er anscheinend genau wusste, was sie als Nächstes tun würde, und wie er wusste, wie er auf sie reagieren musste. Im Bett wären sie gut zusammen, das war ganz augenfällig. Ich hätte ihn umbringen können! Ich wandte den Blick ab und merkte, dass mich der Barkeeper beobachtete. Er lächelte und ich schnitt eine Grimasse.

Keine Angst, gebärdete er. *Sie sind nur Freunde. Sie tanzen miteinander, das ist alles.*

Ich erwiderte sein Lächeln und hob die Gläser zum Zeichen, dass ich nicht die Zeichensprache benutzen konnte. Er winkte und bediente weiter. Sie tanzte fast eine geschlagene halbe Stunde mit dem Typen, dann brachte er sie mir zurück, küsste sie auf die Wange und verbeugte sich scherzhaft vor mir, bevor er im schwitzenden Pulk untertauchte.

»Du kannst aber gut tanzen«, sagte ich.

»Ich hätte verdammt noch mal viel lieber mit dir getanzt, Jamie«, sagte sie und nahm ihr Glas. Ohne etwas davon zu trinken, stellte sie es auf einen Beistelltisch. Sie sah auf ihre Uhr. »Los, gehen wir.«

»Wohin?«

»Vertrau mir, Jamie. Vertrau mir einfach.«

Sie führte mich hinaus und grüßte zum Abschied ein Dutzend Leute.

»Du hast viele Freunde«, sagte ich.

Sie zuckte mit den Achseln. »Ich komme schon lange her. Echt geil hier.«

Arm in Arm spazierten wir zum Wagen, unsere Schritte hallten in der Stille der Nacht. »Weißt du, dass dein Namensvetter eine Katze hatte?«, fragte sie.

»Wer?«

»James Dean. Ein Siamkätzchen. Elizabeth Taylor hat es ihm geschenkt. Am Abend, bevor er starb, hat er es zu Nachbarn gebracht. Alle glauben, dass er ein echter Macho war, aber das Kätzchen hat er abgöttisch geliebt.«

»Wie kommst du jetzt darauf?«, fragte ich.

»Ach, vermutlich dachte ich an die Fragen, die du mir im Präsidium gestellt hast. Weißt du noch? Mögen Sie lieber Katzen oder Hunde? Eine komische Frage.«

»Die Antwort ist nicht so wichtig, nur die Tatsache, dass du überhaupt antworten kannst. Manche Psychos können sich nicht entscheiden. Es war keine Fangfrage.« Hoch oben hing der Mond, pockennarbig und vorwurfsvoll. Alle Jubeljahre kam mal ein Auto vorbei, denn es war fast drei Uhr. Wir gingen zwischen zwei Wohnblöcken, und ich hielt sie fester an mich gedrückt.

»Und das Programm, das Beaverbrook-Programm, das funktioniert immer?«, fragte sie.

»Davon möchte ich ausgehen.«

»Denn mir leuchtet das echt nicht ein, warum man ein Computerprogramm braucht, um festzustellen, ob jemand richtig im Kopf ist, weißt du?«

»Ja, ich weiß. Ich möchte dir eine Geschichte erzählen.«

»Ja, gern!«, sagte sie und drückte meine Hand.

»Da war mal ein gewisser Rosenhan, der Anfang der Siebzigerjahre Forschungen anstellte. Er sagte dem Personal einer Lernklinik, eine Anzahl von Simulanten werde unter Vortäuschung angeblicher Symptome verschiedener Geisteskrankheiten versuchen, sich Zugang zu verschaffen.«

»Um herauszufinden, ob sie die erkennen oder nicht?«

»Ja. Jeder vom Personal sollte jeden Neuzugang dahin gehend beurteilen, ob es sich um einen Simulanten handelte oder nicht. Über einen Zeitraum von drei Wochen wurden knapp zweihundert neue Patienten eingeliefert, und mindestens einer von fünf wurde von mindestens einem aus dem Personal für einen Simulanten gehalten.«

»Und? Das beweist doch, dass sie sich damit auskannten, richtig?«

»Falsch«, sagte ich. »Alle waren echte Patienten. Rosenhan hatte überhaupt keine Simulanten geschickt.«

»Wow!«

»Ja. Er wollte darauf hinweisen, dass Psychiater oft nicht den Unterschied zwischen zurechnungsfähig und unzurechnungsfähig beurteilen können. Die Diagnose von Geisteskrankheiten war immer ziemlich unzuverlässig.«

Sie sah sich um, und dann hörte ich jemanden rennen, das *Patsch, Patsch!* von Trainingsschuhen auf dem Gehweg. Es war ein Mann, ein großer Mann mit einer wilden Mähne und Bartstoppeln. Er trug eine fleckige lederne Bomberjacke und zerrissene Jeans und steuerte direkt auf uns zu. Ich hielt ihn für betrunken, darum zog ich Terry zur Seite, um ihn vorbeizulassen, aber als er näher kam, verriet sein stierer Blick, dass wir ein Problem hatten. Wir drei waren die einzigen Menschen auf der Straße, und er blieb stehen, als er uns eingeholt hatte. Ich hielt Terry fester, und sie legte ihre Hand auf meinen Bauch, als suche sie Rückhalt. Schwer schnaufend fuhr sich der Typ mit einer dreckverschmierten Riesenpranke über das unrasierte Kinn. Die andere Hand kam mit einem mindestens dreißig Zentimeter langen Klappmesser aus seiner Jacke hervor. Er drückte auf einen Knopf an der Seite und die Klinge schnellte mit einem metallischen Klicken heraus. Ich spürte, wie sich Terrys Hand auf meinem Bauch anspannte und ihre Nägel sich in mein Fleisch gruben.

»Die Scheißbrieftasche her!«, sagte er und hielt mir das Messer unter die Nase. »Aber dalli, du Arschloch, sonst schneide ich dir die Nase ab.«

»Okay, okay, bitte tu uns nichts«, sagte ich leise mit abgewandtem Blick. Ich war schon zweimal in L.A. überfallen worden und wusste, wie ich mich verhalten musste. Liefere ihnen keinen Vorwand, dir wehzutun, bedrohe sie nicht, provoziere sie nicht, tu einfach, was sie sagen, und erscheine so demütig wie möglich. Gib ihnen, was sie wollen, und versuche nicht, sie an der Flucht zu hindern. Präge dir möglichst viele Einzelheiten ein, damit du sie hinterher der Polizei erzählen kannst, auch wenn die vermutlich keine Chance hat, den Kerl jemals zu schnappen. Nach dem ersten Überfall trug ich immer eine extra Brieftasche mit ein paar Dollar und abgelaufenen Kreditkarten mit mir herum, aber die steckte zu Hause in meiner anderen Jacke; ich hatte nicht daran gedacht, sie heute Abend mitzunehmen. Und in meiner Gesäßtasche steckten mehrere hundert Dollar samt meiner goldenen American-Express-Karte. Verdammt! Aber egal wie viel Bares drin war, ich würde sie ihm liebend gern geben, wenn er nur mir oder Terry nichts antat. Geld konnte ich immer ersetzen, trotz der Unterhaltszahlungen. Ich zog also die Brieftasche heraus.

»Dalli, dalli!«, zischte er und hielt mir das Messer an die Nasenspitze. Ich spürte, wie Terrys Hand über meinen Bauch glitt, als sie zur Seite trat und Abstand zwischen uns beiden schuf. Das wollte ich nicht, es wäre besser, wenn er uns als Paar betrachten würde, als Einheit, denn wenn er sie als Individuum sähe, käme er vielleicht noch auf andere Ideen. Ich griff nach ihrer Hand, aber sie wich zurück.

Der Räuber hielt das Messer noch auf mich gerichtet, aber er sah zu ihr hinüber. »Bleib, wo du bist, du Schlampe!«, sagte er. Ein Wagen kam vorbei, ein roter Kleinlaster; im Vorbeifahren wurde er langsamer, aber dann beschleunigte er, als ob der Fahrer gesehen hätte, was los war, und nichts damit zu tun haben wollte.

Terry sprach mit dem Mann in einer Sprache, die ich für Spanisch hielt. Sie nahm die Sonnenbrille ab und ihre Augen blitzten. Sie war wütend und das hörte man. Nicht gut, dachte ich. Wenn sie nicht aufpasste, würde sie ihn zum Äußersten treiben; er war bereits nervös genug.

Er grinste boshaft und sagte etwas zu ihr, ebenfalls auf Spanisch. Das Messer schwankte, aber nicht so stark, dass sich für mich ein Versuch gelohnt hätte, es mir zu schnappen; außerdem sah er verdammt viel stärker aus als ich, und ich bezweifelte, dass ich ihn würde überwältigen können, mit oder ohne Messer. Sein Grinsen wurde anzüglich und er sagte noch etwas zu ihr, dieses Mal leiser, und sie beschimpfte ihn. Lachend nahm er das Messer von meinem Gesicht und ging auf sie zu.

»Lass sie in Ruhe!«, schrie ich und griff nach dem Messer. Fluchend zog er es weg und ratschte es quer über meinen Arm. Es war scharf wie eine Rasierklinge und schnitt durch den Lederärmel in mein Fleisch. Als er das Messer zurückzog, brannte mein Arm vor Schmerz. Ich schrie auf und er holte aus und zielte mit der Klinge auf meine Brust. Ich dachte, ich müsste sterben. Echt. Doch als das Messer ganz knapp vor meiner Brust war, verschwamm alles, und bevor ich wusste, was los war, bewegte sich sein Arm nicht mehr und Terry hielt sein Handgelenk gepackt. Wahnsinn! In einem Augenblick stand sie da, die Arme an den Seiten herunterhängend, im nächsten langte sie an mir vorbei, packte ihn am Handgelenk und fixierte ihn mit ihrem Blick. Sie wirkte ruhig und gelassen; ihren Mund umspielte sogar ein Lächeln. Er knurrte und fluchte, und seine Halsadern schwollen an, als er sich gegen Terry stemmte, doch das Messer kam nicht näher. Ich beobachtete, wie sich ihre Nägel in sein Fleisch gruben. Sie sprach mit ihm, leise dieses Mal, immer noch auf Spanisch, aber ich hörte die Drohung aus ihrer Stimme heraus. Ich war so hypnotisiert wie er und stand reglos da, spürte nicht mal mehr den Schmerz in meinem Arm.

Er stemmte sich noch stärker gegen sie, doch es nützte ihm nichts, und dann bewegte sie sich so schnell, dass ich später nicht mehr wusste, wie sie es gemacht hatte, aber in dem einen Moment war sein Arm ausgestreckt, im nächsten stand er in einem unnatürlichen Winkel ab und ein splitterndes Knacken ließ mir das Blut in den Adern gefrieren. Er schrie nicht; er sackte auf der Stelle besinnungslos in sich zusammen, während das Messer scheppernd auf den Gehweg fiel.

»Los, komm, Jamie«, sagte sie und nahm meinen Arm. »Ich will das hier nicht den Cops erklären müssen. Mit denen stehe ich momentan nicht auf gutem Fuß.«

Wir rannten zum Wagen, und sie bestand darauf, dass ich ein Stück fuhr, bevor ich die Verletzung an meinem Arm ansah. Als sie der Meinung war, wir hätten nun genügend Abstand zum verhinderten Räuber, befahl sie mir rechts ranzufahren und die Jacke auszuziehen. Es war nur ein kleiner Schnitt – das dicke Leder hatte mich vor ernsthaftem Schaden bewahrt –, und ich glaubte nicht, dass er genäht werden musste. Terry nahm meine Hand und zog meinen Arm an ihre Lippen. Langsam wanderte der Mund über die Haut, bis er zu dem Schnitt kam, dann leckt sie das Blut ab. Ich spürte, wie ihre Zunge an den Rändern der Wunde entlangfuhr, dann ein sanftes Saugen.

»Hey, was machst du denn da?«, fragte ich.

Sie hielt inne und hob den Kopf. Die Lippen waren blutverschmiert, was mich daran erinnerte, wie ich sie zum ersten Mal im Präsidium gesehen hatte. »Du weißt nicht, was er vorher mit der Klinge gemacht hat«, sagte sie. »Ich reinige die Wunde.«

»Was ist mit Aids?«

»Jamie, ich glaube kaum, dass man sich an einem Klappmesser mit Aids anstecken kann.«

»Nicht ich, sondern du. Du solltest mit Blut vorsichtig sein.«

Sie musterte mich streng. »Dr. Beaverbrook, wollen Sie mir damit etwa sagen, dass Sie HIV-positiv sind?«

»Nein, natürlich nicht, es ist halt nur …«

Sie leckte wieder die Wunde und sah mir dabei tief in die Augen. Es tat nicht weh – ganz im Gegenteil, es wirkte sehr schmerzlindernd, und um ehrlich zu sein, war das echt sexy. Ich las ein Lächeln in ihren Augen und streckte den gesunden Arm nach ihr aus, um ihr übers Haar zu streichen.

»Du solltest vorsichtig sein«, sagte ich.

»Wir meinst du das?«

»Dich mit dem Kerl anzulegen. Gott, der hätte dich doch glatt umlegen können.«

Sie schnaubte verächtlich. »Nein! Nicht mal im Traum!«, sagte sie. »So einer kann mir doch gar nichts tun. Keiner kann mir irgendwas tun, Jamie. Glaub mir.«

»So fühlen sich alle, wenn sie jung sind, Terry. Man denkt, dass man ewig lebt und einem nichts passieren kann. Mir ging das auch so – so wie uns allen. Man denkt, man kann nach einem Autounfall aufstehen und weggehen, bei einer Flugzeugexplosion überlebt man als Einziger, und man wird nie ernsthaft krank, man lebt ewig. Man fühlt sich unsterblich.«

Sie nickte, die Augen weit aufgerissen, und ich legte meinen Handrücken auf ihre Wange. Sie fühlte sich kühl und trocken an, wie Porzellan, nur weich.

»Das ist eine Selbsttäuschung, Terry. Glaub es einem, der es wissen muss. Wenn man älter wird, merkt man, wie wenig Zeit wir haben und wie kostbar das Leben ist. Man muss lernen, keine Risiken einzugehen. Es braucht nur ein Irrer mit einem Klappmesser daherzukommen und alles ist vorbei.«

Sie schüttelte entschieden den Kopf. »Nein, das glaube ich nicht, Jamie.«

»Die Leichenschauhäuser sind voller Jugendlicher, die dran glauben mussten, weil sie es nicht glauben wollten«, sagte ich. »Du änderst dich noch. Wie alle anderen.«

Sie hob den Kopf ganz dicht an meinen, unsere Nasen berührten sich fast. »Mir kann nichts passieren, Jamie. Und so lange du bei mir bist, kann auch dir nichts passieren.«

Ich versuchte meinen Arm zu heben, um ihr die Wunde zu zeigen, aber sie schob ihn weg, presste ihre Lippen auf meine und küsste mich leidenschaftlich, ohne den Blick von mir zu lösen. Ich versuchte ihr klar zu machen, dass sie sich irrte, dass man aus dem Unsterblichkeitskomplex herauswuchs, dass man sich mit dreißig der körperlichen Schwächen nur zu bewusst wurde und man dann nachts nicht schlafen konnte, weil das Herz im Sekundentakt die Zeit abhakte. Aber dann verlor ich mich in dem Kuss, und als ich die Hand hob, wollte ich damit nur ihren Nacken liebkosen und ihr nicht das Blut zeigen. Schließlich riss sie sich los und bat mich, zu mir nach Hause zu fahren. Während der Fahrt erkundigte sie sich nach meiner Arbeit, meiner Studienzeit, meiner Forschung. Nach Deborah fragte sie nicht und ich erklärte es nicht.

Als ich die Haustür öffnete, überkamen mich heftige Schuldgefühle, als ob Deborah dort mit einem Arsenal an Sarkasmus und Bitterkeit warten würde, doch natürlich war da nichts, und vielleicht war das schlimmer.

Terry war die erste Frau, die ich mitbrachte, seit mich Deborah verlassen hatte. Ich wollte das Licht einschalten, aber Terry legte ihre Hand auf meine und flüsterte: »Nein, lass das«, und dann schlang sie die Arme um mich und schloss die Tür mit der Hacke, während sie mich küsste. Ich legte meine Arme um ihre Taille und hob sie hoch, sodass ihr Kopf mit meinem auf gleicher Höhe war. Sehen konnte ich ihn nicht, denn es war stockfinster in der Diele, aber ich spürte, dass ihre Augen noch offen waren und mich ansahen. Wie alt war sie? Fünfundzwanzig, hatte sie gesagt, oder um den Dreh. Gott, ich konnte mich kaum erinnern, wie man sich mit fünfundzwanzig fühlte, wenn man dachte, man würde ewig leben. Als ich in dem Alter war, musste sie also vierzehn gewesen sein und hatte sich wohl nur Sorgen darum gemacht, in welchen Jungen sie verknallt war oder ob sie es ins Cheerleaderteam schaffen würde.

»Du bist so weit weg«, sagte sie.

»Was bin ich?«

»Ganz woanders mit deinen Gedanken, aber du sollst dich auf mich konzentrieren, Jamie. Okay?«

»Okay«, sagte ich und dann küsste ich sie wieder.

»Schlafzimmer«, sagte sie.

»Schlafzimmer?«

»Trag mich ins Schlafzimmer«, sagte sie, zog die Beine hoch und schlang sie um meine Taille. Sie fühlte sich federleicht an, obwohl ich ihre starken jungen Schenkel spürte.

»Ich kann nicht sehen, wohin ich trete«, jammerte ich.

»So dunkel ist es nicht«, sagte sie. Doch, war es, und zwar stockdunkel. Ich stolperte in Richtung Schlafzimmer und stieß ein paarmal an die Wände und einmal mit dem Schienbein gegen einen Couchtisch, worüber sie lauthals lachte.

Ich erreichte das Schlafzimmer mit Mühe und Not und legte sie aufs Bett. Die Jalousien waren hochgezogen, daher konnte ich sie zum ersten Mal im Schein des großen weißen Mondes sehen, der mitten am kalifornischen Nachthimmel stand. Sie schüttelte ihre Jacke ab, warf die Beine hoch, löste ihren Gürtel und strampelte, um ihre Hose abzustreifen. »Mach schon, Jamie«, kicherte sie. »Mach dich nackt.«

Der Reißverschluss an der Motorradjacke machte ein ratschendes Geräusch, als ich sie auszog, und ich zog mir das T-Shirt über den Kopf. Dann streifte ich die Jeans ab und Hunderte Reiskörner rieselten leise auf den Teppich.

DER STAR

Als ich aufwachte, war sie fort, und ich konnte mich nicht erinnern, dass sie in der Nacht gegangen war. Ich fühlte mich, als wären sämtliche Knochen in meinem Körper gebrochen und wieder zusammengefügt worden. Ich hatte blaue Flecken auf den Schenkeln und Bissspuren auf den Schultern – zwar waren die nicht blutig, aber ich konnte ihre Zahnabdrücke erkennen. Zeitweise hatte sie sich wie ein Tier gebärdet, geschrien, gebissen und gekratzt, aber sie war auch sanft, zärtlich und fantasievoll gewesen, und sie hatte Sachen mit mir angestellt, die noch nie jemand mit mir gemacht hatte. Ein Teil von mir wollte fragen, woher sie wusste, wie man so viel Freude spendete und was sie wie und wie lange tun musste, aber im Grunde wollte ich das gar nicht hören, denn was sie mit mir im Bett gemacht hatte, lernt man nicht aus Büchern – das kennt man nur aus Erfahrung. Noch nie hatte ich so tollen Sex gehabt wie mit ihr, und ich bezweifelte, dass es mit anderen je wieder so sein würde. Ich hatte sie gefragt, ob sie verhüten wollte, doch sie lachte und sagte nein, sie könne auf keinen Fall schwanger werden, und ich fragte mich, ob diese leichtsinnige Einstellung mit dem

Unsterblichkeitskomplex einherging. Aber als ich sie fragte, ob sie die Pille nahm, küsste sie mich nur und rollte mich auf den Rücken, und ich fragte nicht noch einmal.

In der Nacht hat sie, glaube ich, einmal telefoniert, denn ich erinnerte mich vage, dass ich aufwachte und sie auf der Bettkante sitzen sah und sie etwas in einer Sprache flüsterte, die ich nicht erkannte, die aber slawisch klang, vielleicht Polnisch oder Russisch. Im Halbschlaf streckte ich die Hand nach ihr aus und sie wuschelte mein Haar und legte das Telefon weg und liebte mich noch einmal. Vielleicht habe ich mir den Teil auch nur eingebildet.

Das Kissen hatte eine Kuhle und ich rollte zu ihrer Seite des Betts und blieb dort liegen, mit dem Gesicht nach unten, und atmete ihren Geruch ein. Ich ging duschen und sah, dass sie das Bad benutzt hatte; die Duschkabine war nass, zwei Handtücher waren feucht und ein paar von ihren Haaren steckten in einer Bürste. Ich zupfte eines heraus und ließ es durch meine Finger gleiten, zog es auseinander, um zu sehen, wie lang es war. Es war vollkommen glatt.

Ich mag glattes Haar. Als sich Deborah eine Dauerwelle legen ließ, ohne mich vorher zu fragen, was ich davon hielt, war ich richtig sauer. Mir missfiel ja schon der Anblick ungemein, aber noch schlimmer war der Brandgeruch, der tagelang anhielt. Terrys Haar duftete frisch und sauber, aber als ich eines davon über meine Haut gleiten ließ, spürte ich auch, wie stark es war. Ich hielt es so hoch, wie ich mir ihren Kopf vorstellte, wenn sie neben mir stünde, und dann ließ ich es frei schwingen. Ich malte mir aus, dass sie hier wäre und zu mir hochsähe, die Zähne lächelnd auseinandernähme und sich auf die Zehenspitzen stellen würde, um mich zu küssen. Als ich meinen dummen Gesichtsausdruck im Spiegel sah, ließ ich das Haar schnell wieder auf die Ablage über dem Wachbecken fallen. Es steckten noch mehr in der Bürste, und eines davon war ganz weiß. Ich zog es aus den Borsten und wickelte es um meinen linken Zeigefinger. Es fühlte sich genauso an wie das schwarze Haar, war aber vollkommen farblos.

Ich duschte, wickelte mich in einen weißen Frotteebademantel und ging in die Küche, um mir einen Kaffee zu kochen. Nirgendwo lag eine Nachricht von ihr, aber am Anrufbeantworter blinkte das rote Lämpchen. Ich dachte, sie hätte etwas für mich hinterlassen, aber es war Peter Hardy, der mich um Rückruf bat. Ich wählte seine Nummer und erwartete halb, seinen Anrufbeantworter zu erwischen, aber nach dem dritten Klingeln nahm er ab.

»Endlich reden wir miteinander«, sagte ich.

»Hallo Jamie. Ich habe kurz nach Mitternacht versucht, dich anzurufen. Warst du mit den Irren auf der Piste?«

»Nur mit einer«, lachte ich.

»Wie war sie denn so?«

»Das erzähle ich dir bei Gelegenheit mal. Jetzt aber nicht, okay?«

»Klar. Also, wegen des Films, *Zeit des Flieders*. Willst du ihn sehen?«

»Du hast eine Kopie?«

»Nein, aber ich kenne jemanden, der eine hat, und er will sie mir leihen. Der Haken ist, es gibt kein Video, darum müssen wir in einen Vorführraum gehen.«

»Ist das ein Problem?«

»In L.A.? Natürlich nicht. Aber so arme Schlucker wie unsereins müssen nun mal ohne Pools, Jacuzzis und Vorführräume auskommen.«

»Äh, ich habe aber einen Pool, Peter. Und einen Jacuzzi.« Deborah hatte auf beides bestanden, als wir ein Haus suchten. Die würden mir nicht fehlen.

»Weiß ich doch. Willst du ihn sehen oder nicht?«

»Natürlich. Je eher, desto besser.«

»Okay, ich habe mit einem Freund gesprochen, einem Agenten, der mir einen Gefallen schuldet. Er meinte, sein Haus steht uns zur Verfügung. Heute Nachmittag. Passt dir das?«

»Kein Problem. Normalerweise habe ich erst abends viel zu tun. Ich bitte einen Kollegen, die Stellung zu halten. Wie ist denn die Adresse?«

Er gab sie mir durch und sagte, er werde mich um drei Uhr dort treffen.

Ich verbrachte den Vormittag unter meinem Wagen liegend. Ich grübelte, warum ich ein mahlendes Geräusch von der Beifahrerseite hörte, wenn ich das Lenkrad voll eingeschlagen hatte. Die Federn waren anscheinend in Ordnung, und ich fand schließlich heraus, dass es am Stoßdämpfer lag, der allmählich den Geist aufgab. Ich hatte dieses Wochenende noch nichts vor, da würde ich das dann wohl selbst reparieren. Darum hatte man ja gerade so viel Spaß an den alten Autos, die noch nach guter alter Handwerkskunst zusammengeschraubt waren und nicht punktgeschweißt wie ein japanisches Bauen-nach-Zahlen-Modell. Ich stieg aus dem Overall und wusch mir die Schmiere und den Dreck von den Händen. Manchmal wünschte ich mir, ich könnte meinen eigenen Körper so leicht reparieren, wie ich meinen Wagen pflegte. Wenn er neue Bremsen oder Birnen brauchte oder eine Delle in der Karosserie hatte, bestellte man einfach die Teile, baute sie ein und er war wieder so gut wie neu. Selbst knapp fünfzig Jahre, nachdem er vom Band gerollt war, lief er nahezu reibungslos. Und falls der Motor je schlapp machte, wäre es relativ leicht, ihn zu ersetzen; es gab immer noch jede Menge spezialisierte Händler in England, die mir einen liefern würden. Doch mein Körper, die Organe, die bereits Verschleißerscheinungen zeigten, das war eine andere Baustelle. Für die Haut, die begonnen hatte, ihre Elastizität zu verlieren, und die lauter braune Flecken und Fältchen um die Augen herum aufwies, gab es keinen Ersatz. Ich konnte mich erinnern, wie es war, als ich jung war und in den Feldern um den elterlichen Hof stundenlang Fußball spielte, mit dem Hund herumtollte und nie müde wurde. Jetzt kam ich nach ein bisschen Treppensteigen schon aus der Puste.

Ich ernährte mich einigermaßen gut, gesundheitsmäßig gesehen, doch manchmal spürte ich, wie meine Arterien mit Cholesterin und Fett verkalkten, und des Nachts schien der Klang meines Herzschlags weniger kräftig als in meiner Jugend, als ich noch fast das ganze Leben vor mir hatte. Ich wünschte, ich könnte zurück. Am Daumen der rechten Hand hatte ich eine zwar nur winzige Schnittwunde, aber ich schmierte sie trotzdem mit antiseptischer Salbe ein. Das war noch so was, das mir beim Älterwerden auffiel – Verletzungen und Abschürfungen brauchten länger, um zu verheilen, und es dauerte eher Wochen als Tage, Erkältungen und Ähnliches loszuwerden. Es war, als ob mein Körper allmählich müde wurde, und ich überlegte, wie lange es noch dauern würde, bis er es aufgäbe, sich zu regenerieren, und ich allein auf einem urinbeschmutzten Bett mit lauter Wundliegegeschwüren auf den Tod warten würde. Ich schüttelte den Kopf und versuchte an etwas anderes zu denken.

Ich ging in die Küche und erhitzte mir eine Tiefkühl-Lasagne in der Mikrowelle und erhöhte meinen Koffeinpegel mittels zweier Tassen starken Kaffees. Nach dem Kaffeetrinken ging es mir immer besser.

Das Haus des Agenten lag in Beverly Hills, und der Mann war ganz offensichtlich betucht, denn es lag oberhalb der Smoggrenze. Gerade so. Es war ein einstöckiger rustikaler Bau mit vielen Wagenrädern, freiliegenden Balken und Kaktusdekor an den Wänden und es verströmte den Charme eines Tacorestaurants. Ich parkte den Alpine zwischen einer weißen Corvette und Hardys orangefarbenem MGB. Hardy zog wie ich alte britische Autos jedem amerikanischen Modell vor und bei der Jagd nach Ersatzteilen hatten wir uns früher oft geholfen. Es bestand jederzeit die Möglichkeit, dass mit einem unserer Wagen irgendwas nicht in Ordnung war, und es geschah selten, dass beide gleichzeitig auf der Straße waren. Ich merkte mir, dass ich ihn fragen wollte, ob er Lust hätte, mir beim Einbau der neuen Stoßdämpfer zu helfen.

Die Tür ging auf, bevor ich klingeln konnte, und vor mir stand Hardy, der geradezu abstoßend fit wirkte in seinem rotgrünen Trainingsanzug und den nagelneuen Reeboks. Vor ein paar Jahren war er so was wie ein Gesundheitsfreak geworden und trainierte täglich in einem der seriöseren Fitnessstudios von L.A., in denen man tüchtig schwitzen muss und nicht einfach nur arbeitslose Schauspielerinnen aufreißt.

Hardy war in Gesellschaft eines Mannes mit beginnender Glatze und blauen Brillengläsern, der so breit wie er selbst groß war. Dieser trug einen augenscheinlich teuren italienischen Anzug, der aussah, als ob er eher wegen des Preisschilds als wegen des Stils erstanden worden war, und seine Schuhe waren aus der Haut eines Tiers gefertigt, das Greenpeace vermutlich vor dem Aussterben bewahren wollte. Er strahlte mich an und schüttelte mir begeistert die Hand, als Hardy uns einander vorstellte. Er hieß Archie Hemmings, und nach allem, was mir Hardy vorher erzählt hatte, vertrat er einige Prominente.

»Du bist der erste Vampirjäger, der mir je begegnet ist, Jamie. Das freut mich ungemein!« Ich bedachte Hardy mit einem gequälten Blick und der zuckte mit den Achseln. »Ich weiß von Pete, dass du gerade an einem Fall arbeitest«, fuhr Archie unerschrocken fort. »Wo hast du denn den Pflock und das Weihwasser?« Er boxte mich auf die Schulter und ich erwog eine Anzeige auf Schmerzensgeld für ein HWS-Schleudertrauma.

»Ich mach doch nur Spaß, Jamie. Willst du einen Drink?«

»Etwas früh für mich«, sagte ich.

Wir gingen gemeinsam in Archies Vorführraum, der so groß wie ein kleines Kino war, aber nur zwei Dutzend Plätze hatte, jeder davon so groß wie ein Sitz in der ersten Klasse eines 747er-Jets, komplett mit Fußstützen und Getränkehalter und gepolstert mit dem Fell einer weiteren vom Aussterben bedrohten Art. Die Sessel standen vor einer Leinwand und aus einem kleinen Loch hinter uns kamen Geräusche vom Projektor. Archie wartete, bis Hardy und ich Platz genommen hatten, bevor er die Lichter löschte. »Hast du was dagegen, wenn ich mir den auch ansehe, Pete?«, fragte er.

»Natürlich nicht, Archie. Fühl dich ganz wie zu Hause.«

Archie lachte. »Schön. Dann fühl ich mich mal ganz wie zu Hause. Ihr seid mir welche!« Er zog eine dicke Zigarre aus der Innentasche seines Jacketts, biss die Kuppe ab und spuckte sie in einen Papierkorb neben seinem Platz. Sein Feuerzeug flammte auf und wenige Sekunden später war die Luft von süßlichem Rauch erfüllt. Die Leinwand flimmerte und der Vorspann erschien. *Zeit des Flieders.*

Es war ein Schwarz-Weiß-Film und die Tonqualität war unterirdisch – die Hälfte der Zeit konnte ich nicht verstehen, was gesagt wurde. Die Story war ganz schlicht: Ein Landarzt, gespielt von Greig Turner, wurde eines Mordes bezichtigt, den er nicht begangen hatte, und die einzige Zeugin war ein kleines Mädchen, das über das Erlebte so erschrocken war, dass sie sich in sich selbst zurückzog. Der Arzt wurde erst durch eine Lehrerin gerettet, die das Kind dazu brachte, sich nach einer nervenzerreißenden Gerichtssaalszene zu öffnen. Ganz schön packend, zugegeben, obwohl die schlechte Tonqualität schon irritierte. Turner hatte zweifellos Charisma. Die Kamera liebte ihn. Auch das Mädchen, das die Lehrerin spielte, hatte was, das ich nicht definieren konnte. Erst nach der Hälfte des Films kam mir plötzlich die Erleuchtung: Sie war Terry wie aus dem Gesicht geschnitten. Der gleiche Mund, die gleichen dunklen Augen und langen Wimpern, auch der Körper sah ähnlich aus. Doch dieses Mädchen war blond. Ich beobachtete sie im weiteren Verlauf des Films aufmerksam, und als der seinem Ende entgegen flimmerte und der Arzt die Lehrerin umarmte, die Geschworenen jubelnd aufstanden und der Richter mit dem Hammer schlug, war ich mir ziemlich sicher, dass sie mit Terry verwandt sein musste.

Als der Film zu Ende war, stand ich auf, trat näher an die Leinwand und sah mir den Abspann ganz genau an. Das Mädchen, das die Lehrerin spielte, hieß Lisa Sinopoli. Ich notierte mir den Namen auf einen Zettel.

»Was ist denn?«, fragte Hardy.

»Das Mädel kommt mir bekannt vor. Lisa Sinopoli. Hast du mal was von ihr gehört?«

Er schüttelte den Kopf. »Klingt italienisch«, sagte er.

»Danke, Peter. Das bringt mich ja einen Riesenschritt weiter! Was ist mit Greig Turner? Hast du was über ihn ausgegraben?«

Archie hievte sich aus seinem Sessel und knipste das Licht an.

»In den Vierzigerjahren war er ein kleinerer Star. Er hat vier, fünf Filme gemacht, dann ist er einfach verschwunden«, sagte Hardy.

»Was ist passiert?«, fragte ich.

Hardy zuckte mit den Achseln und verzog das Gesicht zum Zeichen, dass er es nicht wusste. Archie zündete sich noch eine Zigarre an, nahm einen tiefen Zug und zeigte dann damit in meine Richtung.

»Er hatte ein Alkoholproblem. Eine Flasche pro Tag. Whiskey, nicht Bier.« Er zog noch einmal an der Zigarre.

»Du kanntest ihn?«, fragte Hardy, offensichtlich überrascht.

Archie platzte fast vor Stolz. »Ich kenne hier jeden in der Stadt«, sagte er gedehnt.

»Schon, Archie, aber der Film stammt aus dem Jahr neunzehnhundertzweiundfünfzig. Lange bevor dich der Klapperstorch aus dem Teich gefischt hat.«

»Ihr seid mir welche!«, sagte Archie und wedelte mit seiner Zigarre. Asche fiel auf seine Hose, und er wischte sie mit einer Hand weg, die mit lauter Goldringen geschmückt war. »Ein kleines Comeback hatte er Ende der Achtzigerjahre. Charakterrollen in Fernsehproduktionen. Nichts Besonderes, aber ein paar Jahre war er in Lohn und Brot.«

»Warst du sein Manager?«, fragte ich.

»Jetzt mach mal halblang, Jamie!«, sagte Archie, beinahe aufgebracht. »Der spielte doch nur unter ›ferner liefen‹. Ich glaube, eine von den kleineren Agenturen hat ihn vertreten. Für so einen, dem nicht auf Anhieb der große Wurf gelungen ist, stehe ich morgens gar nicht erst auf. Kapiert?«

»Ja doch, Archie. Ich weiß, worauf du hinauswillst. Ob du mir wohl einen Gefallen tun könntest? Eventuell herausfinden, wer seine letzten Agenten waren?«

»Klar, kein Problem. Hey, wie oft bekommt man schon die Chance, einem Vampirjäger zu helfen? Los, gehen wir was trinken.«

Ich bestellte einen Wodka Tonic, und während ich ihn trank, fragte ich Hardy, ob ihm bekannt sei, dass James Dean eine Katze gehabt hatte.

»Das wusste ich noch gar nicht«, sagte er zu meiner Überraschung, denn er sog Filmtrivia in sich auf wie ein Staubsauger Staub, teils weil es ihm bei einem Feature über das Showbiz half, aber hauptsächlich deshalb, weil er schon von Kindesbeinen an ein Filmfreak war. Man würde schwerlich einen Film oder den Namen eines Stars nennen können, über den er noch nichts geschrieben hatte, und er verfügte über ein beinahe fotografisches Gedächtnis.

»Eine Siamkatze«, sagte ich.

»Ist mir neu«, sagte er.

»Sie war ein Geschenk von Elizabeth Taylor. Am Tag, bevor er starb, brachte er das Tier zu seinem Nachbarn.«

Hardy runzelte die Stirn. »Ich dachte, ich wüsste alles über James Dean«, sinnierte er. »Wo hast du das denn gelesen?«

»Hab ich nicht gelesen, hat mir jemand erzählt.«

»Jemand, der ihn gekannt hat?«

»Kaum. Dafür ist sie viel zu jung.«

»Du stellst schon wieder blutjungen Frauen nach?«

»Fragt sich nur, wer hier wem nachstellt«, sagte ich.

Archie und Hardy fragten, ob ich Lust hätte, mit ihnen in ein neues Thai-Restaurant zu gehen, aber ich lehnte ab, ich hatte zu arbeiten.

Auf dem Weg zum Präsidium fuhr ich bei mir zu Hause vorbei, um in einen Anzug zu schlüpfen und das Notebook zu holen. Ich hatte Rivron einen freien Abend versprochen, weil er am Tag für mich eingesprungen war, also hatte ich alle Hände voll zu tun.

Ein alter Mann, vierundsiebzig nach eigenen Angaben, war verhaftet worden, weil er im Rodeo Drive eine Reihe von Schaufenstern zertrümmert hatte. Gestohlen hatte er nichts, war nur von einer Boutique zur anderen gezogen und hatte mit einem Reifenheber zugeschlagen, bis ein Streifenwagen auftauchte. Dann hatte er den beiden Beamten eins übergebraten, bevor sie ihn mit den Schlagstöcken niederknüppelten. Der Mann saß mit verbundenem Kopf und einem Pflaster, das seine Nase zusammenhielt, vor mir, während er mit der Maus hantierte. Laut Programm litt er am Korsakow-Syndrom, wahrscheinlich infolge von chronischem Alkoholismus, darum empfahl ich, ihn sofort ohne Anklage in eine Anstalt zu verbringen. Er war schlicht und einfach alt und krank und daher in der Alterspsychiatrie besser aufgehoben als in einer Gefängniszelle.

Ich kehrte in mein Büro zurück und begann mein Gutachten über den alten Mann, als das Telefon klingelte und ich wieder in die Vernehmungszimmer gerufen wurde. Dieses Mal sollte ich zwei schwarze Jugendliche durch das Programm laufen lassen. Beide waren sie aggressive Rotzlöffel, pöbelten und verlangten ihre Anwälte. Sie trugen schwarzsilberne Jacken mit dem Logo der *L.A. Raiders*. Und laut De'Ath waren sie beide Mitglieder der *Bloods*, einer der brutaleren Jugendgangs von L.A., und als Crackdealer wohlbekannt. Sie hatten ein Mädchen auf dem Heimweg von einer Cheerleaderübung vergewaltigt und zusammengeschlagen, wobei sie sich dabei abgewechselt hatten, ihr ein Messer an die Kehle zu halten. Sie lag jetzt auf der Intensivstation, wie mir De'Ath mitteilte. Es würde einige Zeit dauern, bevor sie das Footballteam der Highschool wieder bejubeln konnte. Zum Schluss hatten sie ihr noch das Messer in den Unterleib gerammt, nur so zum Spaß. Der Chirurg glaubte, dass sie durchkommen würde, aber Kinder konnte sie keine mehr bekommen. Ist das nicht eine kranke Welt? Einer der schwarzen Jugendlichen verlangte doch tatsächlich nach irgendwelchen Computerspielen, und ich hätte ihm am liebsten eins in sein anzüglich grinsendes Gesicht geschlagen und ihm ein Messer dahin gerammt, wo er es bei dem Mädchen gemacht hatte. Ich verdrängte den Wunsch, ließ ihn und seinen widerlichen Kumpan durch das Programm laufen und teilte De'Ath mit, dass keiner von beiden klinisch gestört sei. Jedenfalls nicht so, dass es sich nicht mittels einer Todesspritze kurieren ließe.

Später saß ich an meinem Schreibtisch, den Kopf in den Händen vergraben und mit Tränen in den Augen. Ich trauerte um ein Mädchen, das ich nicht einmal kannte. Das Telefon klingelte; es war Terry, die sich erkundigte, wie es mir ging und warum ich so spät noch im Büro war. Mir ginge es gut, log ich, ich schriebe nur ein paar Gutachten. Sie fragte mich, ob ich noch einen späten Happen essen gehen wollte, und ich sah auf die Uhr und war überrascht, dass es schon ein Uhr morgens war. Die Jalousien waren heruntergezogen und ich hatte jedes Zeitgefühl verloren. Ich sagte okay, und sie fragte mich, ob ich meinen Wagen hätte, sagte, sie würde mich in einer halben Stunde draußen treffen.

Ich schloss den Bericht über den alten Mann ab und ging zu De'Ath, um ihm mitzuteilen, dass ich Feierabend machen würde. Zusätzliche Hilfe war in Gestalt eines jüngeren Psychologen aus einem örtlichen Krankenhaus eingetroffen. Er hatte gerade eine Schicht und war gut in mein Programm eingearbeitet; ich wies De'Ath an, mich auf dem Handy anzurufen, falls die Kacke am Dampfen sein sollte.

»Suchst wohl was zu beißen?«, fragte er. Er fletschte die Zähne und mimte einen Vampirbiss.

»Du gibst wohl nie auf, Samuel?«, fragte ich entnervt.

Zwei Streifenpolizisten gingen vorbei und einer von ihnen bekreuzigte sich lachend. Der andere klopfte ihm auf den Rücken.

»Und noch was, Samuel. Sagst du deinen Leuten bitte, sie sollen mir keine Gummifledermäuse und Knoblauch mehr an den Wagen stecken? Das ist nicht witzig.«

»Hey Mann, kein Problem, ich hänge einfach einen Zettel ans Schwarze Brett. ›Vampirjäger fordert Waffenruhe.‹ Wie hört sich das an?«

»Prima, Samuel. Tausend Dank.«

Er lachte schallend, als ich durch den Flur ging.

Terry wartete auf dem Parkplatz des Polizeipräsidiums auf mich. Sie lehnte an der Kühlerhaube meines Alpine. Sie kam auf mich zu, um mich zu umarmen, und küsste mich auf die Wange. »Wer war denn der Scherzkeks?«, fragte sie und nickte in Richtung Windschutzscheibe. Irgendwer hatte ein Plastikkruzifix unter den Scheibenwischer auf der Beifahrerseite geschoben. Ich packte es. Es war eine grausige Devotionalie, die Wange, die Seite und die Hände waren mit Blut bemalt, die Miene schmerzverzerrt. Schön war anders. Ich warf es in die Gosse.

»Das gehört sich aber nicht. Nicht, äh, mit einem Kreuz«, tadelte sie mich.

»Ich wusste gar nicht, dass du so fromm bist«, sagte ich und öffnete die Fahrertür.

»Bin ich auch nicht«, sagte sie und stieg neben mir ein. »Isst du gern japanisch?«

»Rohen Fisch? Und wie! Aber so früh am Morgen?«

»In der Nacht«, sagte sie. »Es ist immer noch Nacht. Vertrau mir.«

Sie führte mich in ein Lokal, das tatsächlich noch geöffnet hatte und das allem Anschein nach gut lief. Es lag in der Nähe vom Hollywood Boulevard und bediente anscheinend dieselbe Klientel wie der Club, in den mich Terry mitgenommen hatte. Es war eine Kombination aus Hightechlärm, Neonlicht und japanischer Schlichtheit. Auf den TV-Monitoren an der Wand liefen japanische Gameshows mit abgedrehtem Ton, während ein japanischer DJ hinter einer weißen Metallkonsole ohrenbetäubende Popsongs auflegte und dabei ziemlich oft auf und ab sprang. Die Kellnerinnen waren offenbar alle Japanerinnen, aber sie trugen weiße T-Shirts und Jeans und keine Kimonos. Ein Mädchen mit Haar, das ihr bis zur Taille ging, und scharlachrotem Lippenstift geleitete uns zu einem Ecktisch und überreichte uns zwei Speisekarten. Terry fragte mich, was ich haben wollte, und bestellte dann auf Japanisch.

Die Kellnerin zeigte sich davon nicht überrascht, woraus ich schloss, dass Terry schon einmal hier gewesen war.

»Wie viele Sprachen kannst du denn?«, fragte ich Terry, als die Kellnerin zur Sushibar ging.

»Keine Ahnung, ich schnappe sie halt so auf«, sagte sie. »Das ist mir noch nie schwergefallen. Die fliegen mir einfach so zu. Also, wie war denn dein Tag?«

»So wie immer. Ruhiger, nachdem der Vollmond vorbei ist.«

»Du glaubst daran?«

»Klar.« Wir plauderten über den Mond und ob er Menschen beeinflusst oder nicht, während wir auf unser Essen warteten. Ich hatte ein schlechtes Gewissen, weil ich sie nicht nach Greig Turner fragte, aber ich wollte einen klaren Kopf haben, bevor ich das Thema anschnitt. Außerdem spürte ich, dass das einen Keil zwischen uns treiben würde, und ich wollte es nicht verderben. Ich hatte nicht die geringste Ahnung, was dieses »Es« sein mochte, ich wusste nur eins: Ich wollte, dass sich daraus mehr entwickelte, und wenn ich mir anmerken ließ, dass ich ihre Wohnung durchsucht hatte, verriet das wohl einen eklatanten

Mangel an Vertrauen. Und ohne Vertrauen ist halt alles nichts, wie es immer so schön heißt.

Das Sushi kam zusammen mit einem japanischen Bier für mich. Sie mischte das grüne Senfzeug in einem Schälchen mit brauner Sojasoße und sah mir beim Essen zu. Auf ihrem eigenen Teller stocherte sie fast nur herum, aß bloß ein Stückchen gekochte Garnele, etwas fettigen Thunfisch und einen Streifen Gelbschwanzmakrele, und sie bestritt die Unterhaltung weitgehend allein. Worüber redeten wir also? Komisch, wirklich komisch, aber hinterher konnte ich mich nur mit Mühe entsinnen, was sie gesagt hatte. Ich weiß noch, wie sie es sagte, wie sie aussah, wie sie mich zum Lachen brachte, was ich fühlte, aber an die Gesprächsthemen kann ich mich nicht erinnern. Ich entsinne mich besser an das, was hinterher geschah, als ich sie zu mir nach Hause chauffiert und ausgezogen hatte und sie mich überall küsste, aber das bleibt besser unter uns. Nur so viel: Selig lächelnd wie ein satter Säugling schlief ich ein und sie lag in meine Armbeuge gekuschelt.

Als ich aufwachte, war sie verschwunden. Ich duschte, zog mich an und kochte Kaffee. Gerade überlegte ich, ob ich ein paar alte Nummern von *Psychological Medicine* durchforsten sollte, als das Telefon klingelte. Es war Archie Hemmings.

»Ich hab ihn, Jamie!«, jubelte er.

»Was, du hast seinen Agenten gefunden?«

»Noch besser, Jamie. Sehr viel besser. Den Mann selbst habe ich gefunden!«

Ich konnte ihn mir lebhaft vorstellen in seinem Wohnzimmer mit den Kakteenwandgemälden, wie er mit seiner dicken Zigarre in der Luft herumfuchtelte.

»Du hast Greig Turner gefunden? Aber der muss doch hundert Jahre alt sein!«

»Aber er lebt noch, Jamie. Vielleicht nicht gerade gesund und munter wie ein Fisch im Wasser, aber er ist definitiv noch am Leben. Willst du seine Adresse?«

»Gut gemacht, Archie!«, sagte ich. Scheiße, ich war ebenso erfreut wie er. Er erzählte mir, dass Greig Turner jetzt in einem Altenpflegeheim in Big Sur war, etwa sechs Stunden Autofahrt von Los Angeles auf dem Weg nach San Francisco.

Sechs Stunden in einem 1966er Sunbeam Alpine ist nicht der angenehmste Zeitvertreib, aber sobald ich Archie von ganzem Herzen gedankt hatte, schnappte ich mir das Foto von Terry Ferriman und fuhr nach Big Sur.

Ich musste anhalten, um nach dem Weg zu fragen, als ich den ersten Riesenmammutbaum sah, und um fünf Uhr nachmittags fuhr ich auf ein großes weißes Steinhaus zu, die Art Bau, den sehr betuchte Großstädter am Wochenende ansteuern, um zu jagen und zu angeln. Es bestand aus einem Hauptgebäude und zwei Seitenflügeln und dahinter lagen die zerklüfteten Felsen vom *Los Padres National Forest.* Ein guter Altersruhesitz, dachte ich, als ich aus dem Wagen stieg. Die Luft war frisch und sauber, der Ort verströmte so eine ruhige Atmosphäre. Allem Anschein nach würde es eine schöne Stange Geld kosten, sich hier einzukaufen.

Ich betrat das Gebäude durch den Haupteingang und fand das Verwaltungsbüro. Dort stellte ich mich dem Klinikarzt vor, einem weißhaarigen Mann in den Fünfzigern namens Dr. Gerard Lyttelton. Er trug einen gestärkten weißen Kittel, in dessen Brusttasche säuberlich aufgereiht drei Stifte steckten. Sein zurückgekämmtes Haar erinnerte ein bisschen an Einstein. Ich befürchtete, ihn nur schwer dazu überreden zu können, mich mit Greig Turner sprechen zu lassen, doch er entpuppte sich als Fan. Und zwar von mir, nicht etwa von Greig Turner. Er hatte ein paar wissenschaftliche Arbeiten von mir gelesen, die ich über das Beaverbrook-Programm geschrieben hatte, und wollte sehr gern mit mir darüber diskutieren. Leider hatte ich mein Notebook nicht mitgebracht, aber ich sprach mit ihm über ein paar Fallgeschichten bei einer Tasse schwachen Tees, bevor ich auf das Thema Turner kam.

»Warum interessiert er Sie?«, fragte er.

»Ich bin auf der Suche nach einer Freundin«, sagte ich. »Nach einer, die er früher mal kannte.«

»Aha«, sagte Dr. Lyttelton nachdenklich und stellte die Tasse auf die weiße Untertasse. »Dr. Beaverbrook, Sie müssen verstehen, dass er ein sehr alter Mann ist.«

»Jamie«, sagte ich. »Bitte nennen Sie mich Jamie. Er ist wohl über neunzig?«

»Ja, aber das chronologische Alter ist nicht der wichtigste Faktor. Manche Menschen werden über hundert und verlieren nie ihre Fähigkeiten. Andere sind schon mit sechzig senil.«

»Und wie genau ist Mr. Turners Geisteszustand?«

Seufzend ging er zu einem hohen grauen Aktenschrank. »Er leidet unter einer Altersdemenz vom Typ Alzheimer, aber das kann man von einem Mann in seinem Alter auch erwarten.« Er zog einen hellblauen Ordner hervor und ging an seinen Schreibtisch zurück. Er schlug ihn nicht auf, sondern spielte damit, als er sich hinsetzte. »Sie wissen natürlich über Alzheimer Bescheid.«

Ich nickte und ergänzte: »Gedächtnisstörungen, Wahnvorstellungen, Demenz.«

»Dann wissen Sie ja auch, dass die Gedächtnislücken des Patienten immer deutlicher zutage treten und er dazu neigt, diese aufzufüllen, indem er sich das Fehlende zusammenreimt. Oder zusammenfantasiert. Aber Mr. Turner ist aufgrund einer Spätparaphrenie ein komplizierterer Fall. Das ist eine Form der Schizophrenie, die sich am auffälligsten in einem Verfolgungswahn zeigt. Sporadisch halluziniert er, hört Stimmen, glaubt, dass die Mächte ihm nach dem Leben trachten. Manchmal erscheint er ganz klar im Kopf, und er ist fähig, reale Gespräche und Ereignisse in die kompliziertesten Fantasien einzubauen. Wenn Sie ihn um Informationen bitten wollen, haben Sie sich ganz schön was vorgenommen!«

Das hatte ich eigentlich nicht hören wollen, aber trotzdem wollte ich nicht weggehen, ohne mit Turner gesprochen zu haben, gaga oder nicht. »Ich möchte es aber gern versuchen, wenn Sie nichts dagegen einzuwenden haben.«

Er trommelte mit den Fingern auf der Akte. »Ja, natürlich. Ich bringe Sie zu ihm.«

Er führte mich aus dem Büro hinaus durch einen Flur mit grüner Auslegware und in einen schönen Wintergarten voller üppiger grüner Pflanzen und Rohrmöbel. Vier Heimbewohner, zwei Männer und zwei Frauen, waren in ein Pokerspiel vertieft und ein junges Mädchen in weißer Schwesterntracht servierte etwas Cocktailähnliches. Das hier mutete eher wie eine erstklassige Gesundheitsfarm als wie ein Seniorenheim an. Wir gingen durch die Verandatür, durch einen steingepflasterten Patio und auf einen wunderschön manikürten Rasen, auf dem gerade Krocket gespielt wurde. Wir machten einen Bogen um das Spiel und gingen durch eine Gruppe von Weidenbäumen. Ich hörte das sanfte Murmeln eines Bächleins und dann sah ich einen Rollstuhl im Schatten eines Baums. Eine hübsche blonde Pflegerin saß in der Nähe und las in einem Taschenbuch. Sie sah hoch, als Dr. Lyttelton und ich näher kamen.

»Guten Tag, Jean. Wie geht es Mr. Turner heute?«

»Uns gehts gut, Dr. Lyttelton. Wir hatten einen guten Lunch und später wollen wir ein bisschen fernsehen.« Sie war eine attraktive junge Frau, das Haar zu einem ordentlichen Knoten gesteckt, große blaue Augen und hohe Wangenknochen. Sie musterte mich neugierig, aber der Arzt stellte mich nicht vor, führte mich nur an ihr vorbei, sodass wir vor dem Rollstuhl zu stehen kamen.

Die Gestalt, die darin saß, hatte so gut wie gar keine Ähnlichkeit mit dem lächelnden Filmstar auf dem Foto in Terrys Wohnung. Man hätte ihn glatt für eine Schildkröte ohne Panzer halten können, wie er so dasaß, in eine dicke Wolldecke gehüllt, trotz der warmen Nachmittagssonne. Von dem tadellos gepflegten schwarzen Haar auf dem Foto waren jetzt nur noch ein paar weiße Büschel übrig und die Kopfhaut war mit dunkelbraunen Muttermalen und Leberflecken übersät. Die Stirn war voller Runzeln und um die rötlichen wässerigen Augen hatte er tiefe Furchen. Die großen Tränensäcke sahen aus, als wären sie mit blauer Flüssigkeit gefüllt, und die Nase schien noch knollenartiger geworden zu sein. Die wächserne Gesichtshaut hing schlaff herunter, als hätte er an einem heißen, lodernden Feuer gesessen, und sie war fast völlig farblos. Der Mund war schlaff und leicht schief, als hätte er vor Jahren einen kleinen

Schlaganfall gehabt, und Speichel rann ihm in einem dünnen Faden am Kinn herunter. Die Augen waren ausdruckslos, und es gab kein Anzeichen, ob er den Arzt oder mich wahrnahm.

»Jean«, sagte Dr. Lyttelton stirnrunzelnd.

Sie legte das Buch auf den Stuhl und kam herüber. »Ach, Mr. Turner, wir sabbern ja schon wieder«, gurrte sie, zückte ein weißes Taschentuch und tupfte sein Kinn ab. Dann ging sie zu ihrem Buch zurück. Turner schien nicht zu reagieren.

»Wie geht es Ihnen denn heute, Mr. Turner?«, fragte der Arzt.

Erst jetzt schien Turner uns zu bemerken. Die Augen flackerten und er zwang sich zu lächeln. Als er endlich einen Ton herausbrachte, klang es so vertrocknet, wie seine uralte Haut aussah.

»Dr. Lyttelton?« Es war eine Frage und der Arzt nickte.

»Das Leben geht weiter«, sagte Turner. Ich dachte, er wollte einen Witz machen, und ich lächelte. »Und immer, immer weiter«, sagte Turner. Doch, es war ein Scherz.

»Hatten Sie heute Besuch?«, fragte der Arzt.

Turner schüttelte den Kopf. Eine Hand kam unter der Decke hervor und legte sich auf die Seite des Rollstuhls. Sie mutete wie eine mumifizierte Klaue an. »Kein Besuch«, sagte die brüchige Stimme. »Niemand mehr übrig. Nur ich.« Anscheinend war er bei Verstand, obwohl ich Lytteltons Diagnose nicht in Zweifel zog. Er kannte sich offensichtlich aus, und in seinem Büro hatte er mir kluge Fragen zu meinem Profiling-Programm gestellt. Außerdem hatte er mir ein paar praktische Tipps für meine weitere Forschung gegeben und mir ein paar Veröffentlichungen als lohnende Lektüre empfohlen. Wenn der gute Doktor also sagte, dass Turner manchmal ein bisschen spann, dann glaubte ich ihm das.

Lyttelton legte mir die Hand auf die Schulter. »Mr. Turner, dies ist Dr. Beaverbrook. Er würde sich gern ein bisschen mit Ihnen unterhalten.« Turner lächelte mich an. Er sabberte wieder.

Lyttelton wandte sich an mich. »Ich lasse Sie mit Mr. Turner allein«, sagte er. »Schwester Orlowski ist in der Nähe, falls Sie sie brauchen. Aber bedenken Sie bitte, was ich Ihnen vorhin gesagt habe.« Er klopfte mir auf den Rücken und verschwand durch die Bäume in Richtung Haus. Die Pflegerin sah mich an, dann las sie weiter.

Ich ging vor dem alten Mann in die Hocke, sodass wir beide auf Augenhöhe waren. Ich lächelte ihn an, aber hinter den leeren Augen schien sich nichts abzuspielen. Mein Mund war trocken und ich hatte Probleme mit dem Schlucken, nicht weil ich nervös gewesen wäre, sondern weil ich wusste, dass ich mich selbst in fünfzig, sechzig Jahren sah, falls ich denn so lange leben sollte. Eine tolle Alternative, nicht? Man sitzt auf einem Stuhl mit einem Hirn wie Rührei oder man ist tot. Mehr gibt es nicht zur Auswahl, und Turner erinnerte an das, was kommen sollte. Ich wollte weglaufen und mich betrinken und ihn aus meinem Gedächtnis löschen, aber es gab Dinge, die ich in Erfahrung bringen musste.

»Ich habe einen von Ihren Filmen gesehen, Mr. Turner«, sagte ich langsam. »*Zeit des Flieders*. Erinnern Sie sich? *Zeit des Flieders?*«

Seine Augen schienen mich zu fixieren und er holte Luft. Es hörte sich an wie Wind, der durch einen verfallenen Kamin bläst.

»*Zeit des Flieders*«, wiederholte er.

»*Zeit des Flieders.* Sie waren der Star. Sie haben ihn neunzehnhundertzweiundfünfzig gedreht. Erinnern Sie sich?«

Die dünnen Lippen verzogen sich zu einem Lächeln. »Lausiger Film«, sagte er. »Das ganze Ding haben wir in weniger als sechs Tagen runtergedreht. Kaum zu glauben, was?«

Die Worte kamen langsam, fast mühsam aus dem dünnen Strich von einem Mund. Er lispelte leicht, und immer wenn er den Mund so weit öffnete, dass ich hineinsehen konnte, blickte ich in ein zahnloses rosa Loch. Was der ehemalige Filmstar wohl zum Lunch gegessen hatte? Das war bestimmt zuerst durch den Mixer gejagt worden. Mit Babybrei fangen wir an und damit hören wir auch auf. Am Anfang sind wir hilflos, am Ende unserer Tage ebenso.

Es überraschte mich, wie prompt er sich an den Film erinnerte, den er vor sechzig Jahren gedreht hatte, aber so ist das mit Alzheimer, es löscht große Teile der Erinnerung aus, lässt aber andere, weiter zurückliegende, intakt. Vielleicht hatte ich ja Glück.

»Er hat mir gefallen«, log ich lächelnd.

»Quatsch«, sagte er.

»Es war eine gute Geschichte.«

»Sind Sie etwa Kritiker?«, schnaufte er. »Beide Daumen nach oben, was?« Seine Brust bebte, und eine Sekunde lang dachte ich, er hätte so was wie einen Anfall, doch dann merkte ich, dass der alte Mann lachte. Aus dem Mund kam nur ein klägliches Krächzen, aber die Fältchen um die Augen hatten sich zusammengeschoben und die Furchen zu beiden Seiten des Munds zu einem Lächeln verzogen.

Schwester Orlowski kam herüber und tupfte Turners Gesicht mit einem Taschentuch ab. »Bitte regen Sie uns nicht zu sehr auf«, sagte sie zu mir.

Ich musterte ihre knapp sitzende Schwesterntracht, die ihre Figur alles andere als verhüllte. Falls irgendetwas den alten Mann würde erregen können, dann sie; ihr Sexappeal reichte, um Tote zum Leben zu erwecken. Wie sich das wohl anfühlte, alt und an einen Rollstuhl gefesselt zu sein und eine sexy junge Blondine wie Schwester Orlowski alles, was du brauchst, für dich tun zu lassen? Das Gesicht abwischen, dich füttern, dich baden, dich auf die Toilette bringen. Jede Wette, dass in seiner Jugend Maienblüte die Mädchen Schlange standen, um mit ihm zu schlafen. Und dass er sich ihrer kaum erwehren konnte. Damals hatte er so gut ausgesehen, war reich und berühmt gewesen. Und was nützte ihm das jetzt? Er war nur eine ausgetrocknete Hülle, eine Schale, und die Blondine mit der Figur, die einen Mann schier verrückt machen konnte, behandelte ihn wie einen Säugling und wartete darauf, dass er starb.

»Ich bin auch vorsichtig«, sagte ich, als sie wieder zu ihrem Buch zurückging.

Turners Augen schlossen sich langsam und dann wurde er ruckartig wach. Die Klauenhand zuckte, die Augenlider flatterten und dann wurde er ruhig, aber die Augen waren offen und fixierten mich, während er darauf wartete, dass ich sprach. Ich wollte ihn fragen, wie es war, so alt zu sein, dem Tod so nahe. Ich kannte die Statistik, wusste, dass ich eine gute Chance hatte, so zu enden wie Greig Turner, sollte ich auch so lange leben.

Im Alter von fünfundachtzig Jahren bekommt einer von vier Menschen Alzheimer; er ist die vierthäufigste Todesursache in der westlichen Welt nach Herzkrankheit, Krebs und Schlaganfall. Er ist unheilbar, er mag erblich oder eine Krankheit sein, aber wenn man ihn hat, kann man nichts dagegen tun; Millionen Hirnzellen sterben ab, und das war es dann. Die Mediziner hielten das früher für einen normalen Teil des Alterungsprozesses, von dem jeder mehr oder weniger stark betroffen ist, aber bereits neunzehnhunderteins obduzierte der Schweizer Psychiater Dr. Alois Alzheimer eine Frau, die in ihren Fünfzigern gaga geworden war, und entdeckte bei ihr krankhafte Hirnveränderungen. Nach ihrem Entdecker wurde diese Krankheit dann benannt. Das Gute daran ist, dass man als Betroffener nichts davon ahnt, dass man die Krankheit hat, wenn Sie wissen, was ich meine. Es ist wie der alte Witz. Arzt zum Patienten: »Ich habe eine gute und eine schlechte Nachricht. Die schlechte ist, dass Sie Aids, die gute, dass sie Alzheimer haben, also sind Sie in der Lage, es zu vergessen.« Haha.

Bei Greig Turners Anblick und dem Speichel auf seinem Kinn kam mir Alzheimer gar nicht komisch vor. Es war keine Aussicht, auf die ich mich freute. Vielleicht wäre es besser, tot zu sein. Vielleicht. Ich wollte Turner fragen, ob ein solch langes Leben irgendwelche Vorzüge hatte, ob die Erinnerungen den schrecklichen Zustand wettmachen, in solch einem verfallenen alten Körper dahinzuvegetieren. Aber mehr als das wollte ich etwas über Terry Ferriman erfahren.

»Mr. Turner, kennen Sie eine junge Frau namens Terry Ferriman?«

»Nie von ihr gehört«, sagte er.

»Terry Ferriman«, wiederholte ich. »Langes schwarzes Haar, etwa eins fünfundsechzig. Kluges Kind.«

»So viele Mädchen«, keuchte er. »Glauben Sie denn, ich erinnere mich an alle?«

Doch, dachte ich. An diese eine würdest du dich schon erinnern. Ganz gleich, wie viele für dich die Beine breit gemacht haben, diese würdest du nie vergessen. »Sind Sie sicher?«, hakte ich nach. Ob ich jetzt in einer seiner Gedächtnislücken gestrandet war?

»Wann? Damals, als ich ein Star war? Gott, ich erinnere mich nicht an die Filme, geschweige denn an die Damen.«

»Nein, es geht um die jüngste Vergangenheit. Innerhalb der letzten paar Jahre. Sie hatte Ihr Foto in ihrem Zimmer.«

»Ich kenne keine Terry. Sie hatte ein Bild von mir? Ein Fan, was? Ich dachte, meine Fans wären alle längst gestorben.«

»Dieses Mädchen ist jung. Ich dachte, sie könnte vielleicht eine Verwandte gewesen sein. Haben Sie Kinder, Mr. Turner? Oder Enkel?«

»Nicht dass ich wüsste«, gackerte er. Er blinzelte zu mir hinauf. »Wollen Sie damit sagen, dass ich mich nicht erinnern kann, ob ich eine Verwandte namens Terry habe? Wie heißen Sie noch mal?«

»Mein Name? Jamie Beaverbrook.«

»Ich mag ja alt sein, Mr. Beaverbrook, aber dumm bin ich nicht.«

»Tut mir leid«, sagte ich. Ich merkte, dass ich in die Falle getappt war und ihn wie ein Kind behandelte. Ich verhielt mich wie Schwester Orlowski. »Aber es ist sehr wichtig für mich. Das Bild, das sie von Ihnen hatte, wurde am Set von *Zeit des Flieders* aufgenommen. Da war auch ein Mädchen in dem Film, Lisa Sinopoli.«

»Meine Frau«, sagte Turner.

»Nein, Lisa Sinopoli. Sie hat die Lehrerin gespielt.«

»Ja, ich weiß. Sie war meine Frau. Nach Ende der Dreharbeiten haben wir geheiratet.«

»Das wusste ich nicht. Sie war sehr hübsch. Sie waren ein gutes Team. Im Film.«

Turner schnaubte.

»Was ist aus ihr geworden?«, fragte ich.

Er verstummte und ich lauschte seinem ungleichmäßigen Atem. Er sabberte, und die Klauenhand hob sich, als ob er den Speichel abwischen wollte, aber sie fiel herunter.

»Sie hat mich verlassen«, sagte er schließlich.

Ein Gedanke ging mir durch den Kopf. »Hatten Sie Kinder?«, fragte ich.

Er sah mich stirnrunzelnd an. »Kinder? Nein, keine Kinder. Lisa konnte keine Kinder bekommen.«

»Hat sie Sie darum verlassen?«, fragte ich, wohl wissend, dass ich kein Recht hatte, diese Frage zu stellen, aber auch, dass Lisa Sinopoli der entscheidende Hinweis für meine Suche sein könnte. Sie ähnelte Terry so sehr, dass sie meiner festen Überzeugung nach verwandt sein mussten. Und wenn Terry Lisas Tochter oder Enkelin oder auch nur eine Cousine war, dann würde es das Foto von Turner in ihrem Zimmer erklären. Vielleicht ein Bild aus dem Familienalbum.

»Nein, das war nicht der Grund«, sagte Turner. Sein Kopf schnellte nach vorn, die Hautfalten um den Hals hingen lose herunter wie schlecht sitzende Vorhänge. »Sie sind von der Agentur?«

»Was?«, fragte ich verwirrt.

»Wie war noch gleich Ihr Name?«

»Beaverbrook. Jamie Beaverbrook.«

»Sind Sie Detektiv?«

»Nein, ich bin Psychologe«, sagte ich. Er schweifte ab, also versuchte ich ihn wieder aufs Thema Filmgeschäft zu bringen, wo ich zumindest in sichererem Terrain zu sein schien.

»Haben Sie beide auch in anderen Filmen zusammen gespielt?«

»Nur in dem einen. Sie wollte nicht mal bei *Zeit des Flieders* mitmachen, aber ich habe sie überredet. Sie haben Sie gefunden?«

»Wen gefunden?«

»Lisa. Sind Sie denn nicht deshalb gekommen? Weil ich Sie dafür bezahlt habe, nach ihr zu suchen?«

Scheiße, er schweifte schon wieder ab. »Nein, ich suche keine Lisa. Ich brauche Informationen über Terry Ferriman.«

»Nie gehört, den Namen.«

Ich zog das Schwarzweißfoto aus meiner Innentasche und hielt es ihm hin. Seine Hand zuckte, und ich merkte, dass es zu anstrengend für ihn war, es zu halten, darum stand ich auf und trat neben den Rollstuhl, wo ich es ihm vor das Gesicht halten konnte.

Er starrte darauf und schnaufte schwer durch die Nase. »Das ist sie«, keuchte er.

»Ja, das ist Terry«, sagte ich.

»Nein. Sie ist das. Lisa.«

»Nein, dies hier ist ein neues Foto. Es ist Terry Ferriman.«

»Nein. Das ist Lisa. Glauben Sie etwa, ich erkenne meine eigene Frau nicht?«

»Lisa hatte langes blondes Haar«, antwortete ich. Was er sagte, ergab überhaupt keinen Sinn.

Er schüttelte vehement den Kopf. »Für den Film bestand sie auf einer Perücke. Sonst hätte sie nicht mitgespielt.« Er klang plötzlich energischer, zusammenhängender, als ob seine Wut die ermüdeten Neuronen in seinem matten Hirn neu belebt hätte.

Ich stellte mich vor ihn und zeigte ihm noch einmal das Bild. Plötzlich war es kühl geworden. Die Pflegerin beobachtete mich besorgt. »Sind Sie sicher?«, fragte ich.

»Natürlich bin ich sicher.« Er sah mich flehentlich an. »Sie haben sie gefunden?«, fragte er, die Hoffnung in seiner Stimme war mitleiderregend.

»Ich suche sie gar nicht«, sagte ich.

»Was wollen Sie dann hier?«, schrie er. »Warum tun Sie mir das an? Warum quälen Sie mich?«

Schwester Orlowski stand auf und kam zu mir herüber. »Ich glaube, Sie sollten gehen – Sie bringen uns ja ganz durcheinander«, sagte sie.

Turner zitterte, aus seiner Kehle kam ein trockenes Röcheln. Anscheinend hatte er einen Krampf in der Klaue.

»Ich wollte ihm nur noch ein paar Fragen stellen.«

»Nein«, sagte sie, ihre Stimme klang stahlhart. »Dieser Mann ist mein Patient. Sie müssen gehen. Sofort.«

Ich sah wohl, dass sie es ernst meinte, aber auch, dass es kaum noch eine Chance gab, irgendwas Verständliches aus Turner herauszubekommen. Ich ließ die Pflegerin am Rollstuhl knien und ging ins Hauptgebäude zurück, um Dr. Lyttelton zu suchen. Er war in seinem Büro, und er stand auf, um mich sich zu verabschieden.

»Wie ist es denn gelaufen?«, fragte er.

»Er kam mir ziemlich luzide vor«, sagte ich. »Jedenfalls die meiste Zeit.«

»Er kommt und geht«, bestätigte er.

Ich zeigte ihm das Foto. »Hat dieses Mädchen Mr. Turner jemals hier besucht?«

Er studierte es eingehend, dann schob er die Brille auf der Nase hoch. »Kann nicht behaupten, dass ich die je gesehen hätte.«

»Terry Ferriman heißt sie«, sagte ich.

Er schüttelte den Kopf. »Lässt sich aber leicht überprüfen. Wir führen über alle Besucher Buch.« Er hob Turners Akte auf, die noch auf dem Schreibtisch lag, und blätterte darin. Er überprüfte eine Seite und schüttelte wieder den Kopf. »Nein. Eine Terry Ferriman hat ihn nie besucht. Tatsächlich hatte er in den letzten drei Jahren nur einen Besucher.« Er sah von der Akte hoch. »Das ist natürlich zu erwarten, wenn man so alt wird wie er. Verwandte – sogar Kinder – und Freunde fallen mit der Zeit weg. Am Ende sind sie ganz allein. Ich vermute, dass die Hälfte der Bewohner hier keine …«

Ich unterbrach seinen deprimierenden Gedankengang. »Der Besucher«, sagte ich. »Wer war das denn?«

Er sah wieder auf die Akte. »Ein Mr. Blumenthal. Matt Blumenthal. Ach ja, ich erinnere mich. Das war ein Privatdetektiv.«

»Ein Detektiv?«

»Ja. Zuerst dachten wir, es handele sich wieder einmal um eine seiner Wahnvorstellungen. Ich weiß noch, dass wir den Mann das erste Mal, als er hier auftauchte, über Mr. Turners

Krankheit informierten und ihn wegschickten. Mr. Turner kontaktierte dann einen Anwalt und beim nächsten Mal verbrachte Mr. Blumenthal gut eine Stunde mit ihm.«

»Wann war das?«

Er las in der Akte. »Vor einem Jahr. Und dann wieder vor ungefähr zwei Monaten.«

»Könnten Sie mir einen großen Gefallen tun, Dr. Lyttelton? Würden Sie mir den Namen seiner Firma geben? Ich würde mich wirklich gerne mal mit Mr. Blumenthal unterhalten.«

Der Arzt gab mir die Details und ich bedankte mich und ging. Es war kurz nach sechs, und ich hatte keine Lust auf die Fahrt zurück nach Los Angeles, darum nahm ich mir ein Zimmer in einem Motel in der Nähe des Heims. Ich rief Rivron an. Er war nicht im Büro, aber ich hinterließ ihm eine Nachricht. Ich würde heute Abend nicht kommen können und bat ihn, wieder die Stellung für mich zu halten. Ich schlief zwar nicht gut, aber wenigstens hatte ich keine Albträume.

DER SELBSTMORD

Ich wachte kurz nach Anbruch der Morgendämmerung auf und rief Rivron erneut an. Ich hatte ihn aufgeweckt, also gab ich ihm ein paar Sekunden, klar zu werden, bevor ich ihm mitteilte, dass ich immer noch nicht zurück in der Stadt war und vor nachmittags nicht im Büro sein konnte. Er sagte, er werde für mich einspringen, murmelte einen Gruß und legte auf. Fürs Frühstück war es noch zu bald und ich hatte auch keinen Hunger, also stieg ich in den Wagen und fuhr nach L.A. zurück. Ich brannte darauf, Blumenthal anzurufen, aber ich dachte mir, dass sein Büro wohl kaum vor neun Uhr öffnen würde, und bis dahin wäre ich schon auf halbem Weg dort. Ich fuhr auf Autopilot, meine Hände umklammerten das vibrierende hölzerne Lenkrad, die Augen fixierten die Straße, in den Ohren rauschte der Motor. Ich fuhr nicht gern lange Strecken, schon gar nicht mit dem Alpine; ich hatte immer Angst, dem alten Auto zu viel abzuverlangen.

Um kurz vor elf hielt ich an für einen Brunch in einem Restaurant an der Straße und gegen zwei Uhr hielt ich vor meinem Haus. Auf dem Anrufbeantworter war eine Nachricht von Terry. Und Chuck Harrison bat um Rückruf. Ich rief die Telefongesellschaft an und bekam die Nummer von Blumenthals Firma. Das Mädchen in der Telefonzentrale schien verwirrt, als ich ihr sagte, mit wem ich sprechen wollte, und dann wurde ich zu einer Sekretärin durchgestellt, die mir bedauernd mitteilte, Mr. Blumenthal arbeite nicht mehr für das Unternehmen. Ich fragte, wo er denn jetzt beschäftigt sei, und nach einer verlegenen Pause sagte sie, Mr. Blumenthal sei tot. Ich hörte heraus, dass sie mir etwas vorenthielt, daher sagte ich, dass ich für das LAPD arbeitete und gern ihren Chef gesprochen hätte.

Er war eigentlich ganz zuvorkommend, und als ich erklärt hatte, wer ich war, erzählte er mir bereitwillig die Umstände von Mr. Matt Blumenthals Hinscheiden. Der Detektiv war ermordet worden. Man hatte ihn mit durchschnittener Kehle in einer Gasse gefunden. Mir gefror das Blut in den Adern. Nach mehr Einzelheiten fragte ich nicht, denn ich wollte keine Wellen schlagen, aber ich fragte ihn, ob er mir sagen könne, an welchem Fall der Detektiv gearbeitet hatte. Er sagte, für diese Information würde er mich zurückrufen müssen, und legte auf. Ich rief Filbin im Präsidium an. Zum Glück erwischte ich ihn an seinem Schreibtisch. Wir hielten ein bisschen Smalltalk über aktuelle Fälle und ich fragte ihn dann, ob sie die Leiche im Fall Ferriman identifiziert hatten. Ja, sagte er. Das war ein Privatdetektiv. Ein gewisser Matt Blumenthal.

Ich ging hinein und genehmigte mir einen Wodka Tonic, einen großen, und machte es mir damit auf der Couch gemütlich. Zehn Minuten später rief Blumenthals Chef an und sagte, der Detektiv sei engagiert worden, um eine gewisse Lisa Sinopoli zu finden. Der Auftraggeber – Überraschung! – war Greig Turner.

Meine Hand zitterte, als ich den Hörer auflegte. Ich versuchte die Fakten in einen Zusammenhang zu bringen, in ein Muster, mit dem ich etwas anfangen konnte. Man hatte Terry Ferriman über dem ausgebluteten Leichnam eines Mannes gefunden. Es handelte sich um Matt Blumenthal, einen Privatdetektiv. In Terry Ferrimans Wohnung war ein Foto von Greig Turner, einem Filmstar der Fünfzigerjahre. Greig Turner war mit einer Lisa Sinopoli verheiratet gewesen, die Terry wie aus dem Gesicht geschnitten war. Und er hatte Matt Blumenthal engagiert, um Lisa Sinopoli aufzuspüren, die doch mindestens Ende siebzig sein musste.

Der Kreis hatte sich beinahe geschlossen, aber es ergab keinen Sinn. Ich leerte das Glas und schenkte mir Wodka nach, und nachdem ich ihn getrunken hatte, ging ich ins Bad. Ich hielt die Bürste in der Hand und zog die schwarzen und weißen Haare heraus. Mir kam eine Idee, die so bizarr war, dass ich sie nicht in Worte fassen wollte. Ich nahm die Haare mit zum Schreibtisch, ließ sie in einen braunen Umschlag gleiten und rief einen Freund von mir an, einen Forscher an der UCLA, der University of California in Los Angeles. Wir verabredeten uns in einer Bar für später am Abend.

Ich zog ein frisches Hemd und einen Anzug an, steckte den Umschlag und Terrys Foto in die Innentasche und fuhr zum Präsidium. Unterwegs überkam mich eine plötzliche Sehnsucht nach Terry, darum nahm ich einen Umweg über die North Alta Vista Avenue. Ich parkte vor dem Gebäude und klingelte bei ihr, doch sie war nicht da – oder sie antwortete nicht. Eine junge Frau mit zwei Kindern kam aus dem Haupteingang und lächelte im Vorübergehen.

»Kennen Sie zufällig Terry Ferriman?«, fragte ich.

Sie schüttelte den Kopf. Ich beschrieb sie, und die Frau sagte ja, sie wisse, wen ich meine, und ja, bestimmt sei sie zu Hause, denn ich hätte ja hinter ihrem Wagen geparkt. Es war ein Porsche mit allen Schikanen, der sich wie ein riesiger Metallkäfer am Bordstein breitmachte.

»Das ist Terrys Wagen?«, fragte ich überrascht.

»Sind Sie ein Freund?«, fragte sie misstrauisch.

»Ja, aber ich wusste gar nicht, dass sie einen Porsche fährt«, sagte ich. Die Frau schien immer noch nicht überzeugt. Es wäre das Letzte gewesen, wenn sie die Cops verständigt und mich als verdächtiges Subjekt gemeldet hätte, daher zeigte ich ihr meine LAPD-Legitimation und sie entspannte sich.

»Da antwortet keiner«, sagte ich und drückte noch einmal auf die Klingel.

Sie sah auf das Klingelbrett und blinzelte. »Ich dachte, sie wohnt im Keller«, sagte sie. Eines von ihren Kindern, ein höchstens drei Jahre altes Mädchen, fing an zu weinen. Ich wuschelte ihr das Haar. Sie weinte nur noch mehr. Kinder mochten mich dieser Tage offenbar nicht besonders. Vielleicht ahnten sie etwas.

»O nein, sie hat eine kleine Wohnung. Oben. Ich war schon drin.«

»Ich bin sicher, dass sie im Keller wohnt«, beharrte die Frau.

Redeten wir vielleicht von verschiedenen jungen Frauen? Ich zeigte ihr das Schwarz-Weiß-Foto.

»Ja, das ist sie«, sagte sie. »Und ich habe sie in den Keller gehen sehen.« Sie zeigte auf das Klingelbrett an der Wand.

»Probieren Sie mal den Knopf da«, sagte sie und sah mir dabei zu, wie ich es tat. Bestimmt war sie inzwischen davon überzeugt, dass ich einbrechen wollte.

Es machte immer noch niemand auf, darum sagte ich zu ihr, ich würde es lassen und versuchen Terry telefonisch zu erreichen. Als ich mich zum Gehen wandte, kam mir eine Idee. Ich fragte sie nach dem Namen der Hausverwaltungsfirma, die sich hier um die Mietangelegenheiten kümmerte. Sie gab mir den Namen und eine Telefonnummer und ich notierte sie auf der Rückseite des Briefumschlags mit den Haarsträhnen. Ich spürte ihren Blick auf mir ruhen, als ich zum Wagen zurückging, darum unterdrückte ich mein Verlangen und sah ich nicht durch die Fenster des schwarzen Porsche. Terry und ich hatten das Thema Autos zwar nur flüchtig gestreift, nur ein paar Bemerkungen über mein inniges Verhältnis zum Alpine, aber da hätte sie doch auch ihren Porsche erwähnen können. Porschefahrer sind ja nicht gerade für ihre Bescheidenheit bekannt, nicht wahr? Ich fragte mich, wie ein junges Mädchen, das in einer engen Einzimmerwohnung in einem nicht besonders wohlhabenden Stadtviertel lebte, sich solch einen Wagen und die schwindelerregenden Versicherungsprämien dafür leisten konnte.

Als ich in die Einsatzzentrale kam, war sie menschenleer. An meinem Platz lag eine Nachricht von Rivron, dass Chuck Harrison angerufen hatte, also rief ich den Anwalt als Erstes an. Er wollte mir mitteilen, dass er das Schriftstück für den Vergleich aufgesetzt hatte und ich es jederzeit in seinem Büro unterzeichnen könnte. Er klang enttäuscht, dass ich mich so schnell hatte breitschlagen lassen, aber Deborah hatte mich zermürbt.

Mein nächster Anruf ging an die Firma, die das Haus verwaltete, in dem Terry wohnte. Ich hatte den Boss an der Strippe und sagte ihm, wer ich war, vergewisserte mich, dass die Adresse in der North Alta Vista Avenue zu seinen Immobilien gehörte, und fragte, welche Wohnung sie gemietet hatte.

Der Mann, der langsam und mit einer Baritonstimme sprach, hüstelte und sagte, dass Ms. Ferriman eigentlich keine Mieterin in dem Gebäude sei. Ich unterbrach ihn und sagte, ich sei bereits mit ein paar Detectives des Morddezernats dort gewesen, daher wüsste ich, dass sie da wohne.

Er hüstelte wieder. »Was ich meinte, Dr. Beaverbrook«, sagte er geduldig, »ist, dass Ms. Ferriman keine Wohnung dort mietet, sondern Eigentümerin ist.«

»Eigentümerin welcher Wohnung?«, fragte ich.

»Ms. Ferriman besitzt sie alle«, sagte er. »Das ganze Gebäude gehört ihr. Wir machen die Verwaltung für sie, finden geeignete Mieter, ziehen die Mieten ein, lassen Reparaturen ausführen, derartige Dinge.«

Ich war verblüfft. Nach vorsichtiger Schätzung durfte das Gebäude um die zehn Millionen Dollar wert sein. Wie um alles in der Welt kam ein junges Mädchen an eine so teure Immobilie? Der Wagen fiel mir wieder ein.

»Wie lange arbeiten Sie schon für Ms. Ferriman?«, fragte ich.

Ein weiteres Hüsteln. »Seit sechs Jahren, wenn ich mich nicht irre.« Seit ihrer Teenagerzeit also. Das ergab keinen Sinn.

»Und alle Wohnungen sind vermietet?«, fragte ich.

»Ja.«

»Aber die Einzimmerwohnung wird von ihr genutzt?«

»Das stimmt. Und sie benutzt auch den Keller. Als Speicher, soviel ich weiß. Er ist sehr geräumig und nimmt buchstäblich die ganze Kellerfläche ein, mit Ausnahme der Waschküche und der Heizungsanlage.«

»Ich möchte ja nicht den Eindruck erwecken, dass ich Ihnen nicht glaube, aber ich war eigentlich davon überzeugt, dass sie die Wohnung gemietet hat. Die Einzimmerwohnung.«

»O nein, ich kann Ihnen hundertprozentig versichern, dass sie die besitzt. Wie kommen Sie darauf, dass sie sie gemietet hat?«

Für einen Augenblick war ich mir nicht sicher, aber dann fiel es mir plötzlich wieder ein. »Es gab eine Liste«, sagte ich. »In der Wohnung. Ein Inventar, eine Liste von allem, was in der Wohnung ist, von der Art, wie sie ein Vermieter hat, wenn jemand auszieht und er überprüft, ob etwas fehlt.« Zum Beispiel ein Messer, dachte ich.

»Ach so, dann begreife ich das Missverständnis, Mr. Beaverbrook. Ja, wir haben vor einiger Zeit eine Inventur in allen Wohnungen gemacht, auf Wunsch von Ms. Ferriman. Und ich erinnere mich, dass wir dabei auch die Einzimmerwohnung einbezogen haben, denn sie deutete an, sie wolle diese in Zukunft eventuell vermieten.«

»Und den Keller?«

»Nein, nein, der Keller dient als Abstellraum, soweit ich mich erinnere. Nein, ich glaube nicht, dass jemals jemand aus unserem Büro dort unten war. Dazu bestand eigentlich keine Notwendigkeit.«

»Ach so. Noch eins – wann wurden Sie mit der Inventur beauftragt?«

Zögern und Luftholen, während er nachdachte. »Ich denke

mal, das war vor etwa einem halben Jahr«, sagte er. »Mehrere Mieter waren ausgezogen, und Ms. Ferriman hatte renoviert, da hielt sie die Gelegenheit für günstig, neue Inventurlisten für die verschiedenen Wohnungen im Haus zu erstellen.«

Ich dankte ihm für seine Hilfe und bat ihn um eine weitere Information: den Namen der Bank, auf die seine Firma die Miete der verschiedenen Hausbewohner überwies.

Er sagte, er freue sich stets, dem LAPD bei den Ermittlungen behilflich zu sein. Er wirkte sympathisch. Ich grübelte über das Messer nach. De'Ath hielt es nicht mehr für wichtig, denn die Bestandsliste des Vermieters bewies ja, dass kein Messer fehlte. Wie er wohl reagieren würde, wenn er herausfände, dass Terry quasi ihr eigener Vermieter war und sie selbst die Idee mit der Bestandsliste gehabt hatte?

Rivron kam zurück, als ich den Hörer auflegte, und er warf sein Notebook auf den Schreibtisch. »Bist du auch mal wieder da?«, sagte er, und man musste kein Hellseher sein, um zu merken, dass er von mir die Schnauze voll hatte.

»Ja, tut mir leid«, sagte ich. »Gibts viel zu tun?«

»Und ob!«, sagte er. Er warf sich in seinen Stuhl und rutschte nach hinten, um die Füße auf den Tisch schwingen zu können. »Ein durchgeknallter Frauenhasser hat langhaarigen Blondinen Säure auf die Beine gesprüht. Eine Jugendliche hat in ihrem Zimmer Katzen gekreuzigt. Zwei bewaffnete Räuber, die behaupten, Stimmen aus dem Jenseits zu hören. Und ein Bibelverkäufer, der sagt, Gott hat zu ihm aus dem Autoradio gesprochen und ihm befohlen auf dem Hollywood Boulevard in eine Touristenmenge zu fahren. Und wie war dein Tag?«

Tja, er hatte von mir definitiv die Schnauze voll.

»Es tut mir leid wegen gestern Abend«, sagte ich. »Ich war an einem Fall dran, und ich habe länger gebraucht als gedacht, um dort hinzukommen. Wie ist es denn heute Nachmittag gelaufen?«

»Das sind die Fälle von heute Nachmittag«, sagte er. »Gestern Nacht gab es noch etwa ein Dutzend andere. Ich bin erst bei Sonnenaufgang nach Hause gekommen und dann rief mich De'Ath kurz vor zwölf an und hat mich schnurstracks zurückbeordert.«

»De'Ath, der gute alte Schwarze To'd«, sagte ich. »Er glaubt, nur weil er jeden Tag zwanzig Stunden arbeitet, sollten das auch alle anderen tun.«

»Ja. Wenigstens bist du jetzt hier«, sagte Rivron. »In Zimmer C wartet ein Wolfsmensch auf dich, an dem du dich mal festbeißen kannst. Oder umgekehrt.«

Ich sah auf meine Uhr. »Verdammt, ich kann nicht. Ich habe eine Besprechung.« Rivron machte ein Gesicht, als wollte er mir seinen Computer an den Kopf schleudern, darum hielt ich als Zeichen der Kapitulation die Hände hoch. »Ich bin nicht lange weg – ich schwöre es bei Gott! Ich muss mich nur mit jemandem von der UCLA treffen.«

»Wegen eines Falls?«, fragte er.

»Wegen eines Falls«, sagte ich mit Nachdruck. »In zwei Stunden bin ich zurück und dann kannst du abzischen.«

Viel glücklicher schien ihn das nicht zu machen, aber er konnte nichts tun, denn letztlich war ich ja sein Vorgesetzter. Nicht, dass ich je darauf gepocht hätte, denn bei Rivron wusste ich, dass das nicht nötig war. Auf dem Weg nach draußen klopfte ich ihm auf die Schulter.

Die Bar, in der ich mich mit Rick Muir verabredet hatte, war ein gefakter »Olde English Pub« mit lauter Plastikbalken, einer Dartscheibe, lauwarmem Bier und *chicken in a basket*, einem zerlegten Hähnchen, das in einem Körbchen heiß serviert wurde. Den Laden schmiss ein schwules Paar, zwei Engländer, deren schrilles Getue nicht minder pseudo war als das Dekor.

Rick war auch Engländer, aber seine Libido schlug heftig nach der Heteroseite aus, was meiner Ansicht nach sein Hauptmotiv für den Umzug an die Westküste gewesen war. Er verbrachte mehr Zeit am Strand als im Institut und stellte den Mädels nach, aber er veröffentlichte genügend wissenschaftliche Abhandlungen, um seine Forschungsgelder zu rechtfertigen, und stieg auf der akademischen Hierarchieleiter ziemlich schnell nach oben. Er sah aus wie ein kalifornischer Strandgammler, blondes Haar, während der Arbeit im Labor zu einem Pferdeschwanz gebunden, breitschultrig, sonnengebräunt wie ein Filmstar. Er saß an einem Tisch mit irgendeinem braunen Gebräu aus Nordengland in einem hohen Glas vor sich. »Jamie, wie gehts denn so?«, fragte er. Er stand auf und schüttelte mir die Hand.

Eine Kellnerin wollte gar nicht wieder verschwinden, offenbar erpicht darauf, Ricks Aufmerksamkeit zu erregen. Er beehrte sie mit seinem Schlafzimmerblick, und ich hörte sie förmlich winseln, als er ein Bier für mich bestellte. Ach, habe ich eigentlich erwähnt, dass er gut zehn Jahre jünger ist als ich? Wohl so in Terrys Alter.

»Es läuft gut«, sagte ich, als wir beide der Kellnerin nachschauten, die zur Bar stöckelte.

»Hübsch«, sagte er.

»Sehr«, sagte ich.

Wir unterhielten uns ein Weilchen über das Wetter, über die jeweiligen Vorzüge kalifornischer und englischer Frauen, über meine Scheidung und sein Sexleben, und dann kam ich endlich auf mein Anliegen zu sprechen, den Gefallen, um den ich Rick Muir, Ph. D., bitten wollte. Ich überreichte ihm den Umschlag. »Kannst du das mal nach der C14-Methode untersuchen?«, fragte ich.

»Klar«, sagte er. »Was ist es denn?«

»Haar«, sagte ich.

Er hob fragend eine Braue. »Menschliches Haar?«

»Ja.«

Er verzog das Gesicht. »Wie alt ist das deiner Ansicht nach?«, fragte er. »Ich meine, ist es ein Fossil oder so was? Du weißt doch ebenso gut wie ich, dass sich die C14-Methode nicht für jüngere Exemplare eignet. Selbst für rund fünfhundert Jahre alte Proben bedeutet das plus/minus ein Jahrhundert. Und selbst für diese zeitliche Eingrenzung muss man sich mit der Technik verdammt gut auskennen.«

»Was auf dich ja zutrifft«, sagte ich und ich bestellte uns noch zwei Bier bei der Kellnerin, die nur Augen für Rick hatte, während ich mit ihr sprach.

»Was auf mich zutrifft«, bestätigte er. Er lächelte das Mädel an und zwinkerte ihr jungenhaft zu. »Ich will damit sagen, Jamie, dass es zwecklos ist, mir eine Locke von einem Mädchen zu geben, damit ich herausfinde, wie alt sie ist. So funktioniert das nicht. Ich kann dir sagen, ob etwas fünf- oder zehntausend Jahre, aber nicht, ob ein menschliches Haar fünf Wochen oder fünf Jahre alt ist.«

»Aber wüsstest du, ob es neueren Datums ist oder nicht?«

»Na ja, schon«, sagte er zögernd, »aber das könntest du auch einfacher haben. Wenn du es unter dem Mikroskop ansiehst. Oder darüber streichst. Abgeschnittenes Haar trocknet recht schnell aus. Vermutlich wäre auch eine chemische Analyse einfacher.«

»Was meinst du damit?«

»Es auf Verunreinigungen überprüfen und so. Viel von diesem Scheißdreck in der Luft und im Wasser war vor fünfzig Jahren noch nicht da, darum kann der Nachweis in tierischem oder pflanzlichem Gewebe ziemlich guten Aufschluss über das Alter des Haars geben. Das kann verdammt viel genauer sein als die C14-Methode.«

Ich nickte und rief nach der Rechnung. »Tu mir einfach den Gefallen, okay? Teste es mit deinen Geräten, und wenn das nicht klappt, probier ich was anderes.«

»Und du willst mir nicht verraten, worum es eigentlich geht?«

Die Rechnung kam und ich zahlte. Die Kellnerin bedankte sich bei Rick.

»Es ist verrückt«, sagte ich. »Tu es doch einfach mir zuliebe. Wenn du irgendwas herausfindest, erzähl ich dir alles. Und glaub mir, das liefert dir dann einen verdammt guten Stoff für eine Publikation.« Das stellte ihn anscheinend zufrieden und er steckte das Kuvert in die Tasche seines Blazers. Ich ließ ihn mit der Kellnerin stehen. Es sah so aus, also würde er ihre Telefonnummer bekommen.

Rivron war in einem der Vernehmungszimmer, als ich ins Präsidium zurückkehrte, also hinterließ ich ihm eine Nachricht auf dem Schreibtisch, er solle Feierabend machen. Dann rief ich unten beim diensthabenden Sergeant an, um zu fragen, was sonst noch anlag. Man teilte mir mit, dass ein Brandstifter in Zimmer E auf mich wartete, der eine vierköpfige Familie getötet hatte, indem er einen selbst gebastelten Molotowcocktail durch ein Schlafzimmerfenster geschleudert hatte. Er behauptete, sie seien Satanisten gewesen, die ihn verhext hätten. Ich ließ ihn durch das Programm laufen und er erwies sich als völlig zurechnungsfähig. Ich meldete das den Ermittlungsbeamten und sie knöpften ihn sich erneut vor. Als ich gerade ein Gutachten schrieb, rollte De'Ath herein wie ein Panzer im schnellsten Gang.

Er grinste wie ein Honigkuchenpferd. »Na?«, fragte er, »siegst du denn im Kampf gegen die dunklen Mächte, die unsere Stadt heimsuchen?«

»Wer will das wissen?«, fragte ich. Ich traute ihm nicht, wenn er so gut aufgelegt war. Normalerweise bedeutete das, dass er schlechte Nachrichten für mich hatte.

»Nur ich, dein treuer Verbündeter im immerwährenden Kampf zwischen Gut und Böse.« Er grinste noch breiter, setzte sich auf den Rand von Rivrons Schreibtisch und schlug die Füße übereinander.

»Okay, ich gebe mich geschlagen, Samuel. Was ist passiert? Ist mein Wagen abgeschleppt worden? Oder in Flammen aufgegangen? Oder hat die Einwanderungsbehörde endlich beschlossen, dass meine Aufenthaltsgenehmigung abgelaufen ist?«

Er zog einen Ordner unter dem Arm hervor und wedelte damit triumphierend in der Luft herum. »Terry Ferriman«, sagte er. »Die Vampirin.«

»Mutmaßliche Vampirin«, sagte ich.

»Sie ist es nicht«, sagte er.

»Keine Vampirin? Oder nicht Terry Ferriman?«

»Letzteres, mein alter Freund. Was immer sie auch sein mag, sie ist jedenfalls nicht Ferriman, Terry. Nur wenn sie eine von den Untoten ist. Oder den lebenden Toten. Oder wie auch immer du sie nennst.«

»Wovon zum Teufel redest du da, Samuel?«

»Alan und Claire Ferriman starben, als sie elf Jahre alt war. In Utah. Autounfall.«

»Das weiß ich, Samuel. Sie hat mir doch erzählt, dass sie eine Waise ist.«

Er grinste. »Ja, aber nicht, dass auch Terry Ferriman bei dem Unfall ums Leben kam!«

»Bist du sicher?«

»Mann, wofür hältst du mich? Die Geburtsurkunde, mit der sie sich einen Pass und einen Führerschein beschafft hat, gehörte der ursprünglichen Terry Ferriman. Das Kind wurde in Los Angeles geboren, aber weil es in einem anderen Staat starb, gab es keinen Datenabgleich. Dank der Geburtsurkunde hatte unsere Dame, wer immer sie ist, leichtes Spiel. Alle Kreditkarten sind echt, die Sozialversicherungsnummer auch, aber sie beruhen auf einer Lüge. Sie wird jetzt per Haftbefehl gesucht. Du meldest dich doch, wenn du sie siehst, ja?« Seine Augen verengten sich, obwohl er immer noch das selbstzufriedene Grinsen im Gesicht hatte. Wie ein Kätzchen, das die Sahne aufgeschleckt hat.

»Ja, Samuel. Dann ruf ich dich an.«

»Mach das aber auch!«, sagte er.

»Gibt es mehr Indizien in der Mordsache? Irgendwas, das sie damit in Verbindung bringt?«

»Nichts. Noch nicht. Aber das Mädel führt todsicher was im Schilde.« Er wedelte mit der Akte vor meiner Nase herum. »Man gibt sich nicht so viel Mühe, wenn man nichts zu verheimlichen hat. Wir durchforsten so viele Computerdatenbanken wie nur möglich und suchen nach Menschen mit ihren besonderen Kennzeichen. Und wir warten auf die Auswertung ihrer Fingerabdrücke.«

Auf dem Weg hinaus sagte er mir, dass eine Kindsmörderin in Zimmer B auf mich wartete. Na toll! Ich verbrachte rund eine Stunde in Zimmer B, um den Geisteszustand einer Frau mittleren Alters zu überprüfen. Sie zwinkerte mir die ganze Zeit zu, während sie sprach. Sie war unzurechnungsfähig, aber das war vermutlich kein Trost für die Eltern der drei kleinen Jungen, die sie verstümmelt und getötet hatte. Ja, genau das war nach Auskunft des Gerichtsmediziners geschehen. Sie hatte ihnen die Hoden abgeschnitten und sie ihnen in den Mund gestopft, anschließend hatte sie die Kinder mit einem Ledergürtel erdrosselt. Eine Kindsmörderin war ungewöhnlich, besonders eine, die sich nicht am eigenen Nachwuchs vergriff. Ich meine, Frauen töten ja manchmal die eigenen Kinder, aber sie stellen fast nie fremden nach. Sie gab ihrem anderen Ich die Schuld, das sie Emma Wilson nannte und mit dem sie sich ständig unterhielt; als sie das Programm durchlief, bat sie Emma sogar um Rat, wie sie antworten sollte.

Sie hatte jegliche Beteiligung an den Morden bestritten, selbst als man sie in ihrem Keller mit den Leichen konfrontierte, und als Beweis ihrer Unschuld legte sie Notizbücher voller Kritzeleien vor, von denen sie behauptete, es seien Botschaften von Emma. Nach Aktenlage waren die Notizen alle in ihrer

Handschrift verfasst. Ihr Blick war ausdruckslos, und sie leckte sich ständig die Lippen, während sie mit mir sprach. Laut dem blinkenden Cursor im Beaverbrook-Programm war sie ein schwerer Schizophreniefall und brauchte Hilfe. Sie zeigte die meisten primären Symptome für Schizophrenie: Störungen des Gedächtnisses und der Orientierung, das Hören von Geräuschen (Emma Wilsons Stimme in ihrem Kopf) sowie primäre Wahnvorstellungen (sie behauptete steif und fest, dass der Beamte, der sie festgenommen hatte, sie neun Monate lang beschattet habe). Das Zwinkern war eine psychomotorische Störung, wie sie bei schizoiden Patienten häufig auftrat, und das Programm erkannte vier weitere Faktoren, die typisch für die Krankheit waren, und identifizierte sie als Hebephrenie. Bei einer gezielten Therapie im Rahmen einer medizinischen Behandlung würde sie ein relativ normales Leben führen können. Angesichts der Brutalität ihrer Taten würde das kaum geschehen, doch zumindest konnte ich De'Ath sagen, dass es zwecklos war, sie zu verhören; er bekäme viel bessere Ergebnisse, wenn er die Psychiater auf sie loslassen würde. Sie würde sich öffnen, wenn man sie richtig behandelte. De'Ath hegte den Verdacht, dass sie der Schlüssel zu einem halben Dutzend anderer Fälle vermisster Kinder sein könnte. Ich hasste Kindsmörder. Wirklich und wahrhaftig.

Ich war allein im Büro, aß ein Putenbrustsandwich und tippte ein bisschen, als De'Ath hereinplatzte. Zuerst dachte ich, er wäre sauer wegen des Gutachtens, das ich über die Frau erstellt hatte, doch bald wurde klar, dass ihm eine ganz andere Laus über die Leber gekrochen war. Er schlug die Tür so fest zu, dass das Glas klirrte, und zeigte drohend mit seinem schwarzen Finger auf mich, während er mich anbrüllte. »Warum zum

Teufel hast du mir nichts von diesem Turner erzählt?«, schrie er.

»Turner?«, fragte ich verwirrt, immer noch in der Annahme, er spreche von der Frau.

»Greig Turner. Altenheim in Big Sur? Da warst du gestern, weißt du noch?«

»Was ist denn passiert?«, fragte ich. Irgendwas stimmte da nicht, so viel war sicher. Falls Lyttelton oder die Pflegerin sich nur beschwert hatten, würde sich De'Ath nicht derart aufregen.

»Er ist tot«, sagte De'Ath und lief hin und her. »Er ist tot und laut seiner Pflegerin hast du ihn zuletzt besucht.«

»Zum Reinbeißen, die Pflegerin«, sagte ich. Mit Männerkumpanei konnte man bei De'Ath immer punkten.

»Ich habe sie nie gesehen. Ich hatte nur gerade meinen Amtskollegen aus Big Sur an der Strippe. Der hat mich zusammengeschissen und wollte wissen, mit was für komischen Ermittlungen wir denn in seinem Revier wildern.«

Na ja, fast immer. Dieses Mal zog die Nummer offenbar nicht, De'Ath ließ sich nicht milder stimmen.

»Ich wusste gar nicht, dass die in Big Sur auch so einen hochrangigen Beamten wie dich haben«, sagte ich. Mit Schmeichelei kam man bei ihm auch oft weiter.

»Verarsch mich bloß nicht, Beaverbrook«, schäumte De'Ath. Manchmal klappte es eben nicht mit dem Schmeicheln, okay? »Du sitzt ganz schön in der Tinte. Du hast dich als Detective vom LAPD ausgegeben und das ist ein Straftatbestand. Was soll denn der Scheiß?«

Ich versuchte mich zu erinnern, was ich Dr. Lyttelton als

Grund für meinen Besuch angegeben hatte. Ich war ziemlich sicher, dass ich Terry Ferriman ihm gegenüber nicht erwähnt hatte, aber er hatte mir von Matt Blumenthal erzählt. De'Ath hatte ziemlich sicher bei Blumenthals Agentur nachgefragt, das heißt, sie hatten ihm wahrscheinlich dasselbe erzählt wie mir, nämlich dass der Auftraggeber Greig Turner war und die Zielperson der Beschattung eine gewisse Lisa Sinopoli. Konnte De'Ath irgendwie die Verbindung zwischen Lisa Sinopoli und Terry Ferriman herstellen? Ich hatte meine Zweifel.

»Raus mit der Sprache, Beaverbrook«, knurrte De'Ath.

Mir kam keine plausible Lüge in den Sinn, mit der sich mein Besuch bei Turner rechtfertigen ließe. Ich dachte fieberhaft nach, aber mir fiel partout nichts ein. Mit etwas mehr Zeit hätte ich mir vielleicht eine halbwegs überzeugende Geschichte zurechtlegen können, aber De'Ath tappte hier hin und her wie ein Bär mit Kopfschmerzen und ich konnte immer nur an Terry denken. »Es ging um die Sache mit Ferriman«, sagte ich.

Er blieb stehen und funkelte mich böse an. »Scheiße, das weiß ich«, sagte er. »Du hast doch Lyttelton ein Foto von ihr gezeigt, weißt du das denn nicht mehr?«

Scheiße, das hatte ich verschwitzt. Ich hatte ihm das Bild gezeigt und gefragt, ob sie Turner jemals besucht hatte. Und ich hatte ihm ihren Namen genannt. Gott, ein Glück, dass ich nicht versucht hatte zu lügen, denn dann hätte mich De'Ath echt am Spieß gebraten. »Turners Bild war in ihrer Wohnung. Im Schlafzimmer. Weißt du nicht mehr? Antiker Goldrahmen. Filmstar auf einem Regisseurstuhl?«

De'Ath schüttelte den Kopf. »Ich hab doch gewusst, es war ein Fehler, dich in die Wohnung zu lassen. Ich habs gewusst.

Scheiße, Scheiße, Scheiße, Beaverbrook. Hörst du eigentlich nie, was ich sage, verdammt noch mal?«

»Doch, natürlich, Samuel. Du hast gerade Scheiße gesagt. Dreimal.« Er lachte nicht, aber ich spürte, wie er etwas lockerer wurde. »Ich habe das Bild gesehen, und ein Freund von mir, ein Agent, sagte, dass er weiß, wo er ist. Ich dachte, wenn ich mit Turner rede, gibt mir das vielleicht mehr Aufschluss über ihren Charakter. Und Samuel, ich kann mich nicht entsinnen, mich je als Polizeibeamter aufgespielt zu haben, absolut nicht. Ich habe mich Dr. Lyttelton als Psychologe vorgestellt, und er wusste ohnehin, wer ich bin. Er hat einige von meinen Publikationen gelesen und war an meiner Forschungsarbeit interessiert.«

Er hob die Hand. Es war die klobige Riesenpranke eines Schwergewichtsboxers, und genau das war De'Ath in seiner Militärzeit gewesen. »Okay, okay«, sagte er. »Worüber habt ihr gesprochen? Was auch immer du gesagt hast, es muss ihn bestürzt haben.«

»Wie kommst du denn darauf?«

»Warum hätte er sich denn sonst umgebracht?«, fragte De'Ath. »Hab ich dir das nicht erzählt? Muss mir entfallen sein.«

Selbstmord? Als De'Ath mir Turners Tod mitteilte, ging ich davon aus, dass er eben eines natürlichen Todes gestorben war. Offensichtlich hatte er ja nicht mehr lange zu leben gehabt. »Wie konnte er denn Selbstmord begehen?«, fragte ich. »Der Mann, den ich gesehen habe, konnte sich kaum rühren. Er saß im Rollstuhl und eine Pflegerin musste alles für ihn machen.«

De'Ath lehnte sich an meinen Schreibtisch und verschränkte die Arme vor der Brust. »Anscheinend hat Turner sich einen Schal um den Hals gebunden und ihn dann um den Bettpfosten geschlungen. Anschließend hat er sich aus dem Bett gerollt. Es gehört nicht viel dazu, sich zu strangulieren. Ich habe schon Leute erlebt, die es mit der Türklinke gemacht haben. Es kommt nur darauf an, wie entschlossen man ist. Aber du schweifst schon wieder ab, Beaverbrook. Worüber habt ihr zwei gesprochen?«

»Ich habe ihn gefragt, ob er Terry Ferriman kennt. Er sagte Nein.«

»Die Pflegerin sagt, du hättest ihm ein Foto gezeigt.«

»Ja, dasselbe, das ich Lyttelton gezeigt habe. Es war ein Foto von Ferriman.«

»Die Pflegerin hat ausgesagt, dass Turner sich über das Bild aufgeregt hat. Oder über irgendwas, das du gesagt hast.«

Ich zuckte mit den Achseln. »Er war einfach müde und durcheinander und redete die meiste Zeit wirres Zeug. Laut Dr. Lyttelton war er praktisch senil.«

De'Ath rieb sich nachdenklich das Kinn. »Ein Bild von Ferriman, was? Woher hattest du das denn?«

Ich hatte gehofft, dass er das nicht fragen würde, denn ich hatte es von seinem Schreibtisch gemopst. Ich zuckte mit den Achseln. »Gott, das weiß ich nicht mehr, Samuel. Von irgendwoher.«

»Das Bild hast du jetzt nicht zufällig dabei?«, fragte er.

Es steckte in meiner Innentasche. »Nein«, log ich.

»Na ja, auch gut«, sagte er und starrte mich unverwandt an. Er stand auf, streckte die Arme hinter den Rücken, verhakte die Finger seiner fleischigen Pranken und drückte sie durch, bis seine Schultern knackten. Er seufzte. »Schon besser«, sagte er. »Du bist also den weiten Weg nach Big Sur gefahren, hast eine gute halbe Stunde mit diesem Turner verbracht und nichts rausbekommen. Ist das korrekt?«

»So ungefähr.«

»Hast du mal von einer gewissen Lisa Sinopoli gehört?«, fragte er.

Ich durchschaute seine Taktik, er wollte mich mit dieser Frage aus der Reserve locken, aber ich verzog keine Miene, hielt seinem Blick stand und antwortete: »Nein, nie von ihr gehört.« Meine Unschuldsnummer schien ihn allerdings nicht zu überzeugen. »Wieso?«, fragte ich.

»Anscheinend hat Turner einen Detektiv beauftragt, jemanden namens Sinopoli aufzuspüren. Und außerdem zu klären, wer die Rechnungen vom Pflegeheim bezahlt.«

»Rechnungen? Ich verstehe nur Bahnhof.«

»Das meiste von Turners Geld war laut Dr. Lyttelton schon lange alle. Anscheinend haben die Studios damals den Filmstars nicht so viel gezahlt wie heute. Aber seine Rechnungen wurden in den letzten zehn Jahren von einer Bank in L.A. beglichen. Ein Privatdetektiv namens Matt Blumenthal wurde engagiert, um herauszufinden, von wessen Konto die Rechnungen bezahlt wurden.«

»Vielleicht dachte er, dass es diese – wie hieß sie noch gleich – diese Sinopaul war, die für ihn aufgekommen ist. Vielleicht wollte er sich bei ihr bedanken.«

»Sinopoli«, sagte De'Ath. »Sie hieß Sinopoli. Nein, das denke ich nicht, Beaverbrook. Ich denke, du solltest dich darauf beschränken, den Leuten in der Psyche rumzupfuschen, und mich meine Polizeiarbeit machen lassen. Übrigens, Filbin sagt, du hättest vorhin nach Blumenthal gefragt?«

Noch so ein taktischer Versuch. »Nicht direkt. Ich wollte nur wissen, wie der Fall läuft, sonst nichts.«

»Überrascht bist du offenbar nicht, Beaverbrook«, sagte er.

»Ich verstehe nur Bahnhof.«

»Filbin hat dir doch gesagt, dass das Opfer im Fall Ferriman identifiziert wurde und dass sein Name Blumenthal ist. Ich habe dir gerade mitgeteilt, dass Blumenthal von Turner engagiert wurde. Und anscheinend wundert dich das gar nicht.«

Scheiße! Da hatte ich mich richtig reingeritten. Ich hatte zu sehr darüber nachgegrübelt, was wohl seine nächste Fangfrage sein würde. Mir fiel die Kinnlade runter. »Du meinst, das ist ein und derselbe Mann?«, fragte ich, Erstaunen heuchelnd, so gut es ging, während ich mir im Geiste in den Hintern trat.

De'Ath musterte mich streng. Offenbar versuchte er meine Reaktion einzuschätzen. Er schüttelte den Kopf. »Himmel, Arsch und Zwirn! Ein Glück für die Stadt, dass man dich nicht als Polizisten eingestellt hat, so viel steht fest. Ja, es ist ein und derselbe Mann. Offenbar gibt es eine Verbindung zwischen Ferriman und diesem Turner. Wenn ich nur wüsste, welche! Dann würden wir vielleicht auch herausfinden, warum sie diesen Blumenthal getötet hat.«

»Ach komm, Samuel. Das ist doch gar nicht bewiesen.«

»Nein, noch nicht«, räumte er ein. »Aber das ist nur eine Frage der Zeit.« Er schien jetzt sehr viel weniger sauer zu sein.

»Was hast du denn jetzt vor?«, fragte ich.

Er zuckte mit den Achseln. »Die Bank aufsuchen, die Turners Rechnungen begleicht. Es ist eine von den kleinen, mit vielen Privatkunden.« Er nannte mir den Namen. »Schon mal davon gehört?«, fragte er.

Ja, ich hatte davon gehört, aber das verriet ich De'Ath nicht, und er ging hinaus. Ich spielte mit einem goldenen Füllfederhalter, ein Geschenk von Deborah zum dritten Hochzeitstag, während ich überlegte, was ich als Nächstes tun sollte.

In diesem Tempo würde der Schwarze To'd nicht allzu lange brauchen, um festzustellen, dass Lisa Sinopoli und Terry Ferriman ein und dieselbe Person waren, denn die Bank, die Greig Turner den gewohnten Lebensstil ermöglichte, war dieselbe, an die auch die Mieten für das Haus auf der North Alta Vista Avenue gingen. Falls De'Ath den Bankdirektor nach Terry ausfragte, bestand die Möglichkeit, dass er die Verbindung finden würde, obwohl es eine ganz andere Sache war, ob ihm aufgehen würde, dass Sinopoli inzwischen in den Achtzigern sein musste.

Ich hätte De'Ath zu gern gefragt, ob ich ihn begleiten und selbst mit dem Bankdirektor sprechen durfte, aber ich wusste, dass ich das nicht tun konnte, ohne ihm alles zu verraten, was ich wusste, und dazu war ich nicht bereit, nicht bevor ich eine Chance hatte, mit Terry zu reden. Ich schaute aus dem Bürofenster, bis ich De'Ath mit Filbin in einen Wagen steigen und wegfahren sah. Ich wartete zehn Minuten, dann fuhr ich in die Stadt zur Bank. Ich parkte in einiger Entfernung, denn ein knallroter 1966er Sunbeam Alpine war selbst in L.A. ziemlich auffällig.

Sie waren etwa eine halbe Stunde in dem Gebäude, und als sie herauskamen, wirkte De'Ath viel entspannter als beim Verlassen meines Büros. Filbin fuhr weg und De'Ath redete vom Beifahrersitz aus lebhaft auf ihn ein.

Ich wartete, bis sie aus meinem Blickfeld verschwanden,

dann ging ich in die Bank und fragte die Empfangsdame, ob Lieutenant De'Ath noch beim Direktor sei. Als sie dies verneinte und meinte, ich hätte die beiden knapp verpasst, verzog ich das Gesicht und fragte nach dem Namen des Direktors und ob sie ihn anrufen könne, um zu hören, ob er ein paar Minuten Zeit für mich hätte.

Er wartete an seiner Bürotür, ein gepflegter Fünfziger in schwarzem Anzug mit grauen Nadelstreifen, sauberem weißen Hemd und einer kleinen goldenen Krawattennadel in Hufeisenform an einer weiß getüpfelten dunkelblauen Krawatte. Er hatte den schlaffen Händedruck eines Bestatters am Ende eines langen Arbeitstages und runzelte besorgt die Stirn.

»Sie haben Ihre Kollegen knapp verpasst, Mr. …?«, sagte er.

»Beaverbrook«, sagte ich. Ich hatte bereits beschlossen, dass es sich nicht lohnte zu lügen, denn wenn De'Ath erfuhr, dass jemand Fragen über Terry Ferriman gestellt hatte, würde er prompt wissen, dass ich das gewesen war. »Jamie Beaverbrook. Ich arbeite mit Lieutenant De'Ath.« Was natürlich streng genommen stimmte, und ich hatte ja nicht behauptet, ich sei Polizist. Falls De'Ath mich also gegen eine Wand schleuderte, an der Gurgel packte und mich fragte, wie zum Teufel ich dazu käme, mich als Cop auszugeben, würde ich die Hand aufs Herz legen und ihm sagen können, da gab es wohl ein Missverständnis, Samuel.

»Immer nur hereinspaziert!«, sagte er und trat zur Seite, um mich ins Büro zu lassen. Als ich an ihm vorüberging, patschte er mir ins Kreuz, als wollte er nach einem versteckten Sender suchen, was ihm bei einer Frau eine Klage wegen sexueller Belästigung hätte einbringen können.

Er hieß Piers Whitbeck, und sein Büro war elegant genug, um den Egos der wohlhabenden Privatkunden der Bank zu schmeicheln, aber nicht so luxuriös, dass sie Sorge haben mussten, mit wessen Geld das Ganze finanziert wurde. Hochflorteppich, Rosenholzmöbel, bequeme schwarze Ledersessel und ein paar geschmackvolle Aquarelle an den Wänden. Ein EDV-Terminal stand unauffällig auf einem Tisch in der Ecke, als ob es sich stumm für seine Anwesenheit im Raum entschuldigen wollte. Leichtfüßig wie ein Shuffle-Tänzer verschwand Whitbeck hinter seinem Schreibtisch, nahm Platz, zog die Augenbrauen hoch, sah über seine Goldrandbrille hinweg und fragte, was er für mich tun könne. Ich wünschte, der Direktor meiner Hausbank wäre nur halb so zuvorkommend, hielt es aber für nicht der Mühe wert, ihn zu fragen, ob er eventuell meinen Dispo übernehmen wollte. Nicht mit Deborah und ihrem Rottweiler im Nacken.

»Ich hatte gehofft, Lieutenant De'Ath noch zu erwischen, bevor er wieder fährt«, log ich. »Ich arbeite mit ihm und Detective Filbin an einem Fall, aber ich bekam eine neue Meldung herein, kurz nachdem sie das Präsidium verlassen haben.« Ich machte eine große Show daraus, mein Notizbuch aus der Jackentasche zu ziehen und darin zu blättern. Die Seiten waren zwar leer, aber das konnte er von seinem Platz aus nicht sehen. »Lieutenant De'Ath war hier, um sie sich nach einer Lisa Sinopoli und Zahlungen von ihrem Konto für ein Seniorenheim in Big Sur zu erkundigen?«

Whitbeck nickte. »Das ist korrekt.«

»Also, gerade nachdem er uns verlassen hatte, erhielten wir einen weiteren Namen, und wir glauben, dass auch ein anderes

Konto dieser Bank involviert sein könnte. Ich sah auf das leere Blatt vor mir. »Eine Dame namens Terry Ferriman.« Ich buchstabierte den Nachnamen für ihn. »Mr. Whitbeck, könnten Sie eventuell bestätigen, dass Ms. Ferriman ein Konto bei dieser Filiale hat?«

Er schob sich die Brille mit dem Zeigefinger der rechten Hand auf der Nase hoch. »Ja, das ist richtig. Ms. Ferriman hat sogar mehrere Konten bei uns.«

Ich war beeindruckt, dass er die Namen seiner Kunden kannte, ohne seinen Computer befragen zu müssen. »Handelt es sich denn um eine wichtige Kundin?«

Er musterte mich neugierig. »Alle unsere Kunden sind uns gleich wichtig, Mr. Beaverbrook. Wir sind stolz auf unseren exzellenten Service.«

»Ich meinte damit eher, wie bedeutend sie als Kundin ist. Könnten Sie mir eventuell einen Eindruck von den Vermögenswerten vermitteln, die sie auf der Bank hat?«

Er schüttelte heftig den Kopf. »Nicht ohne einen Gerichtsbeschluss. Leider sind wir sind im Interesse unserer Kunden zur Vertraulichkeit verpflichtet.

»Ein Gerichtsbeschluss ist sicher eine Möglichkeit, aber der würde uns beide ziemlich viel Zeit und Nerven kosten, und ehrlich gesagt glaube ich kaum, dass Ms. Ferrimans Fall das wert ist«, sagte ich. »Schauen Sie, wenn Sie mir eine Hausnummer von ihren Vermögenswerten nennen könnten, nichts allzu Konkretes, dann muss ich hoffentlich nicht weiter gegen sie ermitteln. Sie brauchen mir nicht zu sagen, wie viele Konten oder welches Guthaben jeweils darauf steht oder irgendwelche genauen Zahlen. Nur eine Hausnummer, die ich nicht mal notieren werde.«

Er sah zu seinem EDV-Terminal und dann zurück zu mir und ich lächelte liebenswürdig und nickte. »Also …«, sagte er.

»Nur eine Hausnummer«, beharrte ich. Ich steckte das Notizbuch ein und lehnte mich zurück. Er nickte, als hätte er einen Entschluss gefasst.

»Na schön«, sagte er, »aber ich werde abstreiten, dass Sie diese Information jemals aus diesem Büro erhalten haben. Wenn Sie eine Zahl brauchen, die Sie verwenden können, müssen Sie mit einem Gerichtsbeschluss wiederkommen. Verstanden?«

»Verstanden«, sagte ich.

»Mit sechzig wären Sie nicht so weit weg vom Schuss«, sagte er ruhig, wie ein russischer Agent, der mir die Details von der Nuklearkapazität des Kremls enthüllte.

»Sechzigtausend Dollar?«, fragte ich.

Kopfschüttelnd starrte er an die Decke und seufzte, als würde ihn meine Dummheit schmerzen. »Na, na, Mr. Beaverbrook, wir sind doch keine heruntergekommene Sparkasse für arme Schlucker! Sechzig Millionen Dollar. Oder irgendwas um den Dreh.«

DER KELLER

Für einen Polizeipsychologen gibt es im Berufsleben einen positiven Nebeneffekt: Man begegnet einem breiten Spektrum von Menschen. Klar, zum großen Teil sind das Mörder, Sexualtäter und Perverse, doch hin und wieder war unter den Säuen auch mal eine Perle zu finden. Dave Burwash war ein typisches Beispiel. Man könnte sogar sagen, dass er einer meiner Erfolge war, wenn man bedenkt, dass er nicht lebenslänglich einsaß und auch keine Gruppe minderjähriger Cheerleader vergewaltigt und getötet hatte.

Dave war einer der ersten Kriminellen, die ich kennenlernte; eigentlich eher ein mutmaßlicher Krimineller, denn er kam aufgrund eines Formfehlers frei. Getarnt mit einer Micky-Maus-Maske war er in eine Pfandleihe eingebrochen. Ich ließ ihn durch das Programm laufen, um zu prüfen, ob die Maske ein Symptom für ein unterschwelliges mentales Problem war. Er war in Ordnung. Besser noch – er hatte einen IQ von hundertsechsundfünfzig, womit er zur oberen Hälfte von einem Prozent der Bevölkerung gehörte, und ich führte noch ein paar weitere Tests mit ihm durch, die ein ausgeprägtes

Zahlenverständnis bei ihm nachwiesen. Ja, hatte er mir erzählt, im Kopfrechnen sei er immer schon gut gewesen. Er hatte einige Zeit in einer Bar gearbeitet, und egal wie viel los war, er war immer schneller als die elektronische Registrierkasse gewesen, und in der Schule hatte er seine Freunde damit unterhalten, dass er im Kopf Zahlen multiplizierte, große Zahlen. An der Schule, die er besuchte, waren die Lehrer froh, wenn sie ohne eine Schießerei auf dem Flur durch den Tag kamen, darum suchten sie nicht speziell nach verborgenen Talenten wie dem von Dave.

Sein Vater hatte sich kurz nach seiner Geburt aus dem Staub gemacht und seine Mutter war kränklich, also nahm Dave nacheinander verschiedene Jobs an. Aber dann ging es ihr schlechter und er geriet auf die schiefe Bahn. Er hatte ein Händchen für das Öffnen von Schlössern – vermutlich wegen der mathematischen Seite mit den Kombinationen und den Zuhaltungen; es war zwar mechanisch, aber man brauchte dazu Köpfchen –, und wie er mir voller Stolz erzählte, hatte er auch kein Problem mit elektronischen Alarmanlagen. Er war kriminell, das stand völlig außer Zweifel, aber in der Verhandlung gab es dann einen Mangel an Beweisen – wegen der Micky-Maus-Maske, ob Sie es glauben oder nicht –, und Dave kam frei.

Der Mann war mir auf Anhieb sympathisch. Er war ungefähr fünf Jahre jünger als ich und hatte eine sarkastische Einstellung zum Leben. Ich verhalf ihm zu einem Platz in einem Computerprogrammierkurs, und innerhalb eines Jahres hatte er seine eigene Beraterfirma und verdiente das Fünffache von dem, was mir das gute alte LAPD löhnte. Er war ein Naturtalent, noch besser, als das Programm vermuten ließ. Ich war nicht sicher, wie er auf die Bitte reagieren würde, seine alten Gewohnheiten für eine Nacht wieder aufzunehmen, aber er sprang sofort darauf an.

Er fuhr in einem glänzenden neuen Mercedes-Zweisitzer bei mir vor, aber ich ließ ihn den vor meinem Haus abstellen und fuhr ihn im Alpine zur North Alta Vista Avenue. Wir parkten ein Stück weit weg. Ich trug das braune Lederetui mit den Werkzeugen seiner ehemaligen Zunft und bestand darauf, dass er für alle Fälle etwa ein Dutzend Schritte hinter mir bleiben sollte. Gott bewahre, dass wir die Aufmerksamkeit eines übereifrigen Mitglieds der örtlichen Polizei erregten. Dave machte das ja alles großen Spaß, aber auf gar keinen Fall wollte ich seine Zukunft aufs Spiel setzen. Wir gingen durch eine Gasse neben Terrys Haus, und als wir sicher sein konnten, dass wir im Dunkeln allein waren, schlich ich auf Zehenspitzen zu ihm und flüsterte ihm ins Ohr: »Hier ist es. Kommst du da irgendwie rein?«

»Man kommt immer irgendwie rein«, flüsterte er zurück.

»Sobald du mich reingelassen hast, machst du dich sofort aus dem Staub«, sagte ich. »Ich will dich nicht in der Nähe des Hauses haben, falls irgendwas schiefgeht. Lauf zum Boulevard und nimm dir von dort ein Taxi. Und lass das Werkzeug bei mir. Und zieh Handschuhe an. Und …«

»Jamie«, unterbrach er mich, »du machst mich nervös.«

»Gut«, sagte ich und reichte ihm das weiche Lederetui. »Okay. Ich bin ja schon still. Bist du sicher, dass …«

Er hob die Hand, um mich zum Schweigen zu bringen, und nahm das Etui. »Pass auf«, sagte er, »und lerne.« Von fern hörten wir eine Sirene heulen und irgendwo im Dunkeln zerschellte eine Flasche. »Locker bleiben«, flüsterte er. »Es ist vermutlich nur eine Katze.«

Die Fenster waren durch Metallgitter gesichert, die anscheinend von innen verschlossen waren, und nachdem Dave sie überprüft hatte, zuckte er enttäuscht mit den Achseln. Stufen führten zu einer Tür hinunter; er tastete sie ab und klopfte vorsichtig dagegen. »Metall«, flüsterte er.

»Schaffst du das?«, fragte ich.

Es gab drei Schlösser, gleichmäßig verteilt auf der linken Türseite, und er prüfte jedes einzelne. »Ja, schon, aber das dauert«, sagte er. »Schauen wir mal, ob es einen einfacheren Weg gibt.« Wir gingen weiter die Gasse entlang und bogen rechts ab, vorbei an einem Stapel stinkender Kartons und einer Katze, die auf etwas Unappetitlichem herumkaute. Sie miaute, als wir vorbeigingen, eine Warnung, dass wir die Finger weglassen sollten von dem, was sie zwischen den scharfen Zähnen hatte, was immer das sein mochte.

Inzwischen hatten sich unsere Augen an die Dunkelheit gewöhnt. Der Mond schien zwar noch, aber zu beiden Seiten der Gasse verliefen hohe Mauern und das Mondlicht konnte nicht zu uns herunter dringen. Nur Sternenlicht. Es reichte. Die Fenster hier waren ebenfalls verriegelt und vergittert. Am Ende der Gasse war der gelbe Schein der Straßenlaternen zu sehen, und ich blieb zurück, um Dave zuerst hinauszulassen. Er bog nach rechts ab und blieb dann stehen, um die Türen der Doppelgarage dort zu untersuchen, bevor er weiter und zur Hauptstraße zurückging. Ich holte ihn fünfzig Meter vom Gebäude entfernt ein. »Lass uns was trinken gehen«, sagte er. Ich nahm ihm das Werkzeugetui wieder ab und steckte es in meine Jackentasche.

Er wartete, bis wir in einer Bar auf dem Sunset Boulevard saßen, vor uns ein paar Flaschen Bier, bevor er sich verschwörerisch zu mir hinüberbeugte. »Es ist genau wie in alten Tagen, Jamie«, sagte er augenzwinkernd. In seinem dunklen Sweatshirt und den Jeans sah er viel eher aus wie der ehemalige Einbrecher als der hoch bezahlte Programmierer, der er geworden war.

»Gewöhn dich bloß nicht dran, Dave!«, warnte ich. Ich kannte den Adrenalinschub nur zu gut, den man bei Gesetzesübertretungen bekommt; das hatte ich oft in den Vernehmungszimmern von Polizeiwachen überall in Los Angeles beobachtet. Ich wollte nicht, dass Dave rückfällig wurde, und nicht zum ersten Mal bereute ich, ihn mitgenommen zu haben. Ich hatte kein Recht, sein neues Leben zu gefährden, selbst wenn ich ihm dazu verholfen hatte. Es kam mir vor, als spielte ich Gott, und weil er so darauf abfuhr und es als Abenteuer betrachtete, fühlte ich mich noch schlechter.

Er prostete mir zu und trank, dann wischte er sich den Mund mit dem Handrücken ab, wobei er merkte, dass er immer noch die schwarzen Lederhandschuhe trug. Er streifte sie ab und steckte sie in seine Gesäßtasche.

»Die Fenster sind zu schwierig«, sagte er. »Wir müssen uns einen Weg hinein schneiden. Das ist an und für sich kein Problem, ein guter Bolzenschneider schafft das – aber wir haben keinen guten Bolzenschneider. Und es könnte auch eine Alarmanlage geben, obwohl ich nichts sehen konnte. Die Tür wäre einfacher, aber wie gesagt, wenn du die Schlösser geknackt haben willst, dauert das. In einer idealen Welt würde ich sie herausbohren, aber das würde Krach machen, selbst mit einem schallgedämpften Bohrer. Außerdem …«

»… haben wir keinen Bohrer«, ergänzte ich den Satz für ihn. »Oder einen Schalldämpfer.«

»Stimmt auffallend«, lachte er. »Okay, du hast also die Garagentür gesehen – ist das so ein Schwingtor?«

Ich nickte.

»Das habe ich in zwei Minuten auf. Es läuft zwar über eine Fernbedienung, aber es gibt auch ein Schloss, und das kriege ich mühelos auf. Der Haken an der Sache ist, dass es ziemlich auffällt. Straßenlaternen, vorüberfahrende Autos.«

»Dave, ich möchte nicht, dass du ein Risiko eingehst, okay? Das ist es einfach nicht wert.«

Er legte mir eine Hand auf die Schulter. »Wenn es nicht wichtig wäre, hättest du mich nicht darum gebeten, das weiß ich. Es geht schon, aber du musst Schmiere stehen. Wir gehen zu Fuß hin, und wenn wir beim Haus ankommen, bleibst du etwa zehn Meter zurück und fängst an zu pfeifen, sobald ich an der Tür bin. Ich werde so tun, als ob ich einen Schlüssel verwende. Sollte ich sie nicht binnen einer Minute offen haben, lass ich es, und wir probieren es später noch mal. Falls dir irgendwas auffällt, das uns in Schwierigkeiten bringen kann, hörst du auf zu pfeifen. Das ist alles. Kein Schreien, kein Winken, du hörst einfach auf zu pfeifen. Dann verschwinden wir und versuchen es später noch mal. Klar?«

»Klar«, sagte ich, obwohl ich alles andere als erfreut über seine Absicht war.

Er hob seine Bierflasche und stieß sie gegen meine.

»Jamie, aus dir machen wir auch noch einen Verbrecher«, lachte er.

»Was machen wir, wenn die Tür offen ist?«, fragte ich.

»Vermutlich ist dahinter noch eine Tür, die in den Keller führt. Die muss ich dir dann auch noch aufmachen.«

»Dave, ich will dich nicht in dem Haus haben. Du bringst mich da rein, und dann machst du, dass du wegkommst.«

Er schüttelte den Kopf. »Dich nur in die Garage zu lassen reicht noch nicht. Ich muss rein und mich um die anderen Schlösser kümmern, bevor du ins Haus kannst. Und was machst du, wenn drinnen ein Alarm losgeht?« Er merkte, dass ich ihm widersprechen wollte, und hob die Hand, um mich zum Schweigen zu bringen. »Jamie, keine Widerrede. Außerdem schließen wir die Tür, sobald wir in der Garage sind. Da sind wir sicherer als in der Gasse.«

»Da magst du recht haben«, räumte ich widerwillig ein. Ich glaube, der dringende Wunsch, mich in Terrys geheimnisvollem Keller umzusehen, hatte meine Urteilsfähigkeit vernebelt.

Wir tranken unser Bier aus und gingen zum Haus zurück. Wie verabredet stand ich also Schmiere und pfiff mir eins, während Dave beim Schloss niederkniete und einen der Metallpicks aus dem Etui hineinsteckte. Er versuchte es ein zweites, ein drittes und dann ein viertes Mal, und dann richtete er sich auf und hob das Tor mit einem Quietschen, das mir durch und durch ging. Er schlüpfte hinein und ich folgte ihm. Als ich das Tor schloss, fuhr ein Kleinlaster vorbei, aber ich bezweifelte, dass der Fahrer etwas gesehen hatte.

Sobald er das Tor aufgestoßen hatte, flackerte ein fluoreszierendes Licht auf und tauchte den Betonboden in einen grellen weißen Glanz, der nach dem weichen gelben Schein der Straßenlaternen fast blendete. Es roch moderig, als wäre die Garage nicht in Gebrauch, obwohl ein kleiner Ölfleck auf einer

Seite vermuten ließ, dass dort vor Kurzem ein Wagen gestanden hatte. Terrys Porsche vielleicht? An einer Wand standen Metallregale und einige Werkzeuge, aber sie waren verstaubt und voller Spinnweben, also war sie offenbar keine große Autobastlerin. Oder, noch wahrscheinlicher, der Porsche brauchte nie irgendwelche Wartungsarbeiten, von wegen deutscher Wertarbeit und so.

»Jamie, du kannst jetzt aufhören zu pfeifen.«, sagte Dave grinsend.

Links war eine weiß gestrichene Holztür mit einem Messingschloss. Dave fuhr mit den Fingern vorsichtig um den Türrahmen, spähte durch die Spalten auf beiden Seiten sowie die oben und unten und machte sich dann wieder mit seinen Picks zu schaffen. Er brauchte dafür drei Minuten, und dann hörte ich ein metallisches Klicken und die Tür öffnete sich langsam nach innen. Dave wollte hineingehen, aber ich packte ihn und zog ihn zurück.

»Nein«, zischte ich. »Ab jetzt mache ich die Sache allein. Danke für alles, Dave, aber du musst jetzt gehen.« Er wollte offenbar widersprechen, merkte aber, wie ernst es mir damit war.

»Okay«, sagte er. »Mach das Tor hinter mir zu.«

Er wies mich an, das Licht auszuschalten, und als ich das getan hatte, schwang er das Tor halb hoch, schlüpfte darunter durch und war weg. Ich schloss es hinter ihm und wartete, dass sich meine Augen an die Dunkelheit gewöhnten. Was nicht passierte. Ich wartete geschlagene fünf Minuten, aber ich konnte immer noch nicht die Hand vor Augen sehen. Die Garage war völlig lichtdicht. Ich konnte mich nicht mal entsinnen, wie weit der Lichtschalter von meinem Standort aus entfernt war. Ich tastete die Wand ab, aber ich konnte ihn nicht finden, dann trat ich einen Schritt nach links und knallte gegen etwas aus Holz. Hatte da vorher schon eine Kiste gestanden? Oder ein Kasten? Ich konnte mich nicht erinnern. Ich spürte einen kalten Lufthauch an meiner linken Wange und drehte den Kopf, konnte aber nichts sehen. War das die Richtung, in der die Tür zum Haus lag? Ich blinzelte etwas, und mir war so, als sähe ich ein graues Rechteck in der Schwärze, aber es konnte auch eine optische Täuschung sein.

Ich erinnerte mich an die Miniaturtaschenlampe an meinem Schlüsselring, ein Geschenk von Deborah aus glücklicheren Zeiten. Ich zog sie aus meiner Tasche – die Schlüssel klimperten wie ein Windspiel – und knipste sie an. Ich ließ den Lichtkegel über die Garagenwände kreisen und dann auf der weißen Tür ruhen. Ein kühles Lüftchen kam aus der Richtung, aber ich wusste nicht wieso, denn alle Fenster, die Dave und ich gesehen hatten, waren geschlossen und verriegelt gewesen.

Ich entschied mich dagegen, das Deckenlicht einzuschalten. Vorsichtig tappte ich über den Fußboden bis zur Tür. Auf meinen Druck hin sprang sie lautlos auf. Ich trat über die Schwelle und hielt den Atem an. Auf der anderen Seite lag ein Korridor mit roter Auslegware. Ich säuberte mir die Schuhe auf der Fußmatte, dann betrat ich den Plüschflor. Er knisterte ganz leise unter meinen Füßen. Als ich die Taschenlampe herumwandern ließ, bemerkte ich noch einen Lichtstrahl und eine Gestalt im Schatten. Ich sprang zurück, mein Herz klopfte wild, und auch sie sprang gleichzeitig zurück, und ich merkte, dass mich ein Spiegel erschreckt hatte.

»Ruhig Blut, Jamie«, murmelte ich. Der Spiegel war alt, sehr alt, offensichtlich eine kostbare Antiquität. Er war mannshoch und der Rahmen golden gestrichen. Ich sah genauer hin. Nein, eher Blattgold. Echtes Gold. Er musste ein Vermögen wert sein. Die Tür gegenüber dem Spiegel führte von der Garage mitten in den Flur, der sich nach links und rechts ausdehnte. Zwei Türen gingen vom Korridor ab, eine an jedem Ende. Ich entschied mich für die rechte, in der Hoffnung, dass es nicht noch mehr Schlösser gab. Was würde ich wohl tun, falls doch? Ich hatte auch Angst vor einer Alarmanlage und fand die Idee, Dave fortzuschicken, doch nicht mehr so gut. Ich hätte mich auch viel besser gefühlt, wenn jemand im Dunkeln neben mir gegangen wäre, aber ich wusste, dass das kindisch war. Es gab nichts, vor dem ich im Dunkeln Angst haben musste. Das zumindest redete ich mir ein.

Die Tür hatte einen Messingknauf, ich drehte ihn langsam und drückte dagegen. Sie öffnete sich; die Scharniere waren nicht zu hören, nur wie das untere Ende über den dicken Teppich schrappte. Dahinter lag noch ein Flur, von dem mindestens acht Türen abgingen. Wahrscheinlich waren es noch mehr, aber der dünne Lichtstrahl konnte die Dunkelheit nicht weiter durchdringen. Allmählich kam ich mir vor wie in dem Fantasy-Rollenspiel *Dungeons & Dragons*, das ich als Student gespielt hatte. Dabei muss man durch ein Labyrinth und gegen imaginäre Dämonen und Monster kämpfen, nur hat man keine Ahnung, wohin man geht oder wo die Monster sind – der Einzige, der das weiß, ist der Spielleiter alias *Dungeon Master*. Man erfährt nur, an welchem Punkt man sich befindet, sei es eine Höhle, ein Zimmer oder ein Flur mit einem dicken roten Teppich.

Ich öffnete eine Tür und betrat ein fensterloses, etwa sechs Quadratmeter großes Zimmer mit hoher Decke. Ein Kronleuchter glitzerte in der Mitte der Decke und neben der Tür befand sich ein Lichtschalter aus Messing. Gemälde schmückten die Wände. Ich konnte nicht viele Details von den Bildern erkennen, denn die Taschenlampe leuchtete zu schwach, daher konnte ich mir jeweils nur einen Ausschnitt ansehen. Sie waren groß und offenbar alt. Einige davon waren Seestücke, große Galeonen mitten in blutigen Schlachten mit Kanonenfeuer und flatternden Segeln im Wind, während andere Landschaften zeigten, Darstellungen von Ackerbaumethoden, die schon längst keine Anwendung mehr fanden.

Ich suchte nach Signaturen in den Ecken der Gemälde, fand aber keine, obwohl ich ziemlich sicher war, dass es sich bei einem davon um einen Turner handelte. Ich war in der Turner-Sammlung in der Londoner Tate Gallery gewesen und das da an der Wand war definitiv ähnlich. Wenn es wirklich ein Turner war – wie viel, um Himmels willen, mochte der wohl wert sein? Vermutlich Millionen.

Ich verließ die Galerie, warf einen prüfenden Blick in beide Richtungen und ging ins nächste Zimmer. Die Tür fühlte sich viel schwerer an, und ich musste mich richtig anstrengen, um sie zu öffnen – als ich drinnen war, erkannte ich den Grund. Die Rückseite war dem Anschein nach integrierter Teil eines Bücherregals mit lauter Lederbänden. Als ich die Tür schloss, konnte ich nicht zwischen den echten Büchern und den Attrappen unterscheiden. Ich öffnete die Tür wieder und ließ sie einen Spaltbreit offen, weil ich überzeugt war, sonst schwer wieder herauszufinden. Dieser Raum war doppelt so lang wie der erste und von unten bis oben mit Büchern gesäumt. Die Decke war hoch, drei Meter sechzig, und es gab mehrere kleine Trittleitern, um zu den obersten Regalen zu gelangen. Es mussten sich mehrere tausend Bücher in der Bibliothek befinden, und ich ging herum und las die Titel im Schein der Taschenlampe. An einer Wand standen Erstausgaben. Es war eine bunte Mischung – moderne Thriller, Kriminalromane aus den Vierzigerjahren, Klassiker aus dem achtzehnten und neunzehnten Jahrhundert, Lyrik, Liebesromane, Spukgeschichten. Der Rest bestand aus Sachliteratur, eine breite Themenpalette, darunter Geografie, Wissenschaft, Kochen und eine ganze Sammlung von Lehrbüchern über alles und jedes von Anatomie bis Zoologie. Viele waren auch in fremden Sprachen verfasst; ich entdeckte Französisch, Deutsch, Russisch, Italienisch, Spanisch, Chinesisch und einige, die ich nicht identifizieren konnte. Woher sie wohl alle diese Bücher hatte? Anscheinend waren sie alle in tadellosem Zustand, wie von einem Innenarchitekten bezogene Meterware.

Ich konnte auch keine Ordnung in der Sammlung erkennen; keine Gruppierung nach Themen, Sprachen oder alphabetischer Reihenfolge. Ich leuchtete mit der Taschenlampe herum, um nach irgendeinem Katalogsystem zu suchen, einem Zettelkasten oder einem Computer. Da war nichts.

Entweder hatte sie ein unglaubliches Gedächtnis oder die Bücher waren ihr gleichgültig. Waren die überhaupt je gelesen worden? Ich nahm eines in die Hand, eine Erstausgabe von *Wem die Stunde schlägt*, und blätterte darin. Es war in einem wunderbaren Zustand, aber zwei Seiten waren umgeknickt worden, um als Lesezeichen zu dienen, also beantwortete das wohl meine

Frage. Ich blätterte die Seiten mit dem Daumen durch, was ein flatterndes Geräusch verursachte, und entdeckte auf einer der Seiten ziemlich weit vorn eine Kritzelei in blauer Tinte.

Ich blätterte eine Seite nach der anderen zurück, bis ich die handschriftliche Widmung fand. Als ich sie las, war mir, als wäre die Zimmertemperatur um zehn Grad gefallen. Ich sah zur Tür auf, doch die stand immer noch nur einen Spalt offen und es gab keinen Luftzug. Schaudernd las ich die Worte auf der Seite noch einmal: »Dem Mädchen mit den schwärzesten Augen, die ich je gesehen habe.« Er hatte es nicht signiert, aber die Initialen standen da. E. H. Datiert war es auch nicht. Ich untersuchte das Buch, und es wirkte durchaus echt, obwohl ich mich natürlich nicht für die Handschrift verbürgen konnte. Wann war Hemingway gestorben? Irgendwann in den Sechzigerjahren, dachte ich, aber ich war mir nicht sicher. Ich stellte das Buch an seinen Platz zurück und zog das rechts daneben heraus. *Der Malteser Falke* von Dashiell Hammett. Einer meiner Favoriten. Ich wusste, dass Hammett neunzehnhunderteinundsechzig gestorben war. Ich konnte mich nicht erinnern, wann er das Buch geschrieben hatte, aber es musste wohl so um neunzehnhundertdreißig herum gewesen sein. Vielleicht auch neunzehnhundertneunundzwanzig. Ich schlug das Buch nicht auf, denn ich hatte Angst vor dem, was ich womöglich finden würde. Ich hielt es hoch und tippte damit gegen mein Kinn. Dabei atmete ich den Geruch des über sechzig Jahre alten Buchs ein. Ich holte tief Luft und schlug es auf. Dort, auf der Titelseite, stand etwas in schwarzer Tinte geschrieben: »Lisa – ich werde dich nie vergessen. Nie!« Darunter eine Unterschrift. Die von Hammett.

Ich hatte mal einen Freund namens Gilbert Leighton. Wir waren zusammen an der Uni, dann richtete er eine Gemeinschaftspraxis mit einem Kollegen aus Birmingham ein; bald nach der Eröffnung lud er mich ein in seine neuen Praxisräume in der Harley Street. Um anzugeben vermutlich, um mir zu zeigen, wie gut seine Geschäfte liefen, obwohl er doch während des ganzen Studiums um etwa fünfzehn Prozent unter meinem Notendurchschnitt gelegen hatte. Er wollte mir auch in seiner Garage seinen Rolls zeigen, aber ich verzichtete. Mir imponierten weder die teure Ledercouch noch die holzgetäfelten Wände oder die umwerfende blonde Empfangsdame, die die obersten drei Knöpfe ihres Kleids offen ließ. Nein, was mich wirklich beeindruckte, war die Kollektion von signierten Fotos an einer Wand, neben seinen akademischen und beruflichen Qualifikationen. Da war Bill Clinton mit der Widmung »Gilbert, danke für alles« und eine Porträtfotografie von Angelina Jolie mit Schmollmund und schwungvoll gekritzelter Widmung »In Liebe und Dankbarkeit« nebst drei Küsschen in einer Ecke. Die Sammlung enthielt Spitzenpolitiker, Sänger, Filmstars und Medienprominenz, alle mit persönlichen Widmungen für den guten alten Gilbert.

Ich weiß noch, wie ich mich mit offenem Mund zu ihm umdrehte und er lautlos lachte und den Kopf schüttelte. »Dein Gesichtsausdruck«, sagte er.

»Wie hast du denn …?«, fragte ich.

»Gloria«, sagte er.

»Gloria?«

Er nickte in Richtung des Empfangstresens. »Gloria. Die blonde Bombe. Die macht die für mich. Die ist ein Photoshop-Genie. Ziemlich gut, was?«

»Ziemlich unehrlich«, erwiderte ich. Immerhin hat er es aber zu was gebracht. Jetzt lebt er mit Gloria in Südfrankreich und macht ein Vermögen, indem er sich die Probleme der Superreichen anhört.

Vielleicht ist es das, dachte ich. Vielleicht sammelte Terry falsche Autogramme, gefälschte Widmungen längst verstorbener Autoren. Doch das war eher unwahrscheinlich, und es wäre ein kostspieliger Spaß gewesen, die Erstausgaben zu verunzieren, die bei einer Auktion Tausende erzielen würden. Ich stellte *Der Malteser Falke* zurück und wählte aufs Geratewohl ein anderes Buch aus. Robert Louis Stevenson. *Entführt. Die Abenteuer des David Balfour.* Ich schlug es schnell auf und blätterte so hektisch darin herum, dass ich es fast übersehen hätte, aber da stand es in nahezu gestochen scharfer Handschrift. Eine signierte Erstausgabe von *Entführt.* Mit einer persönlichen Widmung. Einer Widmung, die schwarze Augen erwähnte. Das Buch entglitt meinen kraftlosen Fingern und ich wich beklommen zurück. Ein Muskel in meiner rechten Wange begann zu zucken, und ich presste meine Hand fest dagegen, versuchte es zu unterdrücken. Ich ließ die Taschenlampe am ganzen Bücherregal entlangschweifen, voller Angst, dass Monster in den dunklen Nischen lauerten, um sich auf mich zu stürzen und mich zu zerreißen, sobald der Lichtstrahl an ihnen vorbei war. Der Lichtschein war scheinbar mein einziger Schutz – das Einzige, wovor sie Angst hatten. Irgendwas stieß gegen meine Schulterblätter, und ich sprang vorwärts und wirbelte herum, nur um zu entdecken, dass es die Bücherregale waren. Ich war quer durch die Bibliothek gerannt. Das Exemplar von *Entführt* lag am Boden, mit der aufgeschlagenen Seite nach unten. Ich brachte es nicht über mich, es aufzuheben. Ganz kurz dachte ich, ich würde die Tür nicht wiederfinden, aber dann sah ich die Lücke zwischen den Regalen und schlüpfte zurück in den Flur. Ich lehnte mich an die Wand und zog die Tür hinter mir zu. Ich hätte das Buch nicht auf dem Boden liegen lassen sollen, aber ich dachte mir, ich konnte ja später noch mal zurückgehen. Nachdem ich mich wieder beruhigt haben würde.

Ich probierte die Tür gegenüber und war überrascht, dahinter ein modernes Büro vorzufinden; es hatte den gleichen Plüschteppich, aber Chrom-und-Glas-Möbel und mehrere teuer aussehende Computer. Die Luft in dem Zimmer war definitiv kälter als im Rest des Gebäudes, und ich vermutete, dass es irgendeine Lüftung für die Computer gab, die aber geschickt verborgen war. Es gab eine Reihe matter schwarzer Aktenschränke an einer Wand, die unverschlossen waren. Die Schubladen an den Schrankfronten waren mit Buchstaben beschriftet: A–E, F–K und so weiter. Einem Impuls folgend hielt ich die Taschenlampe zwischen den Zähnen, sodass mir die Schlüssel ans Kinn schlugen, während ich den Abschnitt mit dem Buchstaben F aufzog. Tatsächlich, es gab einen Ordner für Ferriman, Terry. Eine Geburtsurkunde, Fotokopien von Kreditkartenantragsformularen, Sozialversicherungsnummer, akademische Qualifikation, einen Pass. Und eine Sterbeurkunde. Da war sie. Die Sterbeurkunde für Terry Ferriman. Elf Jahre alt. Ich legte den Ordner zurück und zog den daneben heraus. Granger, Helen. Es gab eine Geburtsurkunde in dem Ordner und eine Sterbeurkunde, zusammen mit den Sterbeurkunden und der Heiratsurkunde der Eltern des Mädchens.

Ich legte sie zurück und ging zu der Schublade mit den S-Ordnern. Für Sinopoli, Lisa gab es keinen, aber als ich die

Schublade zuschob, sah ich, dass die nebenan die Aufschrift »Totenakten, H–K« trug. Ich sah mir die Schränke an; es waren sechs und fünf davon enthielten Totenakten. Jeder Schrank hatte sechs Schubladen, was bedeutete, dass es dreißig Schubladen voller Totenakten gab. R–S war sehr vollgepackt, und ich hatte Mühe, die Akte Sinopoli herauszuziehen. Es war die Papierspur eines Lebens, des Lebens der Lisa Sinopoli: ihre Geburtsurkunde, ihre Prüfungsergebnisse, Kontoauszüge, Gehaltsschecks aus ihrer Hollywoodzeit, Quittungen, Besitzurkunden für Immobilien, eine Heiratsurkunde, die bestätigte, dass sie mit zweiundzwanzig die Ehe mit Greig Turner geschlossen hatte, sowie zwei Sterbeurkunden. Eine, vermutlich die echte, belegte, dass sie im Alter von sechs Jahren an Tuberkulose gestorben war. Die andere, die sie benötigt hatte, um ihre Identität auszulöschen, als sie wegzog, war im Jahr neunzehnhundertvierundfünfzig ausgestellt worden.

Wenn ich das richtig verstand, waren die Totenakten Identitäten, die sie schon benutzt hatte. Der andere Schrank enthielt Akten für künftigen Bedarf.

Ein Teil von mir hegte die vage Hoffnung, sie könnte eventuell nur in einen komplizierten Kreditkartenbetrug verwickelt sein – oder in irgendeinen Wald-und-Wiesen-Schwindel. Damit wäre ich klargekommen – davon wäre ich nicht mitten in der Nacht schweißgebadet aufgewacht. Aber dann fiel mir das signierte Exemplar von *Entführt* wieder ein, und mir dämmerte, dass es dafür keine plausible Erklärung gab. Wie weit wohl die Totenakten zurückreichten? Ich blätterte in denen der Schublade R–S und kam bis achtzehnhundertsiebenundvierzig, zu einer Frau namens Anne-Cecile Rullier, aber ich stieg da nicht recht durch, weil die Unterlagen auf Französisch waren. Offenbar enthielt eine Akte um so mehr Dokumente, je neuer sie war, was bewies, dass es zunehmend komplizierter wurde, eine neue Identität aufrechtzuerhalten. Das erklärte vielleicht auch die Computer in diesem Zimmer.

Ich ging zu einem der Rechner, einem Sony-Laptop mit allen Schikanen, und schaffte es, ihn hochzufahren, kam aber nicht in die passwortgeschützten Dateien.

Ich verließ das klimatisierte Zimmer. Auf Zehenspitzen schlich ich mich durch den Flur zur nächsten Tür und ging hinein. Hier standen ägyptische Kunstgegenstände, und sie waren alt – verdammt alt: Statuen, viel Goldschmuck, eine goldene Katze, die auf den Hinterbeinen stand, als ob sie spielte, und einige Steine mit Hieroglyphen. Ob das neuere Anschaffungen waren? Ich hoffte es, denn ich malte mir ungern aus, was die Alternative war. Daran mochte ich nicht einmal denken.

Ich stieß die nächste Tür im Flur auf und leuchtete mit der Taschenlampe die gegenüberliegende Wand ab. Terrys Gesicht sah mich an, mit blitzenden Augen und ganz blasser Haut. Ich brauchte etwa eine Sekunde, in der mein Herzschlag aussetzte, bevor ich merkte, dass es ein lebensgroßes Porträt an der Wand war. Das Gemälde wirkte fast wie ein Foto. Sie saß auf einem Stuhl mit gerader Lehne neben einem viktorianischen Kamin, mit ernster Miene und mit zurückgebundenem Haar, aber es war offensichtlich Terry. Ich ließ den Lichtstrahl über die Wand gleiten, und er beleuchtete ein zweites Portrait, das viel älter und nicht ganz so gut war. Das Zimmer war voller Porträts, manche offensichtlich sehr alt – der Firnis wurde schon braun und die Farben verblassten –, während andere frisch und neu erschienen, als wären sie erst gestern gemalt worden. Auf allen war Terry zu sehen, mit einer Ausnahme, und das war ein Picasso, der sie vielleicht darstellte oder auch nicht. Schwer zu sagen, denn ein Auge saß in der Ecke und die Nase in der Mitte, aber ich konnte mir sehr gut vorstellen, dass sie es war, denn das Auge war kohlschwarz. Picasso hat sie gemalt, ist es denn zu fassen? Robert Louis Stevenson hat ihr eins von seinen Büchern geschenkt und Picasso hat sie gemalt. Im Raum befand sich zudem eine einzelne Skulptur, eine lebensgroße weiße Marmorstatue.

Als ich ihre Stimme hörte, fuhr ich zusammen und ließ die Taschenlampe fallen. »Ich weiß, das ist eitel, Jamie, aber es macht mir so viel Freude, sie anzusehen«, sagte sie. Ich wirbelte herum, erblickte sie aber nirgends, und der Gedanke schoss mir durch den Kopf, dass sie in absoluter Dunkelheit sehen konnte.

»Terry, bist du das?« Natürlich war sie es, und ich weiß, dass es eine dumme Frage war, aber ich konnte überhaupt nichts sehen, und immerhin war es möglich, dass sie da mit einer Axt in der Hand stand. Ich ging in die Knie, tastete nach der Taschenlampe und leuchtete schließlich in die Richtung, aus der ihre Stimme kam. Sie saß auf der anderen Seite des Zimmers in einem ledernen Backensessel, und als der Lichtstrahl ihr Gesicht traf, warf sie die Hände hoch, um die Augen abzuschirmen, und drehte den Kopf weg.

»Jamie, links von dir ist ein Lichtschalter. Warum knipst du den nicht einfach an?«

Ich tat wie befohlen und eine Reihe von Einbauleuchten flammte auf. Sie saß sittsam im Sessel, die Hände wieder auf den Knien, den Kopf zur Seite geneigt, während sie mich ansah. Sie trug ein schwarzes Kleid, an das ich mich dunkel erinnerte, und dann fiel mir ein, dass ich sie noch nie in einem richtigen Kleid gesehen hatte. Ich wandte mich um und warf einen Blick auf das Porträt, das große, das mich beim Betreten des Zimmers erschreckt hatte. Es war dasselbe Kleid.

Ich sah zu ihr zurück und sie stand auf und kam auf mich zu. Ich hatte sie gar nicht kommen hören. »Findest du das eitel?«, fragte sie.

Ich zuckte mit den Achseln. »Das sind wunderschöne Bilder«, sagte ich. »Ich verstehe schon, dass du sie behalten willst.« Sie hielt mir die Hand hin und ich sah sie an.

»Die Taschenlampe«, sagte sie. »Gib sie mir.«

Ich reichte sie ihr und sie knipste sie aus und gab sie mir zurück; die Schlüssel klimperten. »Was suchst du denn hier, Jamie?«, fragte sie und strich sich gleichzeitig das Haar hinter die Ohren.

Sollte ich lügen? Sollte ich sagen, ich hätte sie besuchen wollen und die Garagentür offen gefunden? Dass ich sie hätte erschrecken wollen? Ich wusste, dass es zwecklos war, denn sie hatte mich dabei ertappt, wie ich im Dunkeln in ihrer Wohnung herumschlich wie ein Amateureinbrecher. Nein, ich konnte nicht lügen, aber ich brachte es auch nicht über mich, ihr die Wahrheit zu sagen, dass ich nämlich Terry Ferriman nicht für ihren richtigen Namen hielt und dass, wer immer sie sein mochte, sie seit mindestens zweihundert Jahren auf Erden wandelte, wahrscheinlich sogar verdammt viel länger. Die ägyptischen Artefakte irritierten mich. Dass ein Mädchen ein paar hundert Jahre alt wurde, konnte ich gerade eben noch verkraften, aber dass es möglicherweise Jahrtausende waren, machte mich schwindelig.

»Na?«, sagte sie. Sie stand weniger als eine Armlänge von mir entfernt, mit schief gelegtem Kopf und dem Anflug eines Lächelns auf den Lippen.

»Wer bist du?«, fragte ich, was nicht sehr originell war, aber etwas anderes fiel mir nicht ein.

»Als wen möchtest du mich denn haben?«, flüsterte sie.

»Du bist nicht Terry Ferriman«, sagte ich und die Worte blieben mir fast im Hals stecken. »Die wahre Terry Ferriman ist tot.«

»Weiß die Polizei das?«, fragte sie, ohne es zu bestreiten.

»Ja«, sagte ich. »Sie suchen jetzt nach dir. Ich bin überrascht, dass sie noch nicht hier waren.«

»Sie wissen von dem Keller hier?«, fragte sie stirnrunzelnd, und mir ging auf, dass sie es natürlich nicht wussten.

De'Ath hätte Leute zu ihrer kleinen Wohnung oben geschickt. Falls die nicht auch so einen Dusel wie ich hatten, würden sie nicht herausfinden, dass ihr das ganze Haus gehörte.

»Nein, du hast recht. Ich glaube, sie wissen es nicht.«

»Wie hast du es rausgefunden?«, fragte sie.

Ich erwähnte ihre Nachbarin und mein Gespräch mit dem Immobilienmakler.

»Und wie bist du reingekommen?«

Ich erzählte ihr von Dave Burwash und sie lachte und tätschelte mir die Wange. »Kluger Junge«, sagte sie leise.

»Was wird hier gespielt, Terry?«, fragte ich. »Wer bist du?«

Sie ließ ihre Hand sinken, nahm mich sanft am Arm und führte mich zur Tür. Wortlos zog sie mich durch den Flur und öffnete eine andere Tür. Sie ging als Erste hinein und knipste das Licht an, und ich folgte ihr. Es war ein langer, fensterloser Raum, aber dank der Wandteppiche hatte er nichts Klaustrophobisches. Die Möbel waren bequem und offensichtlich antik; da standen Holzstühle mit roten Samtkissen, ein Chaiselongue und zwei dick gepolsterte Sofas zu beiden Seiten eines Marmorkamins. Es brannte kein Feuer darin. Auf dem Ofenschirm waren ein Schloss und ein Ritter hoch zu Ross abgebildet, der auf das Fallgatter zugaloppierte. Auf einer niedrigen Eichenkommode stand eine Sammlung von Fotos in Silber- und Goldrahmen, und während sie mich zu einem der Sofas führte, entdeckte ich sie auf einigen der Bilder, von denen die meisten schwarz-weiß waren.

»Möchtest du einen Drink, Jamie?«, fragte sie, während sie mich Platz nehmen ließ. »Du siehst so aus, als ob du einen gebrauchen könntest.« Ich nickte. Ich muss wohl unter Schock gestanden haben, denn ich fühlte mich wie hypnotisiert.

Sie ging zur Anrichte, wo eine Batterie von Flaschen und Karaffen auf einem Silbertablett stand. Sie drehte den Kopf zu mir. »Brandy?«, fragte sie und ich sagte ja, bitte. Zumindest versuchte ich das zu sagen – ich bin mir nicht sicher, ob ich die Worte tatsächlich hervorbrachte. Ich sah ihr zu, wie sie Brandy aus einer Karaffe in ein Kristallglas goss. Irgendetwas an ihr war anders, aber nicht, weil sie zum ersten Mal ein Kleid trug. Es war mehr ihr Verhalten; sie benahm sich wie eine Frau, nicht wie ein hilfloses Mädel wie bei unserer ersten Begegnung. Und da war noch etwas.

»Ich glaube, du magst das hier«, sagte sie, als sie mir das Glas brachte. Dann erkannte ich, was es war, was sich geändert hatte.

Ihre Stimme. Oder vielmehr ihre Art zu reden. Verschwunden war die atemlose Aber-so-was-von-Singsangstimme im pseudokalifornischen Valley-Girl-Stil, und an ihre Stelle waren die weichen, aber selbstbewussten Töne einer Frau getreten, die genau wusste, was sie wollte und wie sie es durchsetzte. Sie spielte mir nichts mehr vor, und ich wusste ganz sicher, dass ich jetzt die wahre Terry Ferriman vor mir hatte. Aber nicht die Wahrheit machte mir Angst, sondern die Ungewissheit, was sie nach ihrer Enthüllung tun würde. Ich hatte mich in Terry Ferriman verliebt, nicht in die Person, die anmutig neben mir auf dem Sofa saß, die Hände im Schoß gefaltet; die mich beobachtete, wie ich am Brandy nippte, wie eine Katze einer Maus zusieht, die sie in die Enge getrieben hat.

»Gut?«, fragte sie.

»Sehr gut«, sagte ich, obwohl ich ehrlich gesagt gar nichts schmeckte, während mir von dem Zeug warm ums Herz wurde.

Sie lächelte. »Dieser Brandy wurde achtzehnhundertzwei destilliert, Jamie«, sagte sie. »Drei Jahre nach Napoleons Machtübernahme in Frankreich.«

»Tatsächlich?«, sagte ich und zog die Augenbrauen hoch. Ich trank noch einen Schluck, aber ich konnte ihn immer noch nicht schmecken. Doch in meinem Magen breitete sich eine wohlige Wärme aus und ich fühlte mich etwas beschwipst.

»Das war ein gutes Jahr«, fuhr sie fort, »ein sehr gutes Jahr.«

»Für Brandy?«, fragte ich.

»Für viele Dinge«, sagte sie. »Es war ein Traumsommer.«

Mir schwirrte der Kopf, und ich schüttelte ihn, um klarer zu werden. Panik erfasste mich. Hatte sie mir vielleicht etwas in den Brandy getan? Mir fiel der Traum wieder ein, wie sie auf einem Körper hockte, den Mund blutverschmiert, und auch das Gefühl ihrer warmen Lippen auf meinem Nacken.

»Trink deinen Brandy und entspann dich, Jamie«, sagte sie. »Und keine Angst. Ich tu dir nichts. Vertrau mir.« Ihre Stimme war so beruhigend und wärmend wie der Brandy, aber ein Teil von mir spürte, dass sie mit mir sprach wie ein Arzt zu seinem Patienten. Wie konnte ich denn jemandem vertrauen, der mich so belogen hatte wie sie? Verdammt, nichts, was ich von Terry Ferriman wusste, schien zu stimmen. Ich stürzte den Rest des Brandys hinunter.

»Was suchst du denn, Jamie?«, fragte sie und nahm mir das leere Glas ab. Sie rieb es zwischen ihren Händen und sah mich an.

»Ich weiß nicht. Vielleicht die Wahrheit. Klingt das banal?«

»Und hast du sie gefunden?«, fragte sie, ohne auf meine Frage einzugehen.

»Ich habe die Akten gesehen«, sagte ich. »Die Totenakten, die Identitäten, die du verwendet hast. Und ich habe gesehen, welche du künftig nutzen willst. Wie alt bist du, Terry? Wer bist du?«

»Willst du das wirklich wissen?«, fragte sie. »Glaubst du denn, du kommst damit klar, Jamie? Du sagst, du bist gekommen, um die Wahrheit zu erfahren. Aber was willst du denn wirklich? Denk mal drüber nach, Jamie. Überleg mal, was Wahrheit bedeutet.«

Greig Turner schoss mir durch den Kopf, die verschrumpelte Hülle eines Menschen, während das Mädchen, das er geliebt hatte, unverändert blieb. Was war schlimmer – zu wissen, dass er starb, dass er sie verloren hatte oder dass sie immer noch existieren würde, lange nachdem er begraben oder verbrannt war oder was auch immer sie mit den Leichen von verblichenen Filmstars anstellten? Wäre er glücklicher bei dem Gedanken, dass sie gestorben war oder dass sie auch ihre letzten Jahre im Rollstuhl in irgendeinem Pflegeheim verbrachte? Ich erinnerte mich an seine entsetzte Miene, als ich ihm sagte, dass das Foto von Terry Ferriman neu war und kein altes Bild von Lisa Sinopoli, die er geheiratet und verloren hatte.

»Greig Turner«, sagte ich. »Wusste er, was du bist?«

»Nein«, sagte sie mit Nachdruck. »Damals nicht. Aber irgendwann schöpfte er Verdacht. Darum ließ er mich durch einen Detektiv beschatten.«

»Matt Blumenthal.«

»Matt Blumenthal«, wiederholte sie.

»Du hast ihn doch getötet, nicht?«, fragte ich. »In diesem Keller.«

»Er ist hier gestorben, das stimmt. Aber ich habe ihn nicht umgebracht.«

»Wer denn?«

»Das gehört mit dazu, wenn du die Wahrheit wissen willst, Jamie. Zuerst musst du dich entscheiden, ob du alles wissen willst.«

»Warum hattest du Turners Foto oben in deiner Wohnung?«

»Er war mein Mann. Ich habe mich ihm immer sehr verbunden gefühlt. Ich wollte sein Bild in meiner Nähe haben.« Sie ging zur Anrichte, um mir nachzuschenken.

»Warum hast du dann keinen Kontakt gehalten? Warum hast du ihn verlassen?«

»Du hast ihn doch gesehen. Beantwortet das deine Frage denn nicht?«

»Du hast ihm den Laufpass gegeben, weil er alt war? Du wolltest ihn nicht besuchen, weil er im Sterben lag und du noch jung bist?«

Sie schüttelte den Kopf. »Nein, so war das nicht, sondern seinetwegen – ich wollte seine Gefühle nicht verletzen. Was glaubst du wohl, wie er sich fühlen würde, wenn er wüsste, dass ich so bin, wie ich bin, und er so ist, wie er ist? Ich hielt es für besser, ihn in dem Glauben zu lassen, ich sei tot. Und wenn er nicht den Detektiv beauftragt hätte und du ihn nicht aufgesucht hättest, wäre er vielleicht viel glücklicher gestorben.« Sie kehrte mit dem Glas zurück und hielt es mir hin. Meine rechte Hand zitterte, als ich es nahm, und ich brauchte beide Hände, um es an den Mund zu setzen.

»Du weißt also, dass er tot ist?«, fragte ich, nachdem ich geschluckt hatte.

»Ja, das weiß ich.« Sie setzte sich neben mich und legte mir die Hand aufs Knie.

»Was willst du von mir?«, fragte ich.

»Mit dir zusammen sein«, sagte sie.

»Für wie lange?«

»Für immer«, sagte sie und sah mich unverwandt an. Ich spürte, wie ich in ihren unendlich tiefen schwarzen Augen versank, und ich musste mich mit Gewalt zurückziehen.

»Das ist nicht möglich und das weißt du auch«, erwiderte ich.

»Es ist möglich«, sagte sie.

»Und wie?«

»Das gehört mit dazu, wenn du die ganze Wahrheit erfahren willst, Jamie. Du musst dir zuerst darüber klar werden, ob du damit umgehen kannst. Ob du es wirklich willst.«

»Wollte Greig Turner es denn nicht? Wollte er denn nicht für immer bei dir bleiben?«

Sie ballte ihre Hand auf meinem Bein zur Faust, und ich spürte, wie sich ihre Nägel durch den Stoff meiner Hose in die Haut darunter krallten. »Ich habe Greig nicht verlassen, weil er alt wurde. Er hat mich verlassen. Und er hat mich betrogen; er konnte seine Finger nicht von anderen Frauen lassen. Ich habe ihn geliebt, ich habe ihn angefleht, es nicht zu tun, aber er wollte nicht hören. Er hat es einfach weggeworfen. Und als ihm klar wurde, was er verloren hatte, war es zu spät. Er hat sich nicht bemüht, mich zurückzuerobern; zu diesem Zweck hat er Blumenthal nicht beauftragt. Er fand heraus, dass ich sein Pflegeheim in Big Sur bezahlte. Ich glaube, er hatte einen Verdacht, dass etwas nicht stimmte. Er wollte mich nicht zurück, Jamie. Er wollte nur nicht sterben.«

»Keiner will das, Terry. Scheiße, soll ich denn immer noch Terry zu dir sagen? Welchen Namen verwendest du?«

»Terry ist in Ordnung.«

»Wie war denn dein ursprünglicher Name?«

»Der erste?«

»Ja, der allererste.«

Sie lachte. »Das ist so lange her.« Und dann sagte sie etwas, das so ähnlich wie »Malinkila« klang. Ich bat sie, es zu wiederholen, aber ich konnte es immer noch nicht nachsprechen.

»Ägyptisch?«, fragte ich und sie nickte, und dann wussten wir beide, dass es für mich kein Zurück mehr gab.

»Bist du bereit?«, fragte sie.

»Ja.«

»Bist du sicher?«

»Ja.«

»Dann frage.« Sie nahm wieder auf dem Sofa Platz und wartete, während ich versuchte meine Gedanken zu ordnen. Es gab so vieles, das ich wissen wollte. Wer und wie alt sie war, wer Matt Blumenthal umgebracht und warum man sie über seinem Leichnam gefunden hatte und was sie damit meinte, dass sie für immer mit mir zusammen sein wollte.

»Wie alt bist du? Was bist du?«, fragte ich.

»Ich bin mir nicht ganz sicher; das ist die Antwort auf beide Fragen, Jamie. Ich glaube, es sind inzwischen vier- oder fünftausend Jahre, aber ich habe lange nicht mitgezählt, wenn du weißt, was ich meine. Die Zeit spielte damals nicht dieselbe Rolle. Ich lebte einfach, überlebte. Zog von einem Ort zum anderen, von Land zu Land.«

»Aber in Ägypten bist du geboren?«

»Ja.«

»Vor viertausend Jahren?«

»So in etwa. Ich erinnere mich an den Bau der Cheops-Pyramide und den der Sphinx, und ich schätze mal, das war um zweitausendfünfhundert vor Christus. Ich habe auch lange gebraucht, um klar im Kopf zu werden. Du kannst dir sicher vorstellen, wie das war, als alle um mich herum alterten und ich immer gleich blieb, genauso, wie du mich heute siehst. Jahrhundertelang habe ich als Ausgestoßene gelebt, voller Angst, zu lange in der Nähe von Menschen zu bleiben, denn am Ende haben sie sich immer gegen mich gewandt.« Sie sagte das so, wie ich einmal einem Neffen erzählt habe, dass ich mich an die Zeit vor Flachbildfernsehern und Mobiltelefonen erinnerte. Diese Bemerkung rief bei dem Achtjährigen Erstaunen hervor, aber das war gar nichts im Vergleich zu dem, was ich empfand, als sie mich mit ihrer nüchternen Enthüllung konfrontierte. »Und in Bezug auf das, was ich bin, da weiß ich nicht, wie ich das beschreiben soll.«

»Ein Vampir?«, fragte ich.

Sie warf den Kopf in den Nacken und lachte. Ihr Hals war lang und blass und makellos glatt. Der Hals eines Kindes. »Jamie, sehe ich etwa wie ein Vampir aus?«, fragte sie.

Ich musterte ihr fließendes schwarzes Kleid, die schwarzen Augen, die weißen, vollkommenen Zähne und das glänzende Haar und eine leise innere Stimme sagte: Ja, genauso siehst du aus. Als was sollte man denn jemanden sonst bezeichnen, der so alt wie die Pyramiden war und den man über einer Leiche in einer Gasse gefunden hatte, mit Blut auf den vollen roten Lippen?

»Na?«, hakte sie nach.

»Ich glaube nicht«, sagte ich.

»Ich habe Gedächtnislücken«, sagte sie. »Darum sind meine Altersangaben etwas vage.«

»Erinnerst du dich an deine Eltern?«

»Dunkel. Ich weiß noch, dass sie nach meinem dreiundzwanzigsten Lenz nichts mehr mit mir zu tun haben wollten. Die Menschen damals hatten eine kürzere Lebensspanne und sie alterten schneller. Ich wurde nie krank und alterte äußerlich überhaupt nicht. Sie zwangen mich, sie zu verlassen. Ich weiß nicht mehr, wie sie aussahen, aber ich weiß noch, wie es sich anfühlte, von ihnen abgelehnt zu werden. Das habe ich nie vergessen.«

Verwirrt schüttelte ich den Kopf. »Viertausend Jahre«, sagte ich. »Das scheint unmöglich. Wie ist das passiert? Wie viele von deiner Art gibt es denn noch?«

Sie zuckte mit den Achseln. »Ich weiß nicht, wie das passiert ist. Gene vermutlich. Eine Mutation. Wie viele es von uns gibt? Ich glaube, eine Handvoll. Ich weiß von sechs. Erblich ist das nicht, falls du darauf anspielst. Meine Mutter, mein Vater und meine vier Brüder waren alle normal. Sie starben alle vor ihrem vierzigsten Lebensjahr.«

»Und die anderen – steht ihr miteinander in Verbindung?« Mir war klar, dass meine Fragen nicht in logischer Reihenfolge kamen; ich fragte nach dem Zufallsprinzip. Wenn ich das, was sie war, überhaupt irgendwie begreifen wollte, würde ich die wissenschaftliche Methode wählen müssen. Gott, ich wünschte, ich hätte ein digitales Aufzeichnungsgerät dabei oder wenigstens Notizbuch und Stift.

»Nicht die ganze Zeit. Du musst bedenken, dass es für uns nicht leicht ist, in einer normalen Gesellschaft zu leben, Jamie. Wir müssen immer weiterziehen; wir können nie länger als zehn Jahre an einem Ort bleiben, damit wir nicht entdeckt werden. Und wenn wir erst weggezogen sind, müssen wir mindestens fünfzig Jahre warten, bevor wir zurückkommen. Aber doch, wir treffen uns, wir helfen einander, wo wir können. Müssen wir ja. Wir haben nur uns.«

»Du sagst, ihr müsst weiterziehen. Wo hast du gelebt?«

»Gott, Jamie, frag mich doch lieber, wo ich nicht gelebt habe. Meine frühesten Erinnerungen sind an Ägypten. Als das Reich dann zerfiel, zog ich nach Griechenland und dann nach Rom. Nach der Plünderung – wann war das noch gleich? Vierhundertsechsundzwanzig nach Christus – zog ich nach Byzanz. Ich war in dem Gebiet, das man heute den Mittleren Osten nennt, um achthundert, dann ging ich nach China und weiter nach Kiew, das die Kulturmetropole des Slawenreichs war. Ich zog weiter, als Dschingis Khan auftauchte. Zur Zeit der Renaissance war ich in Florenz, in London, als die Pest in Europa wütete, in Paris während der Revolution, in der Schweiz zur Zeit des Ersten Weltkriegs, und in den Staaten bin ich seit den Zwanzigerjahren.«

»Und wie viele Identitäten hast du benutzt?« Die Fragen folgten immer noch keiner Logik, und mir war klar, dass ich sie nur stellte, um zu reden, während ich versuchte, mit der Grundvoraussetzung klarzukommen, mit der sie mich konfrontiert hatte – nämlich, dass Terry Ferriman unsterblich war. Ihr Fragen zu stellen, so banal sie auch sein mochten, half mir zumindest, mich zu überzeugen, dass sie die Wahrheit sagte. Doch immer noch lauerte die Frage unbehaglich in meinem Hinterkopf, was zum Teufel sie mit mir zu tun gedachte. Würde ich so enden wie Matt Blumenthal, flach auf dem Rücken liegend, irgendwo in einer Gasse, ausgeblutet?

Sie lachte und rüttelte mich an den Schultern. »Jamie, um Gottes willen, woher soll ich das denn wissen? Erst seit den letzten paar Jahrhunderten musste ich Unterlagen aufheben, und du hast gesehen, wie viel Platz sie in den Aktenschränken einnehmen. Hunderte, Tausende vielleicht. Früher, in den ganz alten Zeiten, musste ich nur in ein anderes Land oder auch nur in eine andere Stadt und meinen Namen ändern. Diese

Sache mit dem Identitätswechsel und Anträge für Pässe stellen und Führerscheine und Sozialversicherungsnummern und Bankkontonummern ist ziemlich neu.«

»Warst du denn nie krank?«

»Nicht einmal zur Zeit der Pest. Nie. Aber du hast gesehen, wie allergisch ich auf Sonnenlicht reagiere. Das geht uns allen so. Und wir haben noch eine Schwäche, wie du es vielleicht nennen würdest.«

»Eine Schwäche?«

»Wir glauben, es hat etwas mit dem Gen zu tun, das uns unsterblich macht. Uns fehlen die Enzyme in ein paar wichtigen biochemischen Reaktionswegen, daher müssen wir von Zeit zu Zeit bestimmte Proteine aufnehmen, die uns fehlen.«

Die Erkenntnis brach über mich herein wie ein tropischer Wolkenbruch. »Blut«, sagte ich. »Du brauchst Blut. Menschenblut.«

»Nicht unbedingt Blut, aber das ist ungefähr die effizienteste Art, es aufzunehmen, ja.«

Ich stand auf und spürte, wie meine Knie leicht nachgaben. Ich wusste nicht, ob es Angst war oder der Brandy, aber ich presste die Beine zusammen und rang um mein inneres Gleichgewicht. »Und du sagst, ihr seid keine Vampire? Wie nennt ihr das denn sonst? Du lebst ewig und trinkst Menschenblut. O Gott, ich glaub es einfach nicht, echt nicht …«

Ich muss wohl ohnmächtig geworden sein, denn als ich wieder zu mir kam, lag ich auf dem Rücken auf einer schwarzen Ledercouch und blickte an eine weiß geflieste Decke. Ich hob den Kopf und sah, dass ich in einer Art Labor war, grau gesprenkeltes Linoleum und viele weiße Resopal-Arbeitsplatten, und ich erkannte manche von den Geräten – eine Zentrifuge, irgendwas, das wie ein Szintillationszähler aussah, und eine digitale Waage. Viel von dem Zeug, das herumstand, erkannte ich allerdings nicht. Als ich die Arme hob, erwartete ich halb, auf Widerstand zu treffen, aber es gab keine dicken Lederriemen, die mich festgehalten hätten. Terry stand an einem Waschbecken, und als ich mich aufsetzte, kam sie mit einem Glas Wasser zu mir.

»Tut mir leid, Jamie«, sagte sie. »Ich hätte dir wohl keinen Brandy geben sollen.«

»Obwohl das ein guter Jahrgang war«, sagte ich, nahm ihr das Wasser ab und trank es aus. Es war kalt und erfrischend und machte meinen Kopf etwas klarer.

»Obwohl es ein guter Jahrgang war«, wiederholte sie lächelnd. »Bist du okay?«

Ich lachte wehmütig, denn okay war in diesem Augenblick keine sehr treffende Beschreibung meines Geisteszustands. Umgehauen vielleicht. Möglicherweise überwältigt. Okay jedenfalls nicht. Definitiv nicht okay.

»Wie bin ich hierhergekommen?«, fragte ich und sah mich im Labor um. Ich konnte nicht feststellen, ob ich mich noch im selben Gebäude befand oder wie lange ich weg gewesen war. Ich sah auf meine Uhr. Halb drei morgens.

»Ich habe dich getragen«, sagte sie.

Sie hatte mich getragen. Einfach so. Ich wog bestimmt fast anderthalbmal so viel wie sie, und sie hatte mich getragen. Und wenn sie mich getragen hatte, dann hätte sie mit Leichtigkeit auch Matt Blumenthal tragen können, mit oder ohne die fünf Liter Blut, die in seinem Körper hätten sein sollen.

»Du hast nach dem Blut gefragt«, sagte sie, als ob sie meine Gedanken gelesen hätte.

»Was für Blut?«

»Du wolltest wissen, wie wir an die Proteine kommen, die wir brauchen und die unsere Körper nicht selbst produzieren können.« Sie ging zu einem riesigen Kühlschrank und zog an dem großen Chromgriff. Beim Öffnen zischte es. Sie hielt die Tür weit auf, damit ich den Inhalt sehen konnte. Plastikbeutel mit Blut, alle säuberlich aufgestapelt und etikettiert. »Wir rennen nicht durch die Gegend und beißen Jungfrauen in den Hals, Jamie. Jedenfalls nicht mehr. Das ist nicht nötig. Wir brauchen nicht das Blut – nur einen Bruchteil der Proteine, die darin enthalten sind. Wir beziehen das Zeug in großen Mengen über unsere eigenen Firmen für Medizinzubehör und extrahieren die Proteine hier.«

»Wir?«, fragte ich.

»Ein Freund von mir half mir bei der Einrichtung dieses Labors. Er heißt Neil Hamshire. In jüngster Zeit macht er in der Wissenschaft viel von sich reden. Er hat entdeckt, welche Proteine uns fehlen, und ein Extraktionsverfahren entwickelt, und zwar mittels Venülen, die Kieselgelpolymere enthalten.«

»Wo ist er?«, fragte ich. Ich hielt ihr mein leeres Glas hin.

»Das wüsste ich auch gern«, sagte sie. »Vor etwa sechs Monaten ist er verschwunden. Ich glaube, die Regierung hält ihn fest. Sie ist uns seit mindestens zehn Jahren auf der Spur. Vermutlich länger.«

»Das verstehe ich nicht. Warum sollte die Regierung hinter euch her sein?«

»Denk mal darüber nach, Jamie. Wir bedeuten eine Bedrohung

für sie. Nicht weil wir ihnen Böses wollen, sondern weil wir so sind, wie wir sind. Wir entziehen uns ihrer Kontrolle, finanziell und rechtlich. Wir sind in der Lage, jegliches Wissen anzusammeln, das wir benötigen; wir haben die Fähigkeit, uns alle Fertigkeiten anzueignen, die wir brauchen, indem wir uns über eine lange Zeit mit ihnen befassen. Neil hat über fünfzig Jahre in verschiedenen Laboratorien rund um den Erdball verbracht. Sollte er je etwas von seinen Entdeckungen veröffentlichen, würde er ein Dutzend Nobelpreise einheimsen. Es gibt keine Geheimnisse auf der Welt, die wir nicht irgendwann entschlüsseln. Wir müssen nur dranbleiben, dann bekommen wir am Ende, was wir wollen, weil wir alle überdauern.«

»Solange ihr unentdeckt bleibt?«

»Genau. Wir sind ständig auf Wanderschaft und müssen immer wieder neue Identitäten annehmen, was immer komplizierter wird, weil immer mehr Unterlagen mittels Computern gespeichert und abgeglichen werden. Im Lauf der Jahre haben sie mehrere von meinen Freunden gefangen.«

»Freunde?«

»Leute wie mich. Und je mehr sie über uns herausfinden, desto leichter können sie uns aufspüren. Es ist zum Beispiel nur eine Frage der Zeit, bis sie dahinterkommen, dass wir Blut kaufen. Und ich glaube, sie versuchen bereits, uns über unsere Bankkonten ausfindig zu machen. Es ist nicht mehr so leicht wie früher, Geld zu verstecken. Früher konnte man tausend Dollar auf ein Konto einzahlen, sie um die fünfzig Jahre zu Zinseszins liegen lassen und dann abheben. Jetzt geht das nicht mehr. Ein Transfer von Vermögenswerten und Besitz ist ebenso schwierig wie ein Identitätswechsel. Seit dem elften September zweitausendeins hat sich alles verändert. Jetzt überwacht der Heimatschutz jede finanzielle Transaktion über zehntausend Dollar, und sie haben ein Auge auf die Antragsformulare für Pässe und Führerscheine. Es ist nicht mehr so leicht wie früher, neue Identitäten anzunehmen.«

Ich dachte an die Millionen, die sie auf der Bank in der Innenstadt hatte, und überlegte, wie viel sie wohl sonst noch weltweit hortete. Reserven.

»Wer in der Regierung versucht denn, euch zu fangen? Ist es das FBI? Die CIA? Der Heimatschutz?«

»Schlimmer. Viel schlimmer. Nicht einmal den Einschränkungen, mit denen die CIA kontrolliert wird, sind sie unterworfen. Es ist wie eine Hexenjagd. Nein, nicht *wie* eine Hexenjagd. Es *ist* eine Hexenjagd, genau das! Wenn es nach ihnen ginge, würden sie uns alle auf dem Scheiterhaufen verbrennen.«

»Und du glaubst, sie haben diesen Freund von dir, diesen Neil … wie heißt er noch mit Nachnamen?«

»Hamshire. Ohne p. Neil Hamshire. Ja, er war eines Abends auf dem Weg zum Labor hier und er ist einfach verschwunden. Bestimmt nicht aus freien Stücken, denn er war mitten in einem Experiment, an dem er über ein Jahr lang gearbeitet hat.«

»Was war das?«

»Genetik. Er suchte nach einer Methode, den Fehler in unseren Genen zu finden, damit wir die Proteine nicht zu uns nehmen müssen. Und er wollte etwas gegen unser Problem mit dem Sonnenlicht tun. Und ein paar andere Dinge mehr. Er hätte das nicht einfach so aufgegeben, da bin ich mir ganz sicher.«

Sie stellte das leere Glas am Waschbecken ab und kam zu mir, das Kleid floss hinter ihr her wie ein flatterndes schwarzes

Segel. Sie nahm meinen Kopf in ihre Hände, sie lagen kühl an meinen Wangen, und dann spürte ich ihre Lippen auf meinen, so plötzlich, dass ich keine Zeit hatte, Luft zu holen. Als sie ihre Lippen zurückzog, keuchte ich; mein Herz raste und mein Puls pochte mir in den Ohren.

»Was willst du?«, fragte ich. »Was willst du denn von mir?«

»Weißt du das nicht längst?«, fragte sie. »Ist das nicht offensichtlich?« Sie hielt inne und legte den Kopf etwas schief, sodass sie mich unter ihren halb geschlossenen Lidern hervor ansah, als wollte sie mir etwas Schlimmes beichten. »Jamie, ich liebe ich. Seit ich dich zum ersten Mal gesehen habe, noch bevor du das alberne Programm an mir getestet hast.«

»Albern?«, schnaubte ich. »Was soll das denn heißen?« Teufel noch mal, sie tat mein Lebenswerk ab, als wäre es nichts weiter als ein Kinderkreuzworträtsel.

»Tut mir leid«, sagte sie und wuschelte mir das Haar. »Es ist nur so: Wenn man so viele Persönlichkeiten angenommen hat wie ich, sind Psychotests wie deiner … lächerlich. Bedaure, aber so ist es nun mal.« Sie bemerkte, wie niedergeschlagen ich war. »Ach komm, Jamie. Akzeptiere doch einfach, dass ich in einer anderen Liga spiele als die normalen Psychos, die dir bei deiner Arbeit über den Weg laufen. Nimm es nicht als persönlichen Angriff auf deine Professionalität.«

»Meinst du das ernst?«, fragte ich.

»Das mit deiner Professionalität?«

»Dass du mich liebst.«

»Vollkommen ernst.«

Lächelnd ließ ich mich von der Couch gleiten und nahm sie in die Arme. Ihr Kopf kam hoch, und dieses Mal dachte ich daran, zuerst tief Luft zu holen. Ihre Zunge glitt zwischen meine Zähne, während eine Hand sanft meinen Nacken massierte und die andere meine Hose herunterwanderte und mich streichelte und abtastete. Ich versuchte sie auf die Couch hinunterzuziehen, aber sie entwand sich meinem Griff, nahm mich an die Hand und zog mich aus dem Labor und durch den Flur in ein anderes Zimmer. Sie schaltete nicht das Deckenlicht ein, sondern führte mich zielstrebig im Dunkeln vorwärts. Dann knipste sie eine Nachttischlampe neben einem riesigen Himmelbett an. Sie schob mich auf das Bett und zog ihr Kleid aus, bevor sie auf mich kletterte und mich auszog, und dann machte sie all das, was sie schon vorher mit mir im Bett gemacht hatte, und noch ein paar andere Sachen, und dann muss ich wohl wieder ohnmächtig geworden sein, denn als ich zu mir kam, hatte ich höllische Kopfschmerzen und war allein.

Terrys Kleid lag über einem Stuhl, also konnte sie nicht weit weg sein. Meine Kehle war ausgedörrt und das Schlucken fiel mir schwer, darum zog ich meine Boxershorts an und machte mich auf die Suche nach einem Bad und einer Schmerztablette. Ich fand die Tür zum Badezimmer beim zweiten Versuch und knipste das Licht an. Allmählich gewöhnte ich mich an fensterlose Räume. Am Waschbecken stand ein Glas. Ich füllte es mit kaltem Wasser und nahm den Mund voll, gurgelte und spie es aus. Dann trank ich. Ich leerte das Glas, füllte es wieder auf, öffnete den Spiegelschrank und suchte nach einem Schmerzmittel. Mundspülung und Desinfektionsmittel und ein paar Shampookissen fand ich darin, allerdings nichts gegen meine Kopfschmerzen. Ich schloss den Hängeschrank wieder und zog eine Schublade unter dem Waschbecken auf. Auch keine

Schmerztabletten, aber eine Brieftasche aus schwarzem Leder. Ich nahm sie heraus und öffnete sie. Unter dem Plastikfenster auf der linken Seite steckte die Zulassung eines Privatdetektivs auf den Namen Matt Blumenthal, in einer Seitentasche fand ich seinen Führerschein zusammen mit einer grünen American-Express-Karte und im Banknotenfach ein paar hundert Dollar.

Als ich hochsah, bemerkte ich, dass mich Terrys Gesicht aus dem Spiegelschrank anstarrte. Abrupt drehte ich mich um und die Brieftasche fiel zu Boden. Sie kniete vor mir nieder, hob sie auf und tippte damit an ihr Bein, als sie aufstand. Sie trug einen Morgenmantel aus schwarzer Seide mit einem orange-grünen Drachen auf dem Rücken, der sich mit ihr zusammen bewegte, als wolle er Feuer speien.

»Ich habe ihn nicht getötet, Jamie«, sagte sie leise. »Das musst du mir glauben.«

»Aber das ist seine Brieftasche«, sagte ich mit bebender Stimme. »Und man hat dich über seiner Leiche gefunden.«

»Eines Abends, als ich nicht da war, kam er vorbei. Aber mein Freund war hier. Den überraschte er im Labor, und mein Freund reagierte, ohne nachzudenken.«

»Es war kein Tropfen Blut mehr in der Leiche, als man sie fand.«

Sie reckte das Kinn und tadelte mich, als hätte ich etwas Belangloses gesagt. »Gott, Jamie, mein Freund hat ihn erstochen. Was hast du denn erwartet?«

»Und du hast die Leiche in die Gasse gebracht?«

»Wir beide zusammen. Ich meine, ich hätte es allein geschafft, jeder von uns hätte das geschafft, aber wir haben es gemeinsam getan. Er war in seinem Wagen, als die Polizei eintraf, darum ist er verschwunden. Warum hätten wir uns denn beide schnappen lassen sollen?«

»Er hat dich allein zurückgelassen?«, fragte ich ungläubig.

»Wie schon gesagt, es wäre doch sinnlos gewesen, uns beide schnappen zu lassen. Wir wussten, dass keine Mordwaffe herumlag, also gab es auch keine eindeutigen Beweise. Wir hatten alles entfernt, was auf seine Identität schließen ließ. Wir hielten ihn für einen Einbrecher; erst später stellte sich heraus, dass Greig ihn engagiert hatte, um mich aufzuspüren. Jamie, komm wieder ins Bett.« Sie kuschelte sich in ihren Morgenmantel, in der Hand immer noch die Brieftasche.

»Du hattest Blut im Gesicht, Terry. Am Mund.«

»Keine Ahnung, wie das passiert ist. Muss wohl was an meine Hände gekommen sein, als ich dabei half, die Leiche zu bewegen. Wir haben auch den Schauplatz für die Polizei arrangiert und Blut verteilt, damit es glaubwürdig aussah. Und ich habe mir dann vielleicht übers Gesicht gewischt. Gehen wir ins Bett, Jamie. Bitte.«

»Zuerst möchte ich das hier klären. Dieser Freund, dieser Mann. Wer ist er? Ein Lover?«

Sie schüttelte den Kopf. »Nein, kein Lover.«

»Wo ist er jetzt?«

»In der Nähe. Aber er wohnt nicht hier, falls du das meinst. Ich wohne hier allein. Tatsächlich wohne ich meistens oben – da ist es gemütlicher. Das hier ist mehr ein Lager und Arbeitsplatz.«

»Warum hebst du das ganze Zeug auf? Die Bilder, die Porträts, die Bücher?«

»Erinnerungen«, sagte sie ehrlich betrübt. »Sie sind alles, was mir geblieben ist. Die Menschen, die mir diese Sachen geschenkt haben, sind längst tot. Ich kann nur ihre Geschenke aufheben. Das schulde ich ihnen. Kannst du das nachvollziehen?«

Ich lehnte mich mit dem Rücken gegen das Waschbecken und spürte, wie der Marmor gegen meine Wirbelsäule drückte. »Was willst du denn deiner Sammlung hinzufügen, das dich später mal an mich erinnert?«, fragte ich bitter.

Sie trat einen Schritt vor und legte einen Finger auf meinen Mund, um mich zum Schweigen zu bringen. »So weit kommt es nicht, Jamie.«

Ich packte ihre Hand und schubste sie weg. »Wie kannst du so was sagen?«, schrie ich. »Wie um alles in der Welt kannst du das sagen? Wie viele andere hast du verlassen? Warum glaubst du, dass es bei mir anders sein wird?«

»Weil Neil mit seiner Arbeit Erfolg hatte«, sagte sie leise. »Er hat das Gen isoliert, das uns langlebig macht, und er war kurz davor, eine Methode zu entwickeln, wie man es in die normale menschliche DNA einbindet. Jamie, er kann dich zu einem von uns machen. Wenn du das möchtest.« Langsam streckte sie die Hand nach meiner aus und ergriff sie. Sie drückte sie sanft. »Du musst dich entscheiden, Jamie. Ich will dich für immer, und wenn das auch dein Wunsch ist, dann sollst du das haben. Keine Bisse in den Hals, nicht wie im Kino, nur ein rein wissenschaftliches Verfahren.«

»Aber dieser Hamshire wird vermisst.«

»Wir werden ihn finden«, sagte sie. Wir, sagte sie. Nicht ich. Daran dachte ich noch, als sie mich durch den Flur ins Schlafzimmer führte. Wir.

DER TRAUM

Ich wusste, dass ich träumte, aber ich konnte nicht aufwachen. Konnte oder wollte es nicht – ich bin nicht sicher, was von beiden es war oder wie viel freier Wille mitspielte, aber egal aus welchem Grund, ich ließ das, was geschah, über mich ergehen. Terry war da, und vielleicht war das der Grund, warum ich nicht aufwachen wollte. Sie war schwarz gekleidet, eine Jacke, die vielleicht meine Motorradjacke war, über einem schwarzen T-Shirt, schwarze Jeans und schwarze Stiefel mit silberbeschlagenen Spitzen. Ihr Haar war zu einem Pferdeschwanz zurückgebunden, und ich erinnere mich, dass ich sie noch nie mit dieser Frisur gesehen hatte und wie gut sie ihr stand.

Wir waren in einem Wald, aber nicht in so einem, den man im richtigen Leben findet. Es war eine Karikatur von der Art, die man rund um das Zauberschloss der bösen Hexe in einem Zeichentrickfilm von Walt Disney sehen würde: verkrüppelte, knorrige Bäume mit dürren Ästen, die sich zu drehen und zu winden und zuzupacken schienen, als wir näher kamen. Ein kalter, dunkler Ort des Grauens. Die Bäume hatten weder Laub noch Knospen, und es gab kein Gras auf dem Waldboden, nur feuchte, moderige, kohlschwarze Erde. Es war Nacht, aber ich hatte keine Probleme, Terry oder die Bäume zu sehen, denn über uns hing ein Vollmond an einem Himmel, der so klar war, dass ich sogar die Mondkrater erkennen konnte. Terry sah mich lächelnd an, ihre Zähne waren so weiß wie der Mond und scharf, so scharf wie die eines Wolfs. Langsam legte sie den Kopf in den Nacken, sodass ich ihre ganze Kehle sehen konnte, und ihr Pferdeschwanz hing nach hinten herunter, über den hochgestellten Kragen ihrer Jacke. Und dann hörte ich das Heulen. Zuerst dachte ich, es komme von fern, denn es war so leise, aber als es anschwoll und im Wald nachhallte, wurde offenbar, dass sie es war, die den Mond anheulte. Es war ein schrecklicher, klagender Laut, die Wehklage einer Wölfin, die über ein großes Unrecht heulte, das man ihr angetan hatte. Das Geheul ebbte ab und sie senkte das Kinn und sah mich wieder an. Sie deutete mit dem Zeigefinger auf ihre Kehle und bewegte ihn etwas hinab bis zu der Stelle, wo sich bei einem Mann der Adamsapfel befindet. Das Zeichen für *Durst.*

Ich legte die Zeigefinger in Taillenhöhe zusammen und zeigte nach vorn, dann bewegte ich sie nach links, trennte sie und brachte sie wieder zusammen. Das Zeichen für *auch.* Ich hatte auch Durst. Ich wusste auch, dass es wichtig war, kein Wort zu sprechen. Was immer wir taten, es musste schweigend geschehen.

Sie winkte mich hinter einen Baum und ich schlang die Arme um einen dicken Stamm mit rissiger Rinde und vielen Furchen voll würzigem, braunem Moos. Terry ging zu einem anderen knorrigen Baum, aber ich konnte sie klar erkennen. Es war nicht nur der Mondschein – irgendwas war mit meinen Augen geschehen, sodass ich tief im Wald klar sehen konnte, obwohl es weit nach Mitternacht war. Und ich wusste, wenn ich jetzt meine Zähne befühlen würde, wären sie lang und scharf wie ihre.

Sie machte schnelle, stechende Bewegungen mit dem ausgestreckten Zeigefinger, dann zeigten beide Zeigefinger aufeinander und machten eine Reihe von rollenden Bewegungen. *Sie kommen.* Sie drückte den Zeigefinger auf die geschürzten Lippen. *Pst!*

Ich guckte böse. Das wusste ich doch! Für wie dumm hielt sie mich eigentlich?

Ich hockte mich hin und wartete. Auch mein Hörvermögen war schärfer geworden. Es war, als könnte ich das leiseste Geräusch wahrnehmen, ganz gleich aus welcher Entfernung. Hoch über mir hörte ich den Flügelschlag einer Eule; etwa hundert Meter rechts von mir huschte ein Mäuschen über den Boden, und wenn ich mir Mühe gab, konnte ich sogar das das winzige Herzchen hören, wie es hundertmal pro Minute schlug. Ich hörte die Schritte von Männern in weiter Ferne. Drei Männer. Nein. Ich legte den Kopf auf eine Seite und konzentrierte mich auf das Geräusch. Zwei Männer und ein Kind. Ein Kleinkind, mit zögerlichen, tapsigen Schritten. Ich lauschte aufmerksam und merkte, dass die beiden Erwachsenen das Kind an je einem Arm hielten, denn ab und zu verschwanden die kleinen Schritte, als ob sie das Kind zwischen sich zum Spaß in die Luft schwangen. Ich hörte, wie ein Rock glatte Beine streifte, und wusste sicher, dass es drei Personen waren, ein Mann, eine Frau und ein Kind. In etwa einem Kilometer Entfernung. So weit weg, und dennoch wusste ich alles. Darum versuchte ich nicht, aus dem Traum zu fliehen, obwohl ich wusste, dass ich schlief. Ich genoss das Gefühl der Macht.

Terry sah sich nach mir um. Keine Gebärdensprache dieses Mal – sie zog nur eine Braue hoch. *Bist du bereit?*

Ich nickte.

Sie bewegte sich so schnell, dass ich die Details nicht mitbekam; es war nur ein verschwommener schwarzer Fleck, wie ein Schatten, den ein im Wind flatternder Vorhang wirft. Ein Flackern. In einem Augenblick kauerte sie unten am Fuß eines Baums, im nächsten war sie mit ausgebreiteten Armen in der Luft und ihr Pferdeschwanz flatterte hinter ihr her. Ich stand auf und versuchte ihr zu folgen, wusste aber nicht recht, was ich tun sollte. Ich rannte, und dann verfing sich mein Fuß in irgendetwas, vielleicht in einer Baumwurzel, aber anstatt zu fallen, bewegte ich mich in der Luft, ein paar Meter über dem Boden. Dann streckte ich den Rücken und begann emporzusteigen, flog Kurven, Zweige streiften meine Arme, die Augen tränten vom Wind. Ich musste weder mit den Armen flattern oder Druck ausüben oder sonst was. Ich flog immer schneller und konnte offenbar die Richtung mit einer Kopfbewegung ändern. Terry war vor mir, sie drehte sich und lächelte und winkte mir, sie einzuholen. Ich flog schneller, ohne zu wissen, wieso ich das Tempo beschleunigte, aber ich tat es, und dann war ich an ihrer Seite und sie berührte mich sanft an der Schulter und beglückwünschte mich, was mir ein gutes Gefühl gab.

Wir flogen so hoch, dass wir die Baumwipfel streiften, und dann zeigte sie mit dem Finger, und ich sah die drei Gestalten in der Ferne, die nebeneinander auf einem schmalen Pfad gingen, der sich durch den Wald schlängelte. Terry leckte sich grinsend die Lippen, dann stürzte sie sich hinab und ich folgte ihr. Der plötzliche Sinkflug ließ die Luft aus meiner Lunge entweichen und ich musste keuchen. Sie bemerkten uns erst, als wir unmittelbar über ihnen waren. Der Mann war Anfang fünfzig, ein starkes, wettergegerbtes Gesicht, dunkelbraune Augen, ein festes Kinn. Er trug eine dunkle Arbeitsjacke und verdreckte Jeans. Die Frau war ein paar Jahre jünger, aber immer noch hübsch, große blaue Augen, ein lachender Mund, das Haar unter einem bunten Schal verborgen. Sie trug einen dunkelgrünen Mantel über einem grün-weiß karierten Kleid. Das Mädchen war etwa vier oder fünf Jahre alt, lockiges blondes Haar, kichernd und die Eltern an den Armen ziehend, sie wollte hochgehoben werden.

Was als Nächstes passierte, kam als eine Reihe von einzelnen Bildern, wie Fotos, die mit einer Zeitrafferkamera geschossen wurden: Der Mann sah hoch, seine Augen schreckgeweitet; die linke Hand der Frau fuhr zu ihrem Mund, um ihren Schrei zu ersticken; Terry, die lachte; das weinende Kind; Terrys Hand, die sich mit gekrümmten Fingern ausstreckte; die aufgerissene Kehle des Mannes, aus der das Blut über die Schulter strömte; die Frau, die das Kind hochnehmen wollte; Terry, die lachte und sich im Fliegen herumwälzte, die andere Hand krümmend, um zuzuschlagen; das zu Boden stürzende Kind, das mit Armen und Beinen Halt suchte; der blutbesudelte Mantel der Frau, während sie in sich zusammensackte. Dann waren Terry und ich wieder hoch oben, die kalte Brise auf unseren Gesichtern, während wir über den Bäumen schwebten.

Wir kreisten, beobachteten das Mädchen, das neben seiner Mutter kniete, deren kalte Hand ergriff und sie an seine Wange drückte, die Tränen vermischten sich mit dem Blut. Terry zeigte erst auf mich, dann auf das Mädchen. Ich war an der Reihe. Wir stürzten gemeinsam hinab, der Erdboden raste uns entgegen, und dann kam es wieder als eine Reihe separater Bilder: das Mädchen mit Blut auf der Wange; Terry, die lachte; die Augen des Mädchens offen und blau, tränenverschleiert; Terrys Zähne, scharf und weiß, die kleine Beißbewegungen machten; meine Hand, die sich zur Klaue formte; das Mädchen, das mit seinen kleinen Händchen den Angriff abzuwehren suchte; der Waldboden, der mir entgegen sprang. Dann drehte ich ab, weg von dem Mädchen und den beiden Leichen, und als Nächstes stand ich hinter ihnen, mit beiden Füßen fest auf dem Boden, meine immer noch zur Klaue geformte Hand schmerzte. Ich sah hoch. Terry wirbelte durch die Luft, die Augen hart und drohend, und sie schwebte hinab und landete neben dem Mädchen. Sie umschlang seine Taille und hob es hoch. Die Frau lag stöhnend am Boden, aber Terry beachtete sie nicht. Das Kind schrie auf und wehrte sich, aber Terry legte ihren Mund an sein Ohr und flüsterte etwas, und das Kind wurde still, als wäre es betäubt. Terry behielt mich im Blick, während sie mit dem Mädchen zu mir kam.

»Sie gehört dir, Jamie«, sagte sie, als sie näher kam.

»Nein«, sagte ich. »Ich will sie nicht.«

»Sie gehört dir«, wiederholte sie, nur dass sich jetzt ihr Gesicht veränderte. Sie war nicht mehr Terry; sie war blond, blond wie das Kind, und ihre Augen hatten dieselbe blaue Farbe. Es war nicht mehr Terry, sondern Deborah, die das Kind hielt, nur war es kein Kleinkind mehr, sondern ein Baby.

»Sie gehört dir«, sagte Deborah und hielt das Baby hoch. Es

war nicht mehr gesund und munter; es schrie wie am Spieß und seine untere Hälfte war so verkrüppelt und knorrig wie die Bäume im Wald um uns herum.

»Nein!«, schrie ich. »Nein! Nein!«

Deborahs Augen verengten sich, sie sprühten vor Hass.

»Du darfst das Kind nicht töten!«, kreischte sie.

»Ich will sie nicht töten«, rief ich zurück »Nein! Nein!«

Dann wachte ich auf und fand Terrys Gesicht über mir, ihr Haar streifte mein Gesicht. »Jamie? Was hast du denn?«, fragte sie, als sie mir die Stirn fühlte. Ich schwitzte.

»Ich habe schlecht geträumt«, sagte ich.

»Was du nicht sagst. Wovon denn?«

Ich schüttelte den Kopf und schluckte. »Nichts«, sagte ich.

Sie lächelte wehmütig. »Jamie, wenn du es mir nicht erzählen willst, ist das eine Sache, aber du brauchst nicht zu lügen. Seit fünf Minuten liege ich hier neben dir und überlege, ob ich dich wecken soll oder nicht. Du sahst so elend aus, also komm mir bloß nicht mit diesem ›Nichts‹-Scheiß.«

Ich schloss die Augen. »Tut mir leid«, sagte ich. »Das ist mein Problem.«

»Dein Problem?«, wiederholte sie stirnrunzelnd. Sie legte sich neben mich, ihr Kinn ruhte auf ihrer rechten Hand, während sie mit der linken auf meiner Brust herumspielte. »Kam ich darin vor? In dem Traum?«

»Ja«, sagte ich. Es fiel mir leichter, mit geschlossenen Augen zu ihr zu sprechen, vor denen seltsame Muster in Rot und Orange, Spiralen und Kreise, fast hypnotisch, herumtanzten. Ihre Stimme schien von weit her zu kommen, als spräche sie zu mir vom anderen Ende eines sehr langen Tunnels.

»Du hast was von einem Baby geschrien?«

»Ein Kind. Wir haben ein Kind gejagt.«

»Wir?«

»Du und ich. Wir waren in einem Wald, einem furchterregenden, dunklen, grausamen Wald, geschwärzte Bäume, Brombeergestrüpp, ein Ort des Grauens. Wir sind geflogen.«

»Geflogen?« Sie schien amüsiert.

»Wir sind durch die Wälder geflogen, über ihnen, und dann haben wir ein Paar mit einem Kind überfallen.« Ich spürte einen Druck auf den Augenlidern und merkte, dass Terry sie sanft küsste. »Du hast sie getötet«, sagte ich. »Du hast ihnen die Kehle herausgerissen.«

»Das war doch nur ein böser Traum«, sagte sie begütigend. »Wir fliegen nicht durch die Luft, Jamie. Wir reißen den Leuten nicht die Kehle heraus. Wir töten keine Kinder. Wir töten keine Babys.«

Dann flossen die Tränen. Sie stiegen auf und quollen gewaltsam unter meinen geschlossen Lidern hervor. Sie wischte sie sanft mit dem Handrücken weg.

»Wer ist denn April?«, fragte sie. Ich verspannte mich, zuckte fast zusammen. Sie streichelte wieder meine Stirn. »Du hast ihren Namen gerufen. Und Deborah, den Namen deiner Frau. Wer ist April?«

»Meine Tochter«, sagte ich. Die beiden Wörter klangen seltsam. Ich glaube, ich hatte sie noch nie ausgesprochen.

»Ich wusste nicht, dass du eine Tochter hast«, sagte sie.

»Ich habe keine«, antwortete ich. »Nicht mehr.«

»Was ist passiert?«, flüsterte sie kaum hörbar.

»Sie ist gestorben.«

»Jamie, das tut mir leid. Es tut mir so leid.« Sie lag eine Weile stumm neben mir. Schließlich fragte sie: »Möchtest du darüber reden?«

»Nein«, sagte ich. »Doch. Ich weiß nicht.«

»Wie ist sie gestorben?«

»Im Krankenhaus. Ein paar Tage nach ihrer Geburt.«

»War sie krank?«

»Sie wurde mit Spina bifida, mit offenem Rücken, geboren. Von der Taille abwärts war bei ihr alles kaputt. Gott, es war so traurig. Der übrige Körper sah so vollkommen aus – ihre Händchen, der Mund, große blaue Augen wie ihre Mutter. So süß war sie! Aber alles andere war verkrüppelt. Wir konnten gar nichts tun, und die Ärzte auch nicht.«

»Wann war das?«, fragte sie.

»Vor rund einem Jahr. Letzten April. Darum haben wir ihr diesen Namen gegeben.«

»Habt ihr euch deshalb scheiden lassen?«

Jetzt schossen die Tränen heraus, und ich schlug die Augen auf, ließ sie über die Wangen rinnen und das Kissen durchnässen. Nicht zum ersten Mal weinte ich um April, und sicher auch nicht zum letzten Mal.

»Deborah hat sich ein halbes Jahr später von mir scheiden lassen.«

»Sie hat dir die Schuld gegeben?«

»Nicht für Aprils Zustand, nein.«

Sie sagte nichts, legte nur den Kopf an meine Schulter und hielt mich fest. Ich schloss wieder die Augen. Ich sah April vor mir, wie sie im Brutkasten lag, die Augen weit offen, und mich direkt ansah. Deborah war an meiner Seite, ihre Hand auf dem

Kasten; sie versuchte unser Kind zu berühren. Sie weinte und ich weinte auch. Ein Arzt war auch dabei. Er hat nicht geweint, aber es war ja auch nicht sein Baby.

»Erzähl es mir, Jamie«, sagte Terry.

»Ich kann nicht.«

Sie verstummte wieder. Schließlich begann ich zu sprechen, es ihr zu erzählen. Von dem Gespräch zwischen Deborah und mir, das wir später in ihrem Krankenhauszimmer führten. Davon, was aus April werden sollte. Über Lebensqualität, wie unfair es für sie war, wie sie niemals ein normales Leben führen würde, dass es vielleicht besser für sie wäre, wenn sie …

»… tot wäre?«, beendete Terry den Satz für mich. »Das hast du gesagt?«

Ich schlug die Augen auf. »Ich habe es gesagt, aber ich glaube nicht, dass ich es so gemeint habe. Sicher bin ich mir immer noch nicht. Ich glaube, ich habe den Advocatus Diaboli gespielt, um ihre Gefühle auf die Probe zu stellen. Ich weiß noch, wie ich ihr gesagt habe, den Ärzten sei es ja möglich, nicht so viel Mühe auf lebenserhaltende Maßnahmen zu verwenden, dann könnte sie ruhig gehen, ohne Schmerzen. Ich habe nicht gesagt, sie sollten das tun, nur dass sie es tun könnten. Sie drehte durch; sie warf mir alles Mögliche vor und sagte, ich hätte mich mit den Ärzten verbündet, dass wir uns alle April tot wünschten und ich sie nicht lieb hätte, weil sie nicht vollkommen war, dass ich alles verabscheute, was nicht hundert Prozent korrekt sei. Sie kreischte und schlug auf mich ein. Schließlich wurde sie still und sprach kaum noch mit mir. April starb einen Tag später. Deborah sagte nichts, aber ich wusste, dass sie mir die Schuld gab. Sie dachte, ich hätte mit den Ärzten geredet und sie veranlasst, es zu tun. Hab ich aber gar nicht, Terry, ehrlich nicht. Ich habe sie nicht getötet. Ich würde doch nie ein Kind töten.«

Sie hielt mich ganz fest. »Ich weiß, Jamie. Ich weiß, dass du das nicht tun würdest.«

»Ich habe versucht, das Deborah zu sagen, aber sie wollte mir nicht zuhören. Sie kam nie wieder nach Hause, sondern zog zu einer Freundin. Ein paar Monate später reichte sie die Scheidung ein. Jetzt benutzt sie ihre Anwältin, um mich zu bestrafen.«

»Sie braucht jemanden, dem sie die Schuld geben kann, Jamie, das ist alles. Wenn sie die dir zuschieben kann, befreit es sie von ihrer eigenen. Je härter sie dich bestrafen kann, desto besser fühlt sie sich.«

»Gott, glaubst du etwa, das weiß ich nicht?«, fragte ich, unfähig, nicht bitter zu klingen, obwohl ich nicht sauer auf Terry war. »Ich bin der Psychologe, schon vergessen?«

»Ja, ich weiß«, sagte sie. »Aber manchmal sieht man den Wald vor lauter Bäumen nicht.«

»Genau. Tut mir leid.«

»Da ist nichts, was dir leidtun müsste, Jamie. Und du brauchst dich auch nicht schuldig zu fühlen. Du hast nichts Unrechtes getan.«

»Ich weiß«, sagte ich, aber im Grunde war ich mir nicht so sicher. Im Innersten fühlte ich mich wirklich schuldig, weil ich mir nicht sicher war, ob ich mir Aprils Tod nicht doch gewünscht hatte. Bewusst hatte ich wirklich den Advocatus Diaboli für Deborah gespielt, um sie auf Aprils Tod vorzubereiten, den die Ärzte vorausgesagt hatten, doch in den schwarzen Tiefen meines Unterbewusstseins lauerte der Gedanke, dass ich sie mir vielleicht, nur vielleicht, weggewünscht hatte, weil sie nicht vollkommen war – sie erinnerte daran, dass Dinge schiefliefen, die man nicht in Ordnung bringen konnte, und dass die Zeit kommen würde, in der mein eigener Körper nur noch Schrott war. Deborah wusste, was ich in Bezug auf das Älterwerden empfand. Gegen Ende warf sie mir das vor. Der Wagen, hatte sie gesagt, darum würde ich so viel an meinem Auto herumbasteln, weil das etwas war, das ich am Älterwerden hindern konnte, wenn ich Zeit und Geld investierte. Doch das würde nichts nützen, sagte sie, der Wagen würde immer noch da sein, lange nachdem es mich nicht mehr gab. Ich sei das Problem, nicht der Wagen. Ich sei derjenige, der älter wurde, und ich sei auch derjenige, der sterben musste, warum also würde ich nicht verdammt noch mal erwachsen und akzeptierte es.

Nicht alles im Leben war vollkommen und nicht alles blieb vollkommen. Ein Teil von mir wollte das Terry erklären, aber ich tat es nicht – ich ließ es mir nur durch den Kopf gehen, immer im Kreis herum wie ein Kinderkarussell, goldene Pferde mit aufgerissenen Mäulern und Augen, die immer schneller galoppierten, ohne jemals irgendwo anzukommen.

»Sachte, Jamie«, sagte Terry und strich mir über die Stirn. »Immer schön locker bleiben! Du schnaufst ja wie eine Lok.« Sie rieb ihre Nase an meinem Hals und küsste mich sanft, murmelte in einer Sprache, die ich nicht verstand, mich aber dennoch beruhigte, bis mich schwarze Wellen umspülten und ich wieder einschlummerte.

DIE BESUCHER

Als ich aufwachte und sie mich immer noch in ihren Armen hielt, fühlte ich mich viel ausgeglichener. Ihr von April zu erzählen hatte geholfen; es hatte keine weiteren Albträume gegeben, und ich fühlte mich wie neu geboren, als wäre mir eine Last von den Schultern genommen worden, auch wenn ich nur zu gut wusste, dass sich nichts geändert hatte. Ohnehin hatte ich jetzt mehr zu befürchten, nach dem, was mir Terry enthüllt hatte.

Ich verließ die Wohnung, bevor es hell wurde. Gern wäre ich bei Terry geblieben, aber sie sagte, sie habe zu tun, und es sei leichter, wenn ich aus dem Weg war. Sie erklärte, nachdem Blumenthal die Wohnung entdeckt habe, sei sie entschlossen wegzuziehen und die Identität von Terry Ferriman abzuwerfen wie eine Schlange, die sich häutet. Das würde seine Zeit dauern, sagte sie, Geld musste bewegt, Vermögenswerte umverteilt und Dokumente vorbereitet werden. Sobald das alles erledigt wäre, sagte sie, würde sie sich melden, und wir würden zur nächsten Phase übergehen. Falls ich es wünschte. Nachdem ich darüber nachgedacht hätte. Ich sagte, ich wisse die Antwort bereits und dass ich sie so lieben würde wie sie mich, vielleicht auch mehr, und dass ich zu allem bereit sei, was da auch komme. Sie küsste mich und sagte, ich müsste mir das reiflich überlegen, denn es gäbe danach kein Zurück mehr, und das Nächste, woran ich mich erinnerte, war, dass ich draußen auf der Straße stand.

Auf meinem Anrufbeantworter waren Mitteilungen von Chuck Harrison und Rick Muir gespeichert. Rick sagte, er habe eine gute und eine schlechte Nachricht für mich. Die schlechte war, dass es überhaupt nichts Bemerkenswertes an dem Haar gab. Die gute Nachricht? Ja, die Kellnerin hatte er abgeschleppt. Ehrlich gesagt überraschten mich beide Neuigkeiten nicht. Ich war fix und fertig, einerseits vom Liebesspiel mit Terry und dann noch wegen der nervlichen Belastung, mit dem, was sie mir erzählt hatte, klarzukommen.

Ich rief in Chucks Kanzlei an und erwischte nur den Anrufbeantworter. Ich hinterließ eine Nachricht, er möge mit irgendeinem Vergleich noch abwarten und ich würde später am Tag vorbeikommen. Ich hatte die Nase voll davon, einfach dazuliegen und Deborah und ihre Anwältin auf mir herumtrampeln zu lassen, hatte genug davon, mir die Schuld in die Schuhe schieben zu lassen für das, was mit April passiert war. Wahrscheinlich hatte mir die Tatsache, dass ich mit Terry darüber gesprochen und mich zum ersten Mal geöffnet hatte, mir geholfen zu erkennen, dass weder ich noch jemand anderes daran schuld war. Ich würde Deborah helfen, ein neues Leben anzufangen, ich würde ihr all die finanzielle und moralische Unterstützung geben, die sie brauchte, aber ich würde mich nicht mehr von ihr bestrafen lassen. Allerdings vertraute ich nichts davon Chucks Band an.

Ich zog mich aus und fiel ins Bett. Ich dämmerte vor mich hin und nickte zwischendurch hin und wieder ein, als es an der Tür klingelte. Draußen war es hell, aber gerade erst so, und zuerst dachte ich, das Telefon würde klingeln, und ich tastete danach, als ich wieder die Türklingel hörte. Ich zog mir einen weißen Frotteebademantel über und tappte durch die Diele. Durch das Guckloch sah ich zwei uniformierte Polizisten mit gelangweilten Mienen. Einer schob ein Kaugummi im Mund herum, der andere hatte seine Hand auf dem Kolben der Waffe in seinem Holster, und ich hatte das ungute Gefühl, dass es kein Höflichkeitsbesuch war.

Ich öffnete die Tür. Ich erkannte keinen von beiden. Der mit der Hand auf der Waffe trat zur Seite, damit er sie schnell ziehen konnte, falls ich eine gefährliche Bewegung machte. Hinter ihnen, an der Bordsteinkante geparkt, stand ein Streifenwagen.

»Na, ihr zwei, was kann ich für euch tun?«, fragte ich mit gespielter Munterkeit.

»Jamie Beaverbrook?«, fragte der Gummikauer.

»Ja. Gibt es ein Problem?«

Der Gummikauer bewegte die Schultern in seiner Jacke, als ob er sich unbehaglich fühlte. »Wir möchten, dass Sie uns begleiten, Sir«, sagte er.

»Wohin denn?«

»Ins Präsidium, Sir.«

»Geht es um einen Fall?«

»Wir wissen nur, dass Sie uns begleiten sollen, Sir.« Das »Sir« schien immer erst spät einzufallen.

»Warten Sie, ich ziehe mich an und hole mein Notebook.« Ich wollte die Tür schließen, aber er stemmte seinen Fuß dagegen.

»Wenn es Ihnen nichts ausmacht, würden wir gern hier drinnen warten, während Sie sich anziehen, Sir. Und den Computer brauchen Sie nicht. Wir haben Order, sie so schnell wie möglich in die Stadt zu bringen.«

Hinter ihm schloss sich die Hand des anderen Beamten fester um den Griff seiner Waffe. Das schmeckte mir nicht – nicht ein bisschen. Ausnahmsweise wäre ich mal für einen Vampirscherz dankbar gewesen oder wenn sie sich bekreuzigt hätten, alles, nur um die Spannung zu lockern.

»Und wenn ich das nicht will?«, fragte ich.

»Dann kommen wir trotzdem rein, Sir«, sagte er. Ich gab meinen Widerstand auf, drehte mich um und ging ins Schlafzimmer. Der Gummikauer folgte mir und sah mir zu, wie ich einen Anzug auswählte. Wenn ich schon in der Patsche saß, dann rollenkonform. »Habe ich noch Zeit zum Duschen und Rasieren?«, fragte ich ihn.

»Das geht auch noch im Präsidium, Sir«, sagte er.

Na sicher, dachte ich, das kennt man ja. Die netten, freundlichen Polizisten in der Stadt erlauben den armen, missverstandenen Gesetzesbrechern immer, gekämmt und gewaschen ins Kreuzverhör zu marschieren. Ich zog mich an, band mir eine rote Alphakrawatte um und ging dann mit ihnen zum Wagen. Sie sprachen auf dem ganzen Weg zum Präsidium nicht ein Wort mit mir, nicht ein lausiges Wort. Abgesehen von Strafzetteln für zu schnelles Fahren befand ich mich zum allerersten Mal auf der falschen Seite des Gesetzes, und ich konnte nachvollziehen, warum so viele der Männer und Frauen, die ich vernehmen musste, so nervös wirkten. Die Ungewissheit war so beängstigend. Zumindest kannte ich das Verfahren bei der Polizei und hatte auch einen teuren Anwalt, den ich im Notfall anrufen konnte, aber trotzdem hatte ich fürchterlichen Schiss. Sie begleiteten mich hinein, nahmen mich in ihre Mitte wie einen Massenmörder und führten mich durch den Empfangsbereich. Ich erkannte mehrere Beamte, aber alle wichen meinem Blick aus. Wir gingen durch das Morddezernat, und ich suchte nach De'Ath, aber von ihm gab es keine Spur. Captain Canonico allerdings war da. Er stand am Wasserspender und füllte einen kegelförmigen Pappbecher. Er erblickte mich, als er sich aufrichtete, und grinste boshaft.

»Offenbar stecken Sie diesmal bis zum Hals in der Scheiße, Beaverbrook«, sagte er.

»Was ist denn los, Captain?«, fragte ich.

»Ein paar Schwergewichte aus Washington möchten ein Wörtchen mit Ihnen reden.« Er kippte das Wasser in sich hinein, wischte sich mit dem Handrücken den Mund ab und nickte dem Gummikauer zu. »Sie wollen Sie in meinem Büro sehen.« Dann wandte er mir den Rücken zu und füllte sich den Becher wieder auf. Die Tatsache, dass irgendwer so mächtig war, um dafür Canonicos Büro zu requirieren, machte mich noch nervöser, und mein übersäuerter Magen grummelte, als sie mich zu dem Zimmer brachten und anklopften. Ein Mann in einem grauen Anzug öffnete, sah den uniformierten Beamten und dann mich an. Er öffnete die Tür noch weiter. Ich sah Rivron von einem Stuhl aufstehen. Er wich meinem Blick aus, als er an mir vorbeiging. Er wirkte schuldbewusst, aber ich vermutlich auch.

Die Tür fiel ins Schloss. Da waren zwei Männer, beide in grauen Anzügen, blank geputzten schwarzen Schuhen und frischen weißen Hemden. Damit endete die Ähnlichkeit. Derjenige, der die Tür geöffnet hatte, war groß und dünn und hatte eine fahle Gesichtshaut, beinahe Leichenblässe, bleiche Lippen und Augen von einem überraschend lebhaften Grün, das so gar nicht zum Rest seiner farblosen Erscheinung passen wollte. Der andere war ebenso hochgewachsen, knapp über eins achtzig, aber er hatte dickes rötliches Haar, und die Stupsnase und Pausbacken waren mit Sommersprossen übersät. Er war breitschultrig, zur Collegezeit offenbar Footballspieler gewesen. Er hatte noch ein paar Jahre vor sich, bis er aus dem Leim gehen würde. Beide waren Anfang dreißig, aber ihre Augen wirkten viel älter, als hätten sie sich die meiste Zeit in ihrem Arbeitsleben gelangweilt. Keiner von beiden machte Anstalten, mir die Hand zu schütteln, aber beide stellten sich vor, der Dünne als Sugar und der Footballspieler als Hooper. Das wars. Keine Vornamen, kein Rang. Ich fragte nach ihrer Legitimation, und sie lächelten wie Raubtiere, die Beute wittern. »Gibts nicht«, sagte Hooper.

»Nicht wirklich«, sagte Sugar.

»Was soll das denn heißen?«, fragte ich.

»Na ja«, sagte Sugar, »wenn Sie uns mit einem wirklich tollen Staranwalt kommen, der die Unterstützung eines sehr wichtigen Richters hat, dann könnten wir vielleicht, ganz vielleicht, eine Telefonnummer in Washington vorweisen, die er wählen könnte. Und dann würde sich der Richter mit Ihrem Anwalt unterhalten und Ihr Anwalt würde mit Ihnen sprechen und dann würden Sie wieder mit uns reden.«

»Im Moment wissen nur Sie und der gute Captain und ein paar Angehörige des Dezernats hier, dass wir involviert sind«, sagte Hooper.

»Und offen gestanden«, sagte Sugar, »dabei würden wir es auch gern belassen, zumindest momentan.«

»Je weniger Leute Bescheid wissen, desto besser«, ergänzte Hooper.

»Über was denn?«, fragte ich.

»Das ist, wie man so schön sagt, der springende Punkt«, sagte Sugar.

»Warum setzen Sie sich nicht?«, fragte Hooper. Er ging an mir vorbei und legte seine Hand auf die Rückenlehne des Stuhls vor Canonicos Schreibtisch.

»Dann können wir uns mal in aller Ruhe unterhalten«, sagte Sugar und lehnte sich in Canonicos Stuhl zurück.

»Über Gott und die Welt«, ergänzte Hooper.

»Arbeiten Sie schon länger zusammen?«, fragte ich.

Sie lächelten. »Eine ganze Weile«, bestätigte Hooper.

»Merkt man das?«, fragte Sugar.

»Ein bisschen schon.«

Ich setzte mich und Hooper ging um den Schreibtisch herum und stellte sich neben Sugar. Er legte die Hände hinter den Rücken und machte den Eindruck eines Bestatters, der jemandem die letzte Ehre erweist. Er sah mich an wie eine Katze, die unschlüssig ist, ob sie eine Maus sofort fressen oder erst noch mit ihr spielen soll. »Wir, Mr. Sugar und ich, arbeiten für eine Behörde in Washington, die etwas mit nationaler Sicherheit zu tun hat. Könnte man so ausdrücken. Und mit dem Heimatschutz oder doch zumindest mit der Sicherheit des Heimatschutzes. Aber uns gab es schon lange vor dem elften September und dem Krieg gegen den Terror. Wir arbeiten auch eng mit unseren Amtskollegen in anderen Ländern zusammen. Unsere Aufgabe ist es, Individuen aufzuspüren, die irgendwann möglicherweise eine Bedrohung für die nationale Sicherheit darstellen.«

»Um sie sozusagen im Keim zu ersticken«, ergänzte Sugar.

»Wir bedienen uns da gern gewisser Profiling-Techniken«, sagte Hooper.

»Natürlich nicht rassenbezogen«, sagte Sugar.

»Gott bewahre!«, sagte Hooper.

»Aber wir kennen unseren Feind«, sagte Sugar.

»O ja«, bekräftigte Hooper. »Allerdings.«

»Ich kann Ihnen immer noch nicht folgen«, sagte ich, aber ich konnte mir ziemlich gut vorstellen, worauf sie hinauswollten.

»Terry Ferriman«, sagte Hooper.

»Terry Ferriman«, wiederholte Sugar.

»Ach«, sagte ich.

Fast eine geschlagene Minute lang sagte keiner von uns dreien etwas und schließlich brach Sugar das Schweigen.»Was können Sie uns über sie erzählen?«, fragte er.

»Inwiefern?«, fragte ich zurück.

»Sie haben einige Auskünfte über die Dame eingeholt. Über ihren Hintergrund, ihre Finanzen, ihre Lebensumstände. Wir möchten gern erfahren, zu welchem Schluss Sie gelangt sind.«

Ich nickte. »Sie wurde ursprünglich als Mordverdächtige hereingebracht. Sie ist auf Kaution freigekommen, und soweit ich weiß, liegt nicht viel gegen sie vor«, log ich. Nach unserer Unterhaltung letzte Nacht wusste ich sehr wohl, wie viel gegen sie und ihren Freund vorlag. Hatte sie mir seinen Namen genannt? Ich wusste es nicht mehr; sie hatte mich mit zu vielen Informationen überschüttet, als dass ich diese auf einmal hätte verdauen können. Ich musste noch einmal mit ihr reden.

»Das wissen wir«, sagte Sugar geduldig.

»Ihre Erkundigungen gingen über eine einfache Beurteilung ihrer geistigen Verfassung hinaus?«, fragte Hooper.

»Ja, das ist richtig.«

»Würden Sie uns vielleicht erklären, wieso?«, fragte Sugar lächelnd.

»Sie hat mich fasziniert.«

»War da irgendetwas ungewöhnlich an Ihrer Beurteilung, etwas, das durch das Beaverbrook-Programm ans Licht kam?«, fragte Hooper.

Ich bemühte mich, nicht darauf zu reagieren, dass sie über mein Programm Bescheid wussten. »Nein, es war etwas Persönliches«, sagte ich.

»Etwas Persönliches?«, wiederholte Sugar.

Ich hatte den Eindruck, dass die beiden Männer in den Anzügen genau wussten, was ich für Terry empfand und was ich herausgefunden hatte. Sie wussten es und stellten mich auf die Probe; vermutlich wollten sie klären, ob ich für oder gegen sie war. Und ich wollte wissen, wer zum Teufel diese beiden Männer aus Washington waren und woher sie wussten, dass ich Auskünfte über Terry Ferriman eingeholt hatte. De'Ath vielleicht oder Rivron. Oder vielleicht hatten die Datenbanken, die De'Ath eingesehen hatte, Washington auf den Plan gerufen.

»Sie hatten eine Beziehung mit ihr?«, fragte Hooper.

»Das könnte man so ausdrücken, ja«, sagte ich.

»Intimer Art?«, fragte Sugar.

Ich zögerte, doch dann nickte ich. Mir schwante, dass mir Lügen, zumindest offensichtliche Unwahrheiten, in dieser Phase mehr schaden als nützen würden.

»Hat sie Ihnen viel von sich erzählt?«, fragte Hooper.

»Bettgeflüster sozusagen«, ergänzte Sugar grinsend.

Ich fuhr mir mit der Hand durchs Haar. »Ich tappe hier ziemlich im Dunkeln«, sagte ich. »Ich glaube, ich habe nur einen kleinen Teil eines sehr großen Gesamtbilds, und es stürzt mich in ziemliche Verwirrung. Könnten Sie mich vielleicht erst mal kurz einweihen, damit ich eine ungefähre Vorstellung davon habe, was hier gespielt wird?«

Sugar verschränkte die Hände hinter dem Kopf. »Sie meinen, wir zeigen Ihnen unseren und Sie uns Ihren?«

»So was wie eine Gegenleistung?«, bemerkte Hooper trocken. »Läuft es darauf hinaus?«

»Das wäre hilfreich«, sagte ich lahm.

Hooper und Sugar wechselten einen Blick, dann nickte Sugar. Der Körpersprache nach zu urteilen war er wohl der Höherrangige.

»Auf diesem Planeten leben rund sieben Milliarden Menschen«, sagte Hooper gedehnt. »Jede Stunde werden Tausende geboren. Die große Mehrheit ist so wie Sie und ich. Wir werden geboren, wir heiraten, bekommen Kinder und schließlich sterben wir. Das ist der Lauf der Welt und der Spezies Mensch. Das trifft auch auf neunundneunzig Komma neunundneunzig Prozent der Bevölkerung zu. Aber ab und zu passiert etwas bei einer von hundert Millionen Geburten. Eine Mutation. Eine Veränderung auf der DNA-Ebene, innerhalb der Zellchromosomen. Die Mutation kann verschiedene Formen annehmen, aber das Endresultat ist etwas, das nicht menschlich ist. Etwas, das weniger als ein Mensch sein kann oder in manchen Fällen mehr als ein Mensch.«

»Sie reden von Monstern«, sagte ich.

Hooper schüttelte bedächtig den Kopf. »Keine Monster«, sagte er.

»Mutanten. Von völlig normalen Eltern. Früher hätte man sie vielleicht Monster genannt, und viele von ihnen wurden Teil der Folklore, in Geschichten, die man sich am Lagerfeuer erzählt.«

»Folklore?«, fragte ich. »Was genau meinen Sie damit?«

»Vampire«, sagte Sugar und jetzt lächelte er nicht mehr. »Vampire und Werwölfe und Gestaltwandler. So hat man sie damals genannt. Diese Definitionen funktionieren immer noch als Bezeichnung, obwohl sie nicht besonders genau sind.«

»Wenn solche Dinge demnach existieren, warum ist das nicht allgemein bekannt? Warum hält man sie immer noch für frei erfunden?«

»Statistik«, sagte Hooper. »Solche Mutationen kommen recht selten vor. Selbst heute mit einer Bevölkerung von vier Milliarden werden vermutlich nicht mehr als ein oder zwei im Jahr auf der ganzen Welt geboren. Vor hundert Jahren wäre es einer ungefähr alle zehn Jahre gewesen. Und erst seit Kurzem haben wir die Möglichkeit, Menschen auf der Spur zu bleiben. Bis dahin konnten sie sich ungehindert bewegen und ihre Identitäten geheim halten. Jetzt ist alles auf Computern gespeichert. Man kann sich nirgendwo verstecken.«

Was er sagte, ergab Sinn. Zum Teil erklärte es auch, woher sie wussten, dass ich involviert war. Gott weiß, in wie vielen digitalen Fallstricken sich De'Ath bei der Recherche von Terrys Hintergrund verheddert hatte. »Wie viele sind Ihrer Organisation bekannt?«, fragte ich.

Hooper sah Sugar fragend an und Sugar nickte.

»Wir wissen von sieben, die Sie Vampire nennen würden. Vier in den Vereinigten Staaten, zwei in Russland, einer in Osteuropa. Wir vermuten auch einige in China, aber die Behörden in Beijing sind nicht besonders entgegenkommend. In den Staaten haben wir keine Werwölfe oder Gestaltwandler, aber es gibt drei in Russland, zwei in Indien und einen in Albanien. Und was China betrifft, tappen wir wieder im Dunkeln.«

»Sie meinen doch nicht wirklich Vampire und Werwölfe, oder?«, fragte ich.

Hooper schüttelte den Kopf. »Nicht von der Art, die man aus dem Kino kennt, nein. Die Vampire, die wir aufzuspüren versuchen, tragen keine schwarzen Umhänge und verwandeln sich nicht in Fledermäuse. Sie können nach Herzenslust Knoblauch essen, man kann sie im Spiegel sehen, und sie haben auch keine Probleme, fließende Gewässer zu überqueren. Sie haben auch keine scharfen Schneidezähne. Aber sie sind praktisch unsterblich. Das Alterungsgen fehlt ihnen und ihre Zellen erneuern sich endlos. Gewöhnlich reagieren sie allergisch auf grelles Sonnenlicht. Sie sind sehr stark, sehr intelligent und sie brauchen Blut. Aufgrund der Genmutation können sie bestimmte essenzielle Aminosäuren nicht herstellen, weswegen sie die durch andere Mittel beschaffen müssen. Blut ist die einfachste Lieferquelle, obwohl blutreiche Organe wie Herz und Leber auch gehen.«

»Und sie leben ewig? Wollen Sie das sagen?«

Sugar zuckte mit den Achseln. »Anscheinend können sich ihre Zellen unendlich oft teilen. Wir wissen von einem, der über zweitausend Jahre alt ist. Das würde man ihm nie ansehen.

Er ist kaum mehr als ein Junge. Selbst mit der C14-Methode ließ sich sein Alter nicht feststellen. Aber unter Hypnose sind wir mit ihm bis ins Alte Rom zurückgegangen.«

Die Erwähnung der C14-Methode ließ mich aufhorchen. Ob sie wohl von meinem Besuch in der UCLA wussten und von meinen Nachforschungen dort gehört hatten? Ich hatte das ungute Gefühl, dass die Männer einer Organisation angehörten, deren Tentakel sich über die gesamte Welt der Wissenschaft ausstreckten. Nein, Tentakel waren keine gute Analogie. Eher ein Spinnennetz vielleicht, dünne Fäden, die zu ihren Hauptquartieren zurückführten und auf das leichte Zittern warteten, das Anzeichen dafür, dass irgendjemand irgendwo die Art von Fragen stellte, die man fragte, wenn man einem Vampir auf der Spur war.

»Und die Werwölfe und – wie haben Sie die noch gleich genannt – Gestaltwandler?«, fragte ich.

»Die sind komplizierter und sogar noch seltener als die Vampire«, sagte Sugar. »Ich habe noch nie einen leibhaftig gesehen, allerdings mal ein Video von einem der russischen Vertreter, der gerade seine Gestalt wandelte. Ganz schön starker Tobak, kann ich Ihnen versichern.«

»Wie ist es denn?«

»Ehrlich gesagt ist es nicht so beeindruckend wie die Spezialeffekte in Filmen wie *Das Tier* oder in diesem Michael-Jackson-Video, aber es ist eine ganz andere Geschichte, wenn es echt ist.«

»Und wenn der Film eine Fälschung war?«

Sugar schnaubte. »Die Leute, mit denen wir zusammenarbeiten, haben solche Spielchen nicht nötig, Dr. Beaverbrook. Man wählt sie nicht gerade wegen ihres Humors aus.«

Ich schüttelte ungläubig den Kopf. Vampire. Werwölfe. Die Mitternacht rückt' näher schon. Halb erwartete ich, dass Canonico und seine Kollegen mit Pflock und Hämmerchen hereinplatzen und rufen würden: »*Verstehen Sie Spaß?*« Aber dafür waren die beiden Männer in den grauen Anzügen zu ernst. Das hier war kein geplanter lustiger Streich. Dies hier war echt. Es war echt und ich machte mir Sorgen um Terry.

»So«, sagte Sugar und streckte den Arm über seinen Kopf. »Genug über uns. Inzwischen dürfte Ihnen doch klar sein, dass wir diese Terry Ferriman für eine dieser Mutantinnen halten.«

»Das ist möglich«, sagte ich. »Denke ich mal.«

Sugars Miene verfinsterte sich. Er ließ die Arme schwer auf den Schreibtisch niedersausen, mit solch einer Wucht, dass ich zusammenfuhr.

Hooper zuckte mit keiner Wimper; er starrte mich nur unverwandt an mit seinen kalten Smaragdaugen.

»Verarschen Sie uns bloß nicht, Beaverbrook«, sagte Sugar. »Bezüglich der Durchführungsbefugnis rangieren wir ganz hoch über den Vollzugsbehörden des Landes und der Terrorbekämpfung. Die CIA, das FBI – oder nehmen Sie jede beliebige Buchstabenkombination – überragen wir um Haupteslänge. Wir haben uns nur gegenüber einem Mann zu verantworten, und der untersteht unmittelbar dem Präsidenten. Wir können Sie von der Bildfläche verschwinden lassen, Beaverbrook. Wir können Sie an Orte verfrachten, die Ihnen in Ihren schlimmsten Albträumen noch nicht eingefallen sind, und da können wir dann mit Ihnen reden. Sollte das nötig sein, kommen Sie da nicht mehr weg. Nie wieder. Sie sind entweder für oder gegen uns. Und wenn Sie sich gegen uns entscheiden, geben Sie alle möglichen Rechte auf. Können Sie mir folgen, Beaverbrook?«

»Ja«, sagte ich.

»Ich kann Sie nicht hören.«

»Ja«, sagte ich, diesmal lauter.

»Gut«, sagte Sugar. »Also, Sie haben doch Erkundigungen über Ms. Ferriman eingeholt. Zu welchem Ergebnis sind Sie gekommen?«

»Sie ist nicht Terry Ferriman«, sagte ich gedehnt. »Die echte Terry Ferriman starb vor über zwanzig Jahren. Deren Identität hat sie angenommen. Und sie ist reich, sehr, sehr reich. Anscheinend hat sie Zugriff auf Zigmillionen Dollar auf einem Bankkonto, für deren Herkunft sie keinen Nachweis hat. Sie besitzt ein großes Mietshaus, gibt aber vor, dort nur ein winziges Apartment zu bewohnen.« Ich rechnete mir aus, dass De'Ath ihnen bereits von dem Geld auf der Bank erzählt hatte, und es war kein großer Schritt, das mit der Wohnung herauszufinden. Ich erwähnte den Keller nicht, denn ich hoffte, dass sie den vielleicht übersehen hatten. Ich erzählte ihnen, wie ich Greig Turners Bild gefunden hatte und von meiner Begegnung mit dem ehemaligen Filmstar, denn das wusste De'Ath auch. Wichtig war, dass ich mich kooperativ zeigte.

»Was ist mit ihrer Persönlichkeit?«, fragte Sugar. »Wie kam sie Ihnen vor?«

»Im Programm hat sie gut abgeschnitten, und das würde auch anzeigen, ob sie gelogen oder ausweichend geantwortet hat. Aber sie schien viel mehr zu wissen, als man von jemandem ihres Alters erwarten sollte.«

»Ihres scheinbaren Alters«, korrigierte Hooper.

»Ihres scheinbaren Alters«, räumte ich ein. »Sie spricht mehrere Sprachen, hat aber eigentlich nicht erklärt, wie sie die gelernt hat. Außerdem war sie erstaunlich selbstbewusst, als ob sie genau wusste, was sie tat. Als hätte sie alles im Griff.«

»Und die körperliche Verfassung?«, fragte Sugar.

»Ich glaube, als ich sie zum ersten Mal gesehen habe, fand ich, dass sie jünger aussieht, als sie tatsächlich ist.« Ich fing Hoopers Blick auf. »Als sie scheinbar ist. Ich hätte sie für einen Teenie gehalten. Und sie hat sich auch oft so ausgedrückt. Und doch schien sie so viel zu wissen. Es war, als ob …«

»Als ob sie einen auf jung machte. Jung markierte«, unterbrach Sugar. Ich nickte zustimmend.

»Und ihr Körper?«, fragte Hooper.

»Jugendlich«, sagte ich.

»Haben Sie viel davon gesehen? Von ihrem Körper, meine ich«, sagte Sugar.

»Ziemlich viel«, sagte ich, unsicher, worauf er hinauswollte.

»Sie haben bereits eingeräumt, dass Sie ein Liebespaar waren«, sagte er. »Ich denke mal, dass Sie das Licht angelassen haben.«

Ich wollte protestieren, aber ich sah, wie sich Sugars Blick verhärtete, darum überlegte ich es mir anders. »Ja«, sagte ich. »Zumindest sind wir einmal miteinander ins Bett gegangen. Nur einmal.«

»Haben Sie auf irgendeine Art verhütet?«

Die Überraschung stand mir wohl ins Gesicht geschrieben, denn Sugar grinste über mein Unbehagen. »Ich erkläre das später«, sagte er. »Beantworten Sie nur die Frage.«

»Nein. Sie hat gesagt, dass sie nicht schwanger wird. Ich nahm an, dass sie die Pille nimmt oder so was.«

Sugar und Hooper sahen sich an, und irgendetwas Unausgesprochenes spielte sich zwischen ihnen ab. Sugar lenkte den Blick wieder auf mich. »Hat sie Sie gebissen?«, fragte er.

»Nein«, antwortete ich mit Nachdruck. Ich spürte, wie mir ein erwartungsvolles Zittern über den Rücken lief, denn hätte sie mich darum gebeten, dann hätte ich sie gelassen. Ohne jeden Zweifel.

»Hat sie Ihnen in irgendeiner Form Blut abgenommen?«

»Nein«, sagte ich mit ebensolchem Nachdruck. Dann fiel mir plötzlich die Nacht ein, in der sie mich zu *The Place* mitgenommen hatte, wie mich der Räuber verletzt und sie die Wunde sauber geleckt hatte. Sugar musste etwas in meiner Miene gelesen haben, denn er fragte, ob ich sicher sei. Ich erzählte ihm, was passiert war.

»Hat sie Ihnen gesagt, warum sie das getan hat?«

»Sie hat nur gesagt, sie reinigt die Wunde.«

»Wollte sie denn, dass Sie ihr Blut abnehmen?«, fragte Sugar.

Ich lachte schallend, merkte aber, dass er es ernst meinte. »Wozu das denn?«, fragte ich.

»Heißt das ja oder nein?«, hakte er nach.

»Nein. Nie«, sagte ich. Er nickte, als ob er mir glauben würde.

»Sollten Sie jemals etwas für sie tun?«, fragte Hooper.

»Ja, viele Sachen. Alltägliches. Was meinen Sie? Was glauben Sie denn, um was sie mich möglicherweise gebeten hat?«

Sugar stand auf und ging ans Fenster. Er stand dort und sah hinaus, die Hände hinter dem Rücken verschränkt. »Sie müssen wissen, Dr. Beaverbrook, dass diese Leute normalerweise etwas von den Menschen wollen, mit denen sie sich anfreunden. Sie bleiben sonst eher für sich, denn je mehr Menschen sie kennen, desto größer ist die Gefahr, dass sie entdeckt werden. Sie altern nicht, und nach fünf Jahren, vielleicht auch erst nach zehn, fällt das auf. Wenn sie sich mit jemandem anfreunden, dann wollen sie etwas von ihm.«

»Wir sind uns zufällig begegnet«, sagte ich. »Ich wurde gerufen, um sie zu untersuchen, das war alles. Wir sind gut miteinander ausgekommen.«

»Sie haben Ihr Avancen gemacht?«, fragte Hooper.

»Nein«, sagte ich wütend. »Das hätte gegen mein Berufsethos verstoßen!«

»So«, sagte Sugar, immer noch mit dem Rücken zu mir. »Sie hat Sie angebaggert?«

Darüber musste ich nachdenken. Sie war spät abends zu mir nach Hause gekommen, hatte mich mitgeschleift und ja, am Schluss des Abends hatte sie mich verführt. Alles war von ihr ausgegangen. Das hatte ich zu der Zeit gar nicht bemerkt, es hatte sich so gut angefühlt, aber ich hatte gar nichts tun müssen. »Ja. Das könnte man so sagen.«

Sugar drehte sich um und lächelte. »Und warum hat sie das Ihrer Meinung nach getan?«

»Wie meinen Sie das?«, fragte ich und fühlte mich in die Defensive gedrängt.

»Warum glauben Sie, dass ein hübsches Mädchen in dem Alter – dem scheinbaren Alter – sich mit einem so viel älteren Mann einlassen wollte?«

»Ich bin erst fünfunddreißig«, sagte ich. Ich merkte, wie schwach sich das anhörte.

»Sie sehen älter aus«, bemerkte Hooper mitleidlos.

»Danke. Aber es geht hier nur um einen Altersunterschied von zehn Jahren oder so. Das ist nichts Besonderes.«

»Das Mädchen ist schön«, sagte Sugar. »Und sehr reich, wie Sie sagen. Sie könnte jeden Mann haben, den sie will. Warum also ausgerechnet Sie?«

»Vielleicht wollte sie *mich*«, sagte ich.

Hooper prustete los und hielt sich den Mund zu. Ich funkelte ihn böse an, aber die beiden brachten mich ins Grübeln.

»Hat Sie sich nach Ihrer Arbeit erkundigt?«, fragte Sugar und setzte sich wieder.

»Natürlich.«

»Hat sie nach Vampiren und ähnlichen Dingen gefragt?«, hakte er nach.

»Nie.«

»Sie wollte nie wissen, wo man sie festhält?«, fragte er.

»Ich kann Ihnen nicht folgen.«

»Könnte Sie eventuell gehofft haben, dass Sie ihr sagen, wo ihre Artgenossen sind? Die, von denen wir wissen?«

»Aber ich weiß doch nicht, wo man sie festhält. Bevor ich Sie beide getroffen habe, hatte ich gar keine Ahnung, dass sie überhaupt existieren.«

»Ja, aber das konnte sie nicht wissen«, sagte Hooper.

»Meinen Sie, ich bin in eine Falle getappt?«, fragte ich.

»Hört sich ganz danach an«, sagte Hooper.

Sugar trommelte mit den Fingern leise auf den Schreibtisch. Es war keine Melodie, kein Rhythmus, nur ein beliebiges Geklopfe. »Dr. Beaverbrook, es ist wichtig, dass Sie etwas begreifen. Sie dürfen sich nicht gestatten, zu viel für sie zu empfinden.« Er sprach leise, mit vorgeschobenem Kopf, um den

Abstand zwischen uns zu überbrücken, als ob er mich ins Vertrauen ziehen wollte. »Diese Leute, diese Mutanten, sind anders als wir – sie gehen keine emotionalen Bindungen ein. Sie sind Einzelgänger, vollkommene und absolute Einzelgänger. Sie lassen sich nur auf andere ein, wenn sie etwas brauchen – Blut zum Beispiel. Oder Informationen. Das hört sich jetzt vielleicht banal an, aber sie verlieben sich nicht. Sie dürfen sich nicht einbilden, dass sie … wie soll ich sagen … dass sie auch etwas für Sie empfinden kann. Hören Sie, was ich sage?«

»Ja«, sagte ich, aber ich spürte, dass er log. Ich wusste, wie tief ihre Gefühle waren. Und ich wusste, dass ich sie von ganzem Herzen liebte. Mit ganzer Seele. Sugar sah mich durchdringend an, als wollte er meine Gedanken lesen, und ganz kurz war mir, als würde er in meinen Synapsen wühlen wie ein Einbrecher in einem Kleiderschrank. Und als wären die Wertsachen, nach denen er suchte, meine wahren Gefühle.

»Sie haben nicht einmal Beziehungen untereinander«, fuhr Sugar fort. »Sie treffen sich ab und zu, helfen einander, aber im Allgemeinen bleiben sie auf Distanz.«

»Zur Sicherheit?«, fragte ich. »Damit sie sich nicht verraten können?«

»Nein. Weil es ihnen so lieber ist. Sie können nicht aus ihrer Haut heraus. Wie steht es mit ihren Kenntnissen in Biochemie, Dr. Beaverbrook?«

Ich zuckte mit den Achseln. »Etwas eingerostet.«

»Schon mal was von dem Hormon Oxytocin gehört?«

»Sicher«, antwortete ich.

»Sie nennen es das Glückshormon«, fuhr Sugar fort. »Es ist ein Peptid, das die Hypophyse am Hirnstamm ausschüttet.«

Etwas tauchte in meinem Hinterkopf wieder auf, eine Publikation, die ich vor etwa einem Jahr gelesen hatte. »Bei der Geburt löst es doch die Wehentätigkeit aus? Die Kontraktionen der Gebärmutter?«, fragte ich.

Sugar schien beeindruckt. »Und es regt die Milchproduktion an«, ergänzte er. »Seit Langem weiß man, dass es Muskeln kontrahiert. Aber jüngste Forschungen haben erbracht, dass es viel mehr als das bewirkt. Forscher an der Rockefeller University in New York verabreichten weiblichen Mäusen Oxytocin und stellten fast, dass diese doppelt so paarungsbereit waren wie die Kontrolltiere. Ein weiteres Experiment erbrachte, dass Rattenweibchen, denen man das Hormon verabreicht, ihre Jungen noch mehr hätscheln und sich die Männchen mehr Mühe beim Nestbau geben. Wenn man die Wirkung des Hormons blockiert, erzielt man den gegenteiligen Effekt. Manchmal töten die Eltern sogar den Nachwuchs. Das Hormon soll auch die sexuelle Erregbarkeit intensivieren.«

Während ich mir Sugars Erklärung anhörte, ging mir auf, dass er mehr als nur ein Cop in einem grauen Anzug war. Ich hatte den Eindruck, dass er mir zu dem Thema eine Einführung für Dummies gab und dass er über ein viel fundierteres Wissen verfügte.

»Forscher am National Institute of Mental Health in Maryland haben entdeckt, dass die Gehirne in Sippen lebender Mäuse besonders von Oxytocin stimuliert werden. Steigert man die Dosis, haben sie anscheinend noch mehr Lust auf Körperkontakt. Es ist beinahe so, als wollten sie ineinander eindringen. Aber man hat auch herausgefunden, dass es sich auf einzeln gehaltene Mäuse kaum auswirkt.

»Sie wollen also damit sagen, dass manche Mäuse für das Hormon empfänglich sind und andere nicht?«

»Das gilt nicht nur für Mäuse, Dr. Beaverbrook. Anscheinend wirkt es ähnlich auf Menschen. Oxytocin ist der Auslöser für zwischenmenschlichen Körperkontakt. Es weckt den Wunsch, sich zu umarmen, an den Händen zu halten, zu streicheln. Beim menschlichen Orgasmus und der Ejakulation steigt der Hormonspiegel auf das Vier- bis Fünffache an. Entweder löst es einen Orgasmus aus oder wird von einem ausgelöst. Wir sind nicht sicher, was zuerst kommt, wenn Sie mir den Scherz gestatten.«

Ich lächelte, aber ich war immer noch verwirrt. »Wohin führt diese Vorlesung in Biochemie?«, fragte ich.

Sugar verhakte seine Finger auf dem Schreibtisch und rieb die Daumen aneinander. Sie waren groß, mit fast quadratischen Nägeln. »Unsere bisherigen Untersuchungen an den Vampiren in unserem Gewahrsam sprechen dafür, dass sie das Hormon an keiner Stelle ausscheiden. Noch gibt es irgendein Anzeichen, dass sie über Rezeptoren verfügen, die Oxytocin erkennen. Einfach ausgedrückt, das Hormon wirkt nicht. Weder in vivo noch in vitro. In ihrem Körper kommt es nicht vor. Was auch immer das für eine genetische Veränderung sein mag, die ihnen ihre Unsterblichkeit verleiht, auf jeden Fall brauchen sie infolgedessen weder Oxytocin noch Interaktion. Sie brauchen keine Gesellschaft, Dr. Beaverbrook. Und auch keinen Sex. Ich bezweifele, dass die Männer oder die Frauen überhaupt Spaß am Geschlechtsakt haben.«

Ich dachte daran, wie Terry im Bett gewesen war, wie sie geschrien, wie sie mich angefasst hatte. War das nur gespielt gewesen? Hatte sie das vorgetäuscht? Ich merkte, dass Sugar mich anstarrte, darum kämpfte ich gegen meine Gefühle an.

»Wie war sie denn im Bett?«, fragte Hooper. Ich hatte seine Anwesenheit ganz vergessen, so gebannt hatte ich Sugars Vortrag gelauscht. Hooper grinste mich anzüglich an, und am liebsten hätte ich ihm eins aufs Maul gegeben. Ich atmete tief und gleichmäßig durch und versuchte mich zu entspannen. Ich beantwortete seine Frage nicht und sah wieder zu Sugar hinüber.

»Seine Frage ist berechtigt, auch wenn sie sich taktlos anhört«, sagte Sugar. »Ich weiß, dass das, was ich Ihnen jetzt erzähle, Ihnen verdammt gegen den Strich geht, aber etwas muss Ihnen wirklich klar sein: Die brauchen keinen Kontakt mit anderen. Sie brauchen keinen Sex.«

»Nur unter sich, meinen Sie.«

»Nein, das meine ich nicht. Sie brauchen keinen Sex, Punkt. Sie pflanzen sich nicht fort. Das können sie nicht. Sie sind unfruchtbar. Männer wie Frauen. Ihre Unfruchtbarkeit liegt in den Genen – sie hat nichts mit der Qualität der Spermien oder blockierten Eileitern zu tun. Alles sieht normal aus, ihre Chromosome teilen sich einwandfrei, aber es kommt nicht zur Rekombination. Die Männer ejakulieren, die Frauen haben Eisprünge, alles ist so, wie es sein sollte, aber ganz gleich, was man unternimmt, man kann die DNA im Spermium und im Ei nicht zusammenbringen.«

Ich fragte mich allmählich, was für Experimente Sugar und seine Kollegen an den Mutanten in ihrer Gewalt vorgenommen hatten und was sie mit Terry anstellen wollten. Ich hörte ein Rumoren von draußen, und die Fenster begannen zu zittern, als ob sich ein Erdbeben ankündigte. Hooper trat hinter Sugar und sah hinaus.

»Es ist ganz logisch, wenn Sie mal darüber nachdenken«, fuhr Sugar fort, anscheinend völlig unbeeindruckt von dem Lärm da draußen. »Menschen werden geboren, bekommen Kinder und sterben. Das Alte macht dem Neuen Platz. So hat sich die Menschheit seit Jahrtausenden auf der Erde fortgepflanzt. Wenn wir nicht sterben würden, gäbe es nicht genug Platz für alle. Aber wenn der Körper nicht stirbt und die Zellen sich endlos reproduzieren, besteht auch keine Notwendigkeit zur Fortpflanzung. Man braucht keinen Ersatz für das Original. Und ohne diese Notwendigkeit zur Fortpflanzung sehnt man sich nicht nach dem Geschlechtsakt.«

Ein Akt, dachte ich. War es denn nur ein Akt?

»Da ist noch was, das Sie wissen müssen«, sagte Hooper. »Wir haben sie in Gewahrsam genommen. Heute Morgen, nicht lange, nachdem Sie sie verlassen haben.«

Er starrte mich an und versuchte meine Reaktion abzuschätzen. Ich versuchte meinerseits, meine Verwirrung zu verbergen.

»Was haben Sie denn gedacht? Dass wir sie nicht observieren?«

»Darf ich sie sehen?«, fragte ich. Das Rumoren war jetzt noch lauter. Hooper sah zum strahlend blauen Himmel empor. Er schirmte die Augen mit beiden Händen vor der Sonne ab.

»Jetzt eventuell zum letzten Mal«, sagte Hooper, ohne sich umzudrehen. Sugar stand auf und winkte mich ans Fenster. Hooper stand zwischen uns. Er beobachtete einen weißen Hubschrauber, der über unserem Gebäude schwebte, dessen

Heck im Flug von rechts nach links kippte und dessen Rotor zu einem Kreis verschwamm. Unten war der Parkplatz geräumt und mit dickem gelbem Plastikband mit der Aufschrift »Polizeiabsperrung!« abgeriegelt. Um das Sperrgebiet herum standen bewaffnete Polizisten, und auf den Gebäuden ringsum hatten SWAT-Einheiten Posten bezogen, die Gewehre auf den Parkplatz gerichtet. Wer am Polizeigebäude vorbeifuhr, hielt an und kurbelte das Fenster herunter, um besser zu sehen, und Fußgänger verrenkten sich die Hälse. Der Hubschrauber schwebte, und dann senkte er sich langsam hinab, bis die Kufen am Boden aufsetzten. Der Pilot ließ die Propeller weiter rotieren. Die Tür glitt auf und zwei Männer in Anzügen und mit dunklen Brillen stiegen aus.

Ein Ruck ging durch die Polizisten rund um den Parkplatz. Sie erhoben die Waffen beinahe wie ein Mann, scheinbar gegen uns, aber ich bemerkte, dass sie irgendwem Deckung gaben, der gerade unter uns das Gebäude verließ. Wenig später sahen wir eine Personengruppe von hinten, aber immerhin erkannte ich, dass es Terry war, umringt von einem halben Dutzend Wachen. Sie trug einen weißen Papieroverall und außerdem hatte man sie in eine Art Zwangsjacke gesteckt und ihr die Beine gefesselt.

Als die Schar den Hubschrauber erreichte, hielten zwei der Wächter Terrys Schultern und drehten sie herum, und zum ersten Mal sah ich ihr Gesicht. Das Haar trug sie offen und das Kinn war trotzig nach oben gereckt. Ein anderer Mann trat mit einer schwarzen Tüte auf sie zu und machte Anstalten, ihr diese über den Kopf zu stülpen. Sie wich aus, und einen kurzen wilden Moment dachte ich, sie hätte mich gesehen. Vielleicht ja, aber ich weiß es nicht. Jedenfalls blieb sie stehen, und dann stülpten sie ihr die Tüte über, als wollten sie sie lynchen, und verfrachteten sie in den Hubschrauber. Drei der Wachen drängten hinter ihr hinein, gefolgt von den beiden Männern in Anzügen. Dann nahm der Motorenlärm zu, und der Hubschrauber hob ab und kreiste einmal um den Parkplatz, blies Hüte weg und wirbelte Abfälle auf, bevor er in Richtung Osten davonflog. Autofahrer und Fußgänger standen verwirrt da, unsicher, ob sie die Realität miterlebten oder ob ein Film gedreht wurde. Ich sah einen der Autofahrer, einen großen, hageren Mann mit schwarzem Stetson, auf das Dach seines roten Kleinlasters schlagen und auf den Fahrersitz zurückklettern, und allmählich merkten die Schaulustigen, dass der Spaß vorbei war, und zerstreuten sich.

»Wo bringen Sie sie hin?«, fragte ich. Hooper blieb am Fenster, als ich wieder zu meinem Platz zurückkehrte. Ich stellte mich hinter den Stuhl, meine Hände umklammerten die Rückenlehne, während sich Sugar an den Schreibtisch setzte und zu mir hochsah.

»Es ist besser, wenn Sie das nicht wissen«, sagte Sugar leise. »Und wir können es Ihnen sowieso nicht sagen. Es gilt das absolute Need-to-know-Prinzip! Und Sie kommen nicht mal in die Nähe eines Kenntnisbedarfs. Allerhöchste Geheimhaltungsstufe.«

»Wieso denn?«

»Weil wir sehr lange gebraucht haben, um sie aufzuspüren. Wir wollen nicht riskieren, sie zu verlieren, bevor wir unsere Forschungen abgeschlossen haben.«

Er sprach zwar von Forschungen, aber nach dem, was er mir

bisher erzählt hatte, erschien es mir mehr wie eine Sektion. Sie nahmen sie Stück für Stück auseinander.

»Was bezweckt man denn damit?«, fragte ich.

Sugar rieb sich den Nacken und dann den Kiefer. »Vorwiegend Genforschung«, sagte er. »Wir versuchen das Gen zu isolieren, dem sie die Unsterblichkeit verdanken.«

»Und dann? Ich vermute mal, dass es nicht reine wissenschaftliche Neugier ist.«

Sugar grinste. »Nein, es ist mehr als das. Wir nähern uns der Phase, in der wir Gene manipulieren, genetische Fehler heilen können, bevor sie auftreten. Wir können Gene vor der Empfängnis in Chromosome einführen. Genmanipulation.«

»Sie wollen Menschen ewig leben lassen?«

»Ich forsche nur, Dr. Beaverbrook. Ich verbessere lediglich unseren wissenschaftlichen Kenntnisstand.«

»Ich entsinne mich nicht, im *Scientific American* schon mal was über Vampire gelesen zu haben«, sagte ich.

»Ich habe nicht gesagt, dass ich publiziere. Ich forsche nur.«

»Aber die Ergebnisse geben Sie nicht bekannt?«

»Das Verteidigungsministerium führt viele Forschungen durch, die nicht öffentlich gemacht werden«, sagte Sugar.

»Kenntnis nur bei Bedarf«, sagte ich.

»Genau.« Er lehnte sich auf dem Stuhl zurück und musterte mich wieder. »Haben Sie sich in das Mädchen verliebt?«, fragte er.

»Nein«, log ich.

Geschlagene zehn Sekunden sah er mich an und sagte nichts. Ich hörte den Hubschrauber von fern, schwach wie ein summendes Insekt, das unter einem Glas gefangen war.

»Ich halte es für durchaus möglich, dass sie sich erhoffte, dass sie ihr sagen könnten, wo wir ihre Artgenossen festhalten. Darum hat sie sich vermutlich mit Ihnen angefreundet. Es ist wichtig, dass Sie das glauben, Dr. Beaverbrook. Ihnen muss unbedingt klar sein, dass Sie in diesem Fall mit uns zusammen und nicht gegen uns arbeiten müssen.«

Ich sagte nichts. Der Hubschrauberlärm ebbte ab und erstarb.

»Manchmal machen sie den Menschen Versprechungen«, fuhr er fort.

»Sie sagen den Leuten, dass sie sich ihnen anschließen können. So werden wie sie. Hat sie Ihnen das versprochen, Dr. Beaverbrook? Hat sie Ihnen ein Angebot gemacht, das sie nicht ablehnen konnten?«

»Nein«, log ich schon wieder.

»Falls aber doch – und das soll nicht heißen, dass ich Ihnen nicht glaube, aber falls doch –, dann müssen Sie unbedingt etwas begreifen. Es ist nicht wie im Kino. Sie beißen einen nicht in den Hals und verwandeln einen in einen Untoten. So läuft das nicht ab. Den Mechanismus, der ihren Alterungsprozess aufhält und sie nicht sterben lässt, haben sie nicht im Blut. Es ist kein Virus oder eine Infektion, die durch Blut oder irgendwelche Sekretionen übertragen werden. Sie sind so aufgrund ihrer Erbanlagen, denn sie haben andere Gene als wir. Wir sind so verschieden wie Wölfe und Schafe. Ein Schaf verwandelt sich nicht in einen Wolf, nur weil es gebissen wird. Und der Wolf geht nur dann unter Schafe, wenn er etwas will. Normalerweise fressen. Kennen Sie den Film *Begierde*? Mit David Bowie und Catherine Deneuve?«

»Ich habe ihn gesehen«, sagte ich. Mir war völlig klar, worauf er hinauswollte. Es war nicht so wie im Kino. Feinfühligkeit konnte man Sugar wahrlich nicht vorwerfen.

»Okay, Sie werden sich also erinnern, dass sie ein viertausend Jahre alter Vampir ist, der sich in New York Gefährten auserwählt und sie in Vampire verwandelt. Sie beißt sie und dann leben sie mehrere hundert Jahre.«

Ich nickte. »Ja, ich erinnere mich.«

»Das geht nicht. Gene werden nicht durch Blut übertragen, ebenso wenig wie man vom Knutschen schwanger wird. Genmanipulation ist zwar möglich, aber nur vor der Empfängnis. Wir können ein Chromosom isolieren und verändern, wir können bereits neue Pflanzen und Tiere züchten, wir können unsere eigenen Mutanten erschaffen, und irgendwann werden wir auch in der Lage sein, die meisten Erbkrankheiten zu verhindern, aber wir können nicht die Erbanlagen eines vorhandenen Organismus verändern. Vielleicht können wir das Unsterblichkeitsgen, wenn wir es erst isoliert haben, in Zukunft in die menschliche DNA integrieren und so einen Menschen erschaffen, der ewig lebt, aber das ist unseren Kindern oder Enkeln vorbehalten; uns nützt das gar nichts. Auf lange Sicht ist es vielleicht möglich, da bin ich ganz ehrlich. Die Wissenschaft arbeitet daran, Gene mittels Viren in einen vorhandenen Zellkern zu schleusen, in der Hoffnung, Krankheiten wie Parkinson und das Lesch-Nyhan-Syndrom zu heilen, und es gibt eine ähnliche Arbeit für Nervenkrankheiten wie Alzheimer und Huntington. Es sieht langsam so aus, als könnten wir bald einen Virus wie Herpes simplex derart modifizieren, dass er ein enzymproduzierendes Gen in die Kerne der Nervenzellen eines Patienten trägt. Sollte sich das als möglich erweisen, dann wäre der nächste Schritt, mittels dieses Verfahrens sämtliche Zellkerne im menschlichen Körper zu modifizieren. Wir könnten beispielsweise die Augenfarbe eines Menschen von Braun in Blau ändern. Oder die Menschen größer machen. Oder intelligenter. Oder ihnen ewiges Leben geben. Aber das ist so, als spräche man von einer Herztransplantation im Mittelalter. Wir sind so, wie wir sind, und daran wird sich nichts ändern. Wir werden geboren, wir leben, wir sterben. Das sind unsere Spielregeln, Dr. Beaverbrook. Was auch immer sie zu Ihnen gesagt oder Ihnen versprochen haben mag, jene Regeln können sie nicht ändern.«

»Ich weiß, was Sie meinen«, sagte ich. Das stimmte. Er war endlich zu mir durchgedrungen. Es war nicht nur, was er sagte, sondern auch, wie er es sagte. Ich glaubte ihm. Aber ich brauchte Bedenkzeit. Er war wie ein Lebensversicherungsvertreter, aalglatt und überzeugend, der mir den Füller zur Unterschrift hinhielt und fragte, ob ich wöchentliche oder monatliche Beiträge bevorzugte. Ich wollte abwarten, wie es sich anfühlte, wenn ich allein war, wenn mein Kopf klar war. Ich musste über vieles nachdenken.

»Da gibt es noch etwas, das Sie wissen müssen«, sagte Sugar. »Was sich hier abgespielt hat, muss geheim bleiben. Das verstehen Sie sicher. Wir geben uns allergrößte Mühe, unsere Arbeit unter Verschluss zu halten. Unsere Organisation wird alles Erforderliche tun, um die Vertraulichkeit zu wahren. Ich bin Wissenschaftler, wie Sie sich vielleicht schon gedacht haben. Mr. Hooper hier hat mehr mit der – wie soll ich sagen – Sicherheitsseite zu schaffen.«

»Sicherheit«, wiederholte Hooper, als ob er das Wort zum ersten Mal gehört hätte. Er lächelte mich an wie ein Schneider, der für einen Anzug Maß nimmt.

»Sie stehen auf der Seite der Engel, Dr. Beaverbrook. Sie leisten gute Arbeit beim LAPD. Wir würden Sie gern auch weiterhin auf unserer Seite wissen. Mir ist bewusst, dass die Chancen gering sind, aber vielleicht begegnet Ihnen in Zukunft noch jemand von ihrer Art. Wir würden gern davon ausgehen, dass Sie uns dann davon in Kenntnis setzen. Wovon wir nicht so gern ausgehen würden, ist, dass Sie sich auf deren Seite schlagen und so fehlgeleitet sind, dass Sie meinen, ihnen helfen zu müssen. Sollten wir dies je vermuten, würde Mr. Hooper hier oder jemand wie er Ihnen einen Besuch abstatten.«

»Ist das eine Drohung?«, fragte ich.

»Eine Feststellung«, sagte Sugar.

»Ein Versprechen«, sagte Hooper. Der Gedanke schien ihm zu behagen.

Das wars; die Befragung war zu Ende. Ich ging ohne Begleitung aus dem Büro hinaus. De'Ath war an seinem Platz, und Captain Canonico stand lauernd hinter ihm, als wolle er ihn bei seinen Hausaufgaben überwachen. De'Ath runzelte die Stirn, sagte aber nichts, und ich konnte mich des Gefühls nicht erwehren, dass sein Boss ihn ermahnt hatte, nicht mit mir zu sprechen. Wortlos ging ich an ihnen vorbei.

Erst als ich das Gebäude verließ, fiel mir ein, dass mein Wagen ja zu Hause stand. Ich fluchte. Es bestand kaum Hoffnung, dass ein Taxi vorbeikommen würde, und zu Fuß war es zu weit. Ich ging wieder hinein und fragte den diensthabenden Sergeant, ob mich eventuell ein Streifenwagen nach

Hause fahren könnte. Ich kannte den Mann nicht. »Da können Sie warten, bis Sie schwarz werden!«, sagte er und deutete mit dem Kopf auf ein Plakat an der Wand, auf dem die Nummer eines örtlichen Taxiunternehmens stand. Ich rief die Nummer auf meinem Handy an und binnen fünfzehn Minuten kam ein Wagen.

Ich ließ mich auf dem Sitz zurückfallen, schloss die Augen und rieb mir auf dem ganzen Heimweg die Schläfen. Ich war völlig durcheinander. Ich hatte Terry verloren, war von Männern in grauen Anzügen bedroht worden, die sich nicht einmal auswiesen, und man hatte mich darüber informiert, dass die Regierung der Vereinigten Staaten über Vampire und Werwölfe forschte. Meine Beine zitterten und mir war speiübel. Ich schaffte es, den Brechreiz zu unterdrücken, bis mich das Taxi vor meinem Haus absetzte, aber als ich die Tür aufgeschlossen und das Bad erreicht hatte, rebellierte mein Magen und ich übergab mich mehrfach. Ich kniete vor der Toilette und ließ meine Arme auf der polierten Holzbrille ruhen, spülte und dann erbrach ich mich noch einmal. Als nichts mehr kam, stand ich auf und schenkte mir ein Glas Wasser ein, um den bitteren Geschmack im Mund loszuwerden. Ich klatschte mir gerade kaltes Wasser ins Gesicht, als es an der Tür klingelte.

Draußen stand niemand, und mich durchzuckte die Hoffnung, dass Terry vielleicht geflohen war, aber ich verwarf den Gedanken rasch wieder. Nichts auf der Welt würde ihr helfen, ihren Häschern zu entwischen. Ich sah mich auf der Straße um. Sie war menschenleer, nur ein paar Autos parkten da. Ich erkannte die meisten davon als Fahrzeuge meiner Nachbarn, mit einer Ausnahme: ein roter Kleinlaster. Meine Nackenhaare sträubten sich und ich schlug die Tür zu und schloss zweimal ab. Als ich mich umdrehte, wäre ich fast mit ihm zusammengestoßen. Er war hochgewachsen, fast einen Kopf größer als ich, aber das war schwer einzuschätzen, weil er einen großen schwarzen Stetson trug. Mit dem Zeigefinger der rechten Hand schob er die Hutkrempe nach hinten und grinste. Es war so ein Ach-was-soll's-Grinsen und er sah aus wie der klassische Redneck: blau-weiß kariertes Hemd, Levi's, ein dicker Ledergürtel und abgetragene Cowboystiefel, breite Schultern und eine straffe Taille, ein kantiges Gesicht mit Bartstoppeln und stechenden blauen Augen. Rundherum saßen Fältchen, als hätte er sie zu lange unter der Sonne zusammengekniffen. Sein Gesicht glänzte wie von Schweiß, doch dann bemerkte ich, dass es Sonnencreme war. Er hatte große Hände mit kräftigen Fingern und sauber geschnittenen Nägeln. Sie sahen ebenfalls fettig aus.

Ich wich zurück und knallte gegen die Tür. Eines der Schlösser drückte in meine Schulter und ich zuckte zusammen. »Wer sind Sie?«, schrie ich. »Was haben Sie in meinem Haus zu suchen?«

Sein Grinsen wurde breiter, verwandelte sich in ein werbewirksames Zahnpastalächeln. Er steckte die Daumen in den Gürtel und ließ die Hände zu beiden Seiten einer Silberschnalle in Form eines fliegenden Adlers herunterhängen. Es war, als wollte er mich dazu provozieren, ihn zu schlagen, aber ich konnte seine Muskeln unter dem Hemd erkennen und wusste, dass es keinen Zweck hatte. Manchmal muss man kämpfen und manchmal muss man seiner Angst nachgeben. Und ich hatte wirklich Schiss.

»Was wollen Sie?«, fragte ich, aber ich wusste die Antwort bereits. Er fixierte mich belustigt. »Ich weiß nicht, wohin man sie gebracht hat«, beantwortete ich seine unausgesprochene Frage. Ich drückte mich gegen die Holztür, hätte sie am liebsten gezwungen, mich zu verschlingen. »Die trauen mir nicht.«

»Nun, den Grund kann ich mir denken«, sagte er ruhig. Er bewegte die rechte Hand, schnell genug, um mich zusammenfahren zu lassen, und meine Bauchmuskeln spannten sich in Erwartung eines Schlages unwillkürlich an, aber er griff nur in die Brusttasche seines Arbeitshemds und zog einen Zahnstocher heraus. Er begann ihn zwischen den hinteren Zähnen wackeln zu lassen, während er mich forschend ansah. Sein Schweigen und Lächeln machten mich nervös; mir wäre es lieber gewesen, wenn er gedroht oder Gewalt angewendet hätte. Ich konnte mir mühelos ausmalen, wie er mir lächelnd die Kehle aufriss und gierig mein Blut schlürfte.

»Sie glauben, dass ich versuchen könnte, euch zu helfen«, flüsterte ich.

»Und hätten sie damit recht?«, fragte er, während er den linken Arm über meinen Kopf legte und sich an die Tür lehnte. Er hatte einen leichten slawischen Akzent, der nicht zu seinem Redneck-Aufzug passen wollte. Er schob den Kopf vor, so dass sein Gesicht nur wenige Zentimeter von meinem entfernt war. Er ließ den Zahnstocher los, der zwischen den hinteren Zähnen stecken blieb, und legte die andere Hand an die Tür, so dass ich zwischen seinen Armen eingeschlossen war. Nicht, dass er mich mit Gewalt dort hätte festhalten müssen; ich war so gebannt wie das Kaninchen vor der Schlange. Ich sah zu Boden, unfähig, seinem Blick standzuhalten.

»Nicht wegsehen«, sagte er leise. Ich hob den Kopf, aber nach wenigen Sekunden ließ ich ihn wieder hängen. Er nahm die rechte Hand von der Tür und packte mein Kinn, nicht fest genug, um mir wehzutun, aber seine Stärke stand außer Zweifel, als er meinen Kopf anhob. Er kaute erneut auf seinem Zahnstocher und hatte denselben amüsierten Blick in den Augen.

»Nicht wegsehen«, wiederholte er. »Bleiben Sie locker und sehen Sie mich an. Wohin hat man Annabelle gebracht?«

»Annabelle?«

»Dann eben Terry. Wohin haben sie Terry gebracht?«

»Ich weiß es nicht. Echt nicht.« Ich versuchte den Blick abzuwenden, aber er hielt mein Kinn fest umklammert und sah mir tief in die Augen. Ich weiß nicht, wonach er suchte, ob er meine Halsadern sehen konnte und den Pulsschlag zählte oder ob er meinen Atem kontrollierte oder sah, wie viel Schweiß mir aus den Poren strömte. Was immer er tat, ich wusste ohne jeden Zweifel, dass er beurteilen konnte, ob ich die Wahrheit sagte oder nicht, so genau wie ein mechanischer Lügendetektor.

»Haben die Ihnen verraten, wo man meine Freunde festhält?«, fragte er in ruhigem, fast freundlichem Ton.

»Nein.« Das Sprechen fiel mir schwer, weil seine Hand mein Kinn festhielt. Es hörte sich etwas undeutlich an.

»Werden sie Ihnen erlauben, sie zu besuchen?«

»Das glaube ich kaum. Nein, ganz sicher nicht. Sie trauen mir nicht.«

»Wieso nicht? Wieso trauen sie Ihnen nicht?«

»Sie glauben, dass ich in sie verliebt bin.«

Er lächelte und verschob den Zahnstocher mit ein paar Kaubewegungen im Mund. »Und stimmt das?«

Ich zögerte, aber nur eine Sekunde. In anzulügen wäre zwecklos. Ich erwiderte seinen Blick. Direkt in seine Augen, so blau wie der Himmel über der Wüste. »Ja«, sagte ich. »Das stimmt.«

»Haben sie einen Mann namens Hamshire erwähnt?«

»Den Genforscher?«

Er runzelte die Stirn und hörte auf zu kauen. »Sie haben also von ihm gesprochen?«

Ich versuchte den Kopf zu schütteln, aber seine Hand wollte sich nicht rühren. »Nein. Aber Terry hat von ihm geredet. Bevor man sie geschnappt hat.«

»Aber die Männer, die sie festgenommen haben, haben nicht von ihm gesprochen?«

»Nein. Nein, das haben sie nicht.« Plötzlich fiel mir etwas ein. »Sie haben aber erwähnt, dass sie andere von ihrer Art festhalten.«

»Haben sie gesagt, ob man sie zusammen festhält? Oder getrennt?«

»Das haben sie nicht gesagt. Aber ich hatte den Eindruck, dass sie am selben Ort sind. Die in den USA zumindest.«

»Haben sie gesagt, was sie mit ihnen anstellen?«

»Forschung.«

»Sugar war einer von ihnen, ja?«

»Ja.«

»Hat er gesagt, worum genau es bei seiner Forschung geht?«

»Gentechnik«, sagte ich. »Er versucht das Langlebigkeitsgen zu isolieren und in die menschliche DNA zu integrieren.«

Der Mann schnaubte ungläubig. »Das hat er also behauptet, was?« Ganz kurz spürte ich, wie seine Hand fester zupackte, als wolle sie meinen Schädel zerquetschen, und dann entspannte er sich genauso plötzlich wieder. »Glauben Sie etwa, er will, dass alle Menschen auf der Welt ewig leben?« Er lachte, und es klang grausam, voller Ironie. »Stellen Sie sich mal die Folgen für die Wirtschaft vor, Dr. Beaverbrook. Stellen Sie sich vor, Sie erzählen einem Müllmann, dass er ewig lebt. Oder einer Sekretärin. Wer würde die niederen Tätigkeiten in einer Gesellschaft übernehmen, in der alle ewig leben? Sperren Sie doch mal die Augen auf und schauen den Tatsachen ins Gesicht! Man würde es dazu nutzen, dass ein paar wichtige Leute ewig leben. Leute mit Geld. Und Macht. Aber zuerst müssten sie uns loswerden. Mich und Annabelle und unsere Artgenossen.«

»Annabelle? Ist das Terrys Name?«

»Sie hat viele Namen. Wie wir alle.«

»Ich verstehe nur Bahnhof.«

»Sugar arbeitet an einem Virus, mit dem sich das Langlebigkeitsgen identifizieren lässt. Hamshire hat einige ihrer Forschungsunterlagen gesehen. Als Forscher am California Institute of Technology hat er sich in ein paar Regierungscomputer gehackt. Wir glauben, dass sie ihn so geschnappt haben. Nach dem, was er gelesen hat, sieht es danach aus, als ob Sugar ein Virus will, das durch alle Zellwände dringt, jedoch nur die Aminosäuren bindet, aus denen das Gen besteht, das uns Unsterblichkeit verleiht. Und sobald es diese bindet, verändert sich seine Struktur und es wird giftig. Tödlich. Es wird sich auf unsere DNA ausrichten und uns töten, ohne Menschen in irgendeiner Form zu schaden. Sie beabsichtigen, es in die Atmosphäre oder das Wasser einzuleiten. Sugar plant ein Virus mit einer sehr kurzen Halbwertzeit zu entwickeln, etwa in der Größenordnung von wenigen Wochen. Innerhalb eines Jahres gibt es dann keinen einzigen mehr von uns, und sie können damit beginnen, das Gen in ihren eigenen Zellkernen zu konsolidieren. Es wird eine neue Weltordnung geben. Und ich glaube kaum, dass es eine Welt wäre, in der Sie sich wohlfühlen würden.« Er hielt inne. »Ich sollte Ihnen dies hier nicht verraten«, sagte er. Er stieß sich von der Tür ab und baute sich mit den Händen an den Hüften vor mir auf. »Sie wissen nichts, Dr. Beaverbrook. Nichts, was mir weiterhilft.«

Er wirkte enttäuscht, und dann merkte ich, dass Sugar zumindest teilweise die Wahrheit gesagt hatte. Die Vampire hofften, dass ich sie zu Terry führen würde. Und zu den übrigen gefangenen Mutanten. Und jetzt, wo ich diese Hoffnung enttäuscht hatte, war ich für sie wertlos.

Seine Hand bewegte sich vorwärts und ich zuckte zusammen, doch er griff nur nach dem Türknauf und drehte ihn. Er grinste über mein Unbehagen. »Nein, deswegen bin ich nicht hier«, sagte er. »Wenn es nach mir ginge, würde ich es wahrscheinlich tun, aber sie hat Nein gesagt. Sie mag Sie, ob Sie das glauben oder nicht. Und sie will nicht, dass Ihnen ein Haar gekrümmt wird. Verrücktes Mädel, hm?« Ich gab den Weg frei und er öffnete die Tür und verließ das Haus. Er machte sich nicht einmal mehr die Mühe, sich noch einmal umzudrehen, als er zu seinem Kleinlaster ging und davonfuhr.

DAS GEFÄNGNIS

Und das war das letzte Mal, dass ich Terry gesehen habe. Das heißt bis heute. Zehn Jahre, so lange dauerte es, sie zu überzeugen, dass ich auf ihrer Seite war, dass ich Terry Ferriman lediglich als Versuchskaninchen betrachtete. Ich wusste, falls ich jemals zugäbe, wie viel sie mir bedeutete, dann würden mich sie nie wiedersehen lassen, also versuchte ich es in den ersten acht Jahren erst gar nicht. Ich blieb im LAPD, aber ich begann auch mit Recherchen an der UCLA, anfänglich eine Erweiterung meiner Kriminalarbeit, doch allmählich verschoben sie sich in Richtung Auswirkungen des Alterns auf Intelligenz und Verhalten und besonders Vergleiche zwischen dem chronologischen, biologischen, funktionalen und subjektiven Alter. Die Forschung war an und für sich schon interessant, aber mein Hauptmotiv dafür war stets, Terry wiederzusehen.

Das Alter lässt sich zu jeder Zeit in vier Kategorien einteilen: Wie alt jemand nach Jahren ist, wie alt sein Körper tatsächlich aussieht, welchen Status der Mensch in der Gesellschaft erreicht hat und wie alt er sich innerlich fühlt. Nehmen Sie beispielsweise mich, wie ich an meinem militärisch anmutenden

Schreibtisch sitze, Terrys Bild vor mir an das Notebook gelehnt.

Chronologisches Alter? Kein Problem – fünfundvierzig.

Biologisches Alter? Nun, wenn ich schonungslos offen sein will, würde ich sagen, mein Körper ist der eines um gut zehn Jahre älteren Mannes. Ohne Brille kann ich weder lesen noch Auto fahren, vier Zähne sind überkront und mein Haar ist schütter. Mein Hörvermögen ist nicht annähernd so gut wie früher, besonders nicht bei Hochfrequenzgeräuschen. Ich kann keine Nacht durchschlafen, ohne nicht mindestens einmal ins Bad zu gehen. Meine Haut verliert schnell ihre Elastizität, was die Hängebacken und die Runzeln erklärt.

Funktionales Alter? Vermutlich schneide ich da ganz gut ab. Ich habe in meiner akademischen Laufbahn viel geleistet. In aller Bescheidenheit würde ich sagen, dass ich so viel erreicht habe, wie es die meisten Akademiker normalerweise bis zu ihrem sechzigsten Lebensjahr schaffen. Ich hatte es wohl eilig.

Gefühltes Alter? Keine Ahnung. Innerlich fühle ich mich genauso wie mit sechzehn. Ich kenne ein paar mehr Tricks, und ich weiß, wie ich mit gewissen Situationen umgehen muss, denn ich habe sie schon oft genug erlebt, aber im Innern bin ich immer noch derselbe Jugendliche mit denselben Unsicherheiten, Ängsten und Wünschen.

Hinter mir zuckt es wieder grell auf, ein doppelter Blitz. Auf wie alt würde ich Terry schätzen? Chronologisch – über viertausend Jahre, hatte sie gesagt. Biologisch – Ende zwanzig. Funktional – Gott, ein Normalsterblicher, selbst ein äußerst erfolgreicher Geschäftsmann, würde mehrere hundert Jahre benötigen, um ihr Vermögen anzuhäufen. Subjektiv? Das weiß ich nicht. Ich kann nicht nachvollziehen, wie es sich anfühlt, so lange zu leben. Vielleicht fühlte sie sich auch noch wie mit sechzehn.

Jedenfalls habe ich im Lauf der Zeit ein ähnliches Programm wie das Beaverbrook-Modell entwickelt, das mittels Fragen und Antworten die vier Alterskategorien einer Versuchsperson feststellen konnte. Viel von meiner Arbeit beinhaltete die Messung fluider Intelligenz, der Fähigkeit, neue und ungewöhnliche Probleme zu lösen. Die fluide Intelligenz erreicht ihren Höhepunkt im Jugendalter und nimmt danach stetig ab, wohingegen die kristalline Intelligenz, das Wissen und die durch Lebenserfahrung erworbenen Fähigkeiten, bis zum Beginn der Adoleszenz stetig und dann nur noch langsam ansteigt, bis sie im hohen Alter stagniert. Ich habe einen Haufen Artikel darüber in den besten Psychologiezeitschriften veröffentlicht. Obwohl ich weiter für das LAPD arbeitete, konnte ich oft ins Ausland reisen, um einige der ältesten Menschen der Welt zu befragen – in Ecuador, Russland und Indien –, und integrierte die Resultate in das Computermodell. Ich ergänzte es um einige weitere Merkmale, sodass das Programm gründlicher über die Psyche eines Menschen Aufschluss gab als zehn Jahre bei einem Analytiker.

Anders als Sugar und seine Forscher sorgte ich dafür, so viel wie möglich zu veröffentlichen, und ich wusste, dass ihnen klar war, dass ihnen meine Arbeit bei der Jagd nach den Unsterblichen hilfreich sein konnte. Richtig angewandt ließen sich dank meiner neuesten Forschungsergebnisse Mitglieder der Bevölkerung identifizieren, deren funktionales und subjektives Alter nicht mit ihrem chronologischen und biologischen

Alter übereinstimmten. Ich stellte immer wieder Anträge auf Besuchserlaubnis bei Terry und den anderen Unsterblichen – vorgeblich für Forschungszwecke.

Schließlich kam die Erlaubnis von irgendeiner Behörde, und ein Team von sechs Agenten holte mich zu Hause in einer Limousine mit verdunkelten Fenstern ab, damit ich nicht hinaussehen konnte. Ich sagte ihnen, dass ich mein Notebook brauchen würde, und sie gestatteten mir, es mitzunehmen. Einer der Agenten holte ein chromblitzendes pistolenartiges Ding aus einem Aluminiumkoffer, hielt es an meinen Oberarm und drückte ab. Alles wurde verschwommen, dann schwarz, und als ich aufwachte, hatten sie mir meine Uhr und das Notebook weggenommen und ich befand ich in so etwas wie einem Holiday-Inn-Zimmer, nur dass es fensterlos war. Es gab einen Fernseher, die Zeitungen wurden täglich gebracht und ich konnte mir mein Essen nach einer ledergebundenen Speisekarte bestellen, aber abgesehen von den Essenslieferungen sah und sprach ich zwei Wochen lang mit keiner Menschenseele. Ich war in Quarantäne. Bevor sie mir einen Besuch bei ihr gestatteten, mussten sie sich überzeugen, dass ich nicht verfolgt wurde. Keine Gespräche, keine Telefonate, keine Briefe.

Nach zwei Wochen schloss ein Mann in weißem Kittel die Tür auf und gab mir noch eine Spritze. Auf einer Liege in einem stahlverkleideten Raum kam ich wieder zu mir. Das Erste, was ich sah, war eine Überwachungskamera, die mich im Visier hatte. Vermutlich wurde ich ununterbrochen beobachtet, denn binnen Sekunden nach meinem Erwachen wurde die Tür aufgeschlossen und zwei bullige Männer in grauen Overalls traten ein. Jemand hatte mich entkleidet, während ich besinnungslos gewesen war, und mir einen blassblauen Overall angezogen, auf dessen Vorderseite in weißen Großbuchstaben »BESUCHER« stand. Einer der Männer reichte mir einen Styroporbecher mit warmem Wasser, und ich trank in vollen Zügen, um mir den bitteren Geschmack aus dem Mund zu spülen.

»Bald werden Sie sich besser fühlen; die Wirkung lässt recht schnell nach«, sagte eine Stimme an der Tür. Ich blickte auf und sah einen älteren Mann mit Goldrandbrille auf der Nase. Er hatte ein freundliches Gesicht und eine weiße Mähne und sprach mit einem leichten französischen Akzent. Er setzte sich auf die Liege neben mir und fühlte mir den Puls. Zufrieden mit dem Ergebnis leuchtete er mir mit einer kleinen Taschenlampe in die Augen, nickte und erklärte mich für fit.

Er verschwand ebenso schnell, wie er aufgetaucht war, und ein anderer Mann kam, jünger und fitter, in einem dunkelblauen Anzug und mit einem Klemmbrett. Es war eine Checkliste mit Themen, über die ich nicht mit Terry sprechen durfte (sie wurde durchweg als »die Insassin« bezeichnet), überwiegend aktuelle Nachrichten, das Datum, die Tageszeit, wo sich das Gefängnis befand (das wusste ich ohnehin nicht), solche Sachen. Nachdem er mir die Liste vorgelesen hatte, reichte er mir einen Stift und ließ mich unterschreiben, bevor er den Raum verließ.

Die beiden Wachen geleiteten mich dann durch einen Flur zu einem Aufzug. Beide trugen entsicherte M1-Karabiner, ihre Finger verließen nie die Abzugsbügel. Sie tippten einen sechsstelligen Code auf einer kleinen Tastatur, um den Aufzug zu rufen, und als er ankam, öffneten sich die Türen zischend und gaben den Blick auf einen weiteren Wächter mit grimmiger Miene frei, der eine ähnliche Uniform trug, aber ein Sturmgewehr im Anschlag hielt.

Es war unmöglich abzuschätzen, wie tief der Lift hinabfuhr, aber es ging schnell genug, dass es mir den Magen hob, und es dauerte volle dreißig Sekunden, bis er anhielt und die Tür aufging. Zwei weitere Wärter nahmen mich in Empfang, fast identisch mit denen, die mich zum Lift gebracht hatten, Gott weiß wie viele Stockwerke weiter oben, und geleiteten mich durch einen weiteren metallverkleideten Korridor, in dem ihre Stahlkappenstiefel widerhallten. Meine nackten Füße patschten auf dem kalten Metallboden. Der Overall war alles, was ich anhatte; ich spürte, dass ich unter dem Baumwollstoff nackt war.

In regelmäßigen Abständen waren im Flur Überwachungskameras installiert, und als wir sie passierten, konnte ich das Surren eines Servosystems hören. Sie drehten sich, um uns zu verfolgen. Am Ende des Korridors war etwas, das wieder wie ein Lift aussah, aber nachdem einer der Wärter einen weiteren sechsstelligen Kode eingegeben und mit dem Daumen auf ein kleines Quadrat aus beleuchtetem Plexiglas gedrückt hatte, öffneten sich die Türen in einen quadratischen Raum, etwa so groß wie ein Klassenzimmer.

Auf der anderen Seite des Raums war rechts eine Reihe von Kabinen, jede mit einem Schalensitzstuhl aus Plastik gegenüber einer Wand, in die eine etwa einen Quadratmeter große Glasscheibe eingelassen war. Durch das Glas sah ich eine identische, mir zugewandte Stuhlreihe. Rechts von jedem Fenster befand sich ein Telefon, nicht die moderne Variante, sondern der altmodische Typ aus schwarzem Bakelit, die Art, die man in alten Filmen sieht. Ich hörte, wie sich die Türen hinter mir schlossen. Die zwei Wärter standen zu beiden Seiten mit ihren Gewehren im Anschlag und wachsamem, fast ängstlichem Blick. Sie sagten nichts, aber ich dachte mir, dass ich mich in eine der Kabinen setzen sollte, obwohl mir nicht klar war, in welche. Als ich mich der Stuhlreihe näherte, sah ich, dass auf der anderen Seite der Glasscheibe niemand war. Ich setzte mich und wartete. Durch das dünne Gewebe spürte ich den kalten Kunststoff an meinem Rücken. Hinter dem Glas sah ich einen kleineren Raum, ebenfalls metallverkleidet, und eine einzelne Tür ohne Klinke oder sichtbares Schloss. Die Wände waren nackt und strukturlos, aber in die Decke waren Lüftungsgitter eingelassen. Zumindest sah es danach aus.

Nach etwa fünf Minuten (eine genaue Zeitschätzung war nicht möglich, da sie mir die Uhr abgenommen hatten) ging die Tür auf und ein Wärter mit einem Automatikgewehr erschien. Beim Eintreten huschten seine Augen von links nach rechts und dann stellte er sich an die Seite. Hinter ihm erblickte ich Terry. Sie wirkte klein und zart, ganz ähnlich wie vor über zehn Jahren, als ich sie zum ersten Mal in De'Aths Vernehmungszimmer gesehen hatte, das Haar lose um die Schultern, die Haut blass, den Blick gesenkt. Sie trug einen Kittel, der so aussah, als wäre er aus demselben Stoff wie mein Overall, und der ihr bis knapp über die Knie reichte. Für die Füße hatten sie ihr ein Paar braune Plastiksandalen gegeben und das Laufen bereitete ihr Mühe, doch das lag nicht an den Schuhen – sondern daran, dass die Arschlöcher ihr die Füße zusammengekettet hatten. Über jedem Knöchel saßen große Chromschließen, verbunden durch eine Kette aus demselben Material, die nicht länger als fünfundvierzig Zentimeter sein konnte. Das bedeutete, sie musste eher schlurfen als gehen. Ich fühlte mit ihr. Die Arme waren nicht in Ketten, was mich zunächst überraschte, doch dann erkannte ich, dass man es wohl eher darauf abgesehen hatte, ihre Bewegungsfreiheit einzuschränken, als sie davon abzuhalten, jemanden anzufallen. Sie hatten Sturmgewehre und Terry anscheinend nichts, nur den Kittel und die Sandalen. Wenn sie bei ihr so gründlich vorgegangen waren wie bei mir, dann würde sie mit Sicherheit nie auch nur halbwegs in die Nähe von irgendetwas kommen, das sich als Waffe nutzen ließ.

Sie ging mitten in den Raum und eine andere Wache folgte ihr hinein. Ich sah, wie ein dritter Wärter die Tür hinter ihnen schloss, aber obwohl sie aus mehreren Zentimeter dickem Stahl bestand, konnte ich kein Quietschen oder Zuschlagen hören. Das Glas war offensichtlich vollkommen schalldicht und, soviel ich wusste, vermutlich auch kugelsicher. Terry war in ihrer eigenen sterilen Welt, vollkommen isoliert, und das war sie mit ziemlicher Sicherheit während der ganzen letzten zehn Jahre gewesen. Die Wärter in ihrem Raum bezogen Posten zu beiden Seiten der Tür, die Finger ständig am Abzug. Ich bemerkte, dass beide Miniaturkopfhörer trugen, kleine schwarze Ohrhörer mit Kabeln, die um ihren Hals liefen und in ihren Overalls verschwanden. Erhielten sie ständige Anweisungen aus irgendeiner Befehlszentrale, oder blendeten sie alles, was sie möglicherweise zu ihnen sagte, mit Musik oder weißem Rauschen aus? Das konnte ich nicht beurteilen.

Terry hob den Blick und sah mich zum ersten Mal an. Ein Lächeln huschte über ihr Gesicht, verschwand aber schnell wieder, als hätte sie geglaubt, einen Freund zu sehen, dann aber ihren Irrtum bemerkt. Hieß das etwa, dass sie sich nicht freute mich zu sehen, oder wollte sie die anderen nicht wissen lassen, was sie für mich empfand? Hatte sie noch Gefühle für mich? Gott, ich war ja so durcheinander – in Bezug auf sie, meine Gefühle und darauf, was ich tun sollte.

Ich stand auf und sagte Hallo, obwohl ich wusste, dass sie mich durch die Glasscheibe nicht hören konnte. Sie formte auch ein Hallo mit den Lippen, blieb aber mitten im Raum stehen, als hätte sie Angst, sich der Glasscheibe zu nähern. Ich wusste, dass ich ebenfalls cool bleiben musste. Sie hatten mir einen Besuch bei ihr gestattet, weil sie davon ausgingen, dass ich sie nur studieren und eruieren wollte, wie sie tickte. Beim geringsten Anzeichen von Zuneigung würden sie mich sofort herausholen, da war ich mir ganz sicher. Gott, ich hätte sie so gern in die Arme genommen, mich an sie gedrückt und mein Gesicht in ihrem langen schwarzen Haar vergraben, ihren Mund mit meinem eigenen gesucht und sie geküsst, bis sie außer Atem gewesen wäre.

Ich machte ihr Zeichen, dass sie sich setzen sollte, und sie schlurfte vorwärts, die Hände leicht nach vorn gestreckt, um das Gleichgewicht zu halten, und ließ sich auf den Stuhl sinken. Sie zog ihn nach vorn, sodass sie unmittelbar vor dem kleine Bord unterhalb der Glaswand saß. Auf meiner Seite der Abtrennung verlief ein identisches Bord und ich folgte ihrem Beispiel und ging so nah wie möglich heran. Ich nahm den Telefonhörer auf meiner Seite der Glasscheibe ab und hörte ein elektrostatisches Knistern. Ich nickte in Richtung ihres Telefons, und sie nahm behutsam mit der linken Hand ab, als hätte sie Angst, einen Schlag zu bekommen. Mit der rechten Hand strich sie sich das Haar hinter das linke Ohr und drückte dann den Hörer daran.

»Jamie, wie geht es dir?«, fragte sie leise.

»Gut, Terry, mir geht es gut. Wie behandelt man dich hier?«

Sie blickte mir tief in die Augen. Ihre rechte Hand bewegte sich langsam auf dem Bord, machte kleine stechende Bewegungen mit dem ausgestreckten Zeigefinger.

»Ich bin schon in besseren Hotels gewesen«, scherzte sie. Ihre rechte Hand bewegte sich nach oben, als wollte sie sich das Haar hinter das rechte Ohr streichen, aber dabei krümmte sie die Hand etwas. Das war Gebärdensprache für »mithören«. *Sie hören mit.* Das brauchte sie mir nicht extra mitzuteilen, denn das hatte ich mir schon gedacht. Sie wären ja behämmert gewesen, das Gespräch nicht zu überwachen, und sie würden es sicher auch aufzeichnen, damit Experten das hinterher durchgehen konnten. Ich entdeckte zwar keine Kameras in den beiden Räumen, doch überall sonst waren welche gewesen, daher war ich ziemlich sicher, dass sie uns auch hier beobachteten, vermutlich mit versteckten Kameras, vielleicht im Lüftungsgitter. Terry hatte das offenbar bemerkt, denn sie legte die Hand wieder auf das Bord, wo sie von ihrem Körper abgeschirmt wurde.

Ich nickte zum Zeichen, dass ich verstand. »Du bist nicht verletzt oder hast Schmerzen?«

Terry begann einzelne Buchstaben mit der rechten Hand zu gebärden. Es ging langsam, aber sie konnte die normalen Wortformen der Gebärdensprache nicht verwenden, denn diese waren sehr ausdrucksstark und erforderten oft beide Hände. Das wäre den Wachen sofort aufgefallen. Darum buchstabierte sie die Wörter, während sie sprach. »Manchmal, aber hier gibt es viele Ärzte.« D-U F-E-H-L-S-T M-I-R.

»Die Verköstigung ist okay?« Gleichzeitig gebärdete ich mit möglichst wenig Bewegung zurück. D-U M-I-R A-U-C-H.

»Ja, aber mit Plastikbesteck ist es irgendwie doch nicht dasselbe.« I-C-H L-I-E-B-E D-I-C-H. »Wie lange ist es jetzt her, Jamie?«

Das war eines von den Themen, über die ich nicht sprechen durfte, weil sie ihr Zeitgefühl durcheinanderbringen wollten. »Was glaubst du denn, wie lange es her ist?« I-C-H D-I-C-H A-U-C-H.

Sie zuckte die Achseln. »Acht Jahre vielleicht.« K-A-N-N-S-T D-U … »Hier gibt es keine Uhren.«

»Es war eine lange Zeit, so viel steht fest«, sagte ich.

»Für mich eigentlich nicht.« M-I-R H-E-L-F-E-N?

»Wie meinst du das?« W-I-E?

»Ich meine, für mich ist das nicht so lange, in Prozent ausgedrückt.« F-L-U-C-H-T. »Für dich sind acht Jahre wie viel? Ein Fünftel deines Lebens? Zwanzig Prozent? Hast du überhaupt eine Vorstellung davon, was für ein winziger Teil meines Lebens acht Jahre sind, Jamie? Es ist nichts. Es ist so, als würdest du auf ein Taxi warten.« B-I-T-T-E.

»Langweilst du dich?« W-I-E?

Sie zuckte mit den Achseln. »Ja, ich glaube schon.« S-A-G I-H-N-E-N … »Ich darf Bücher lesen. Keine Zeitungen. Kein Fernsehen. Kein Radio.« W-O I-C-H B-I-N. »Vor ein paar Jahren habe ich gefragt, ob ich mein Cello haben darf, aber sie haben es noch nicht entschieden.« S-A-G I-H-N-E-N … »Glaubst du, du kannst da was machen?« E-B-E-N-E 1-8.

»Ich kann's versuchen.« W-E-M S-A-G-E-N? »Möchtest du sonst noch etwas?«

»Scheiße, Jamie«, sagte sie wütend. E-I-N F-R-E-U-N-D … »Ich will bloß hier raus, aber wir wissen beide, dass sie das nicht zulassen, nicht?« B-E-S-U-C-H-T … »Ich bin für immer hier. Weißt du, ich darf hier keinen Besuch empfangen.« D-I-C-H B-A-L-D. »Überhaupt keinen. Und sie lassen mich auch nicht telefonieren. Niemals. In all diesen Jahren habe ich keinen einzigen Menschen gesehen, der keine Waffe oder einen weißen Kittel trug.« S-A-G I-H-M … »Dich ausgenommen. Du bist der erste Freund, den sie zu mir gelassen haben.« D-R-E-I A-N-D-E-R-E H-I-E-R. »Ich freue mich so, dass du gekommen bist.« A-L-L-E … »Wie hast du das denn geschafft?« E-B-E-N-E 1-8.

Terry war nicht dumm. Ich wusste, dass ihr bereits klar war, warum ich sie besuchte, dass sie nur redete, um die Gebärdensprache zu vertuschen, und dass die stumme Konversation die eigentliche war, aber ich wurde trotzdem rot und die gesprochene Antwort war mir peinlich. »Dies ist nicht nur ein Freundschaftsbesuch, Terry. Du könntest mir mit meiner Forschung helfen.« W-O S-I-N-D W-I-R?

Sie zog die Stirn kraus, und mir ging auf, dass sie vermutlich dachte, ich wüsste, wo das Gefängnis war. Sie konnte nicht wissen, dass sie mir selbst nach all dieser Zeit nicht völlig trauten und sie mich nur zu ihr gelassen hatten, nachdem ich zugestimmt hatte, mich betäuben zu lassen.

»Was für eine Forschung?«, fragte sie eisig. M-A-R-I-O-N.

»Für einen Artikel, an dem ich arbeite.«

»Was ist das für ein Artikel?« P-R-I-S-O-N.

»Für eine klinische Fachzeitschrift. Ich forsche über das Älterwerden und die Auswirkung auf Denkprozesse.«

»Noch ein Computerprogramm? Wie das Beaverbrook-Programm?« I-L-L-I-N-O-I-S.

Ich nickte. Ja, ich kannte das Marion Prison. Das Hochsicherheitsgefängnis, erbaut vom U.S. Federal Bureau of Prisons, um Alcatraz zu ersetzen. Nur die Allerschlimmsten enden dort und alle werden in buchstäblich permanenter Einzelhaft gehalten. Ich hatte mit mindestens zwei Fällen dort gearbeitet. Wirklich schlimme Fälle. Gott weiß, wie sie erwartete, hier herauszukommen, wenn man sie achtzehn Ebenen unter dem Gefängnis festhielt. Ich hatte Bilder von der Anstalt gesehen, umgeben von einem doppelten, neun Meter hohen Zaun und kugelsicheren Wachtürmen. Es war nahezu ausbruchssicher.

Sie grinste höhnisch, aber ihre Hand sprach weiter. Es war schwer, die beiden Gespräche in meinem Kopf zu trennen. Ich wollte immer wieder mit Worten auf die Gebärdensprache reagieren und umgekehrt. Ab und zu geriet ich ins Stottern, und ich musste mich zwingen, immer in ihr Gesicht zu sehen und nicht nach unten auf ihre rechte Hand. Sie dagegen schien keine Schwierigkeiten zu haben; ihre Stimme klang völlig normal und jetzt ließ sie sich ihren Zorn anmerken.

»Das ist also dein Plan?« S-I-E … »Du entwickelst ein Programm, um Leute wie mich herauszufiltern!« R-E-T-T-E-N M-I-C-H.

»So was in der Art.« U-N-D W-A-S D-A-N-N?

»Und was hab ich davon, Jamie?« D-U … »Hast du sie das gefragt? Doch nicht etwa vorzeitige Entlassung auf Bewährung?« U-N-D I-C-H … »Entlassen sie mich schon nach zweitausend Jahren anstatt nach zweitausendfünfhundert?« Z-U-S-A-M-M-E-N … »Was können die mir denn anbieten, hm? Sie lassen mich nie hier raus, das weißt du. Sie werden an meinem Hirn herumfummeln und Proben entnehmen und mich piesacken, um herauszufinden, wie ich ticke. Gleich am ersten Tag haben sie damit angefangen.« F-Ü-R I-M-M-E-R. »Sie analysieren alles – meinen Urin, meine Scheiße, sie nehmen jeden Tag Blutproben, Gewebeproben nach Lust und Laune. Ich habe über hundert Lumbalpunktionen über mich ergehen lassen, Jamie – und ich spüre Schmerzen genauso wie du. Hattest du schon mal eine Lumbalpunktion, Jamie? Ja?«

Ich antwortete nicht – ich konnte nicht. Die Verachtung in ihrer Stimme war wie eine schallende Ohrfeige, und ich wollte sie umarmen und sie hochheben und ihr sagen, dass alles in Ordnung war und ich ihr helfen würde und sie liebte. Aber auf dem Bord kommunizierte immer noch ihre rechte Hand mit mir.

»Die haben Leberbiopsien gemacht und Stücke von meiner Niere entnommen.« H-I-L-F-S-T … »Demnächst kratzen sie an meinen Drüsen und dann werden sie Gewebeproben vom Hirn haben wollen.« D-U … »Sie nehmen mich Stück für Stück auseinander, um herauszufinden, wie ich ticke.« M-I-R? »Es wird ein Tod auf Raten, tausendfach und scheibchenweise, Jamie.«

»Ich dachte, du kannst nicht sterben«, sagte ich. K-L-A-R.

»Nicht auf die Art, wie du stirbst, nein. Meine Zellen leben ewig, aber das nützt mir gar nichts, wenn sie über ein Dutzend Labore verteilt sind, nicht wahr?« I-C-H L-I-E-B-E … »Ich meine, das gibt dem Song ›*I left my heart in San Francisco*‹ ja eine ganz neue Bedeutung, oder?« D-I-C-H.

»Es tut mir leid«, sagte ich lahm.

»Es tut dir leid!«, höhnte sie und stand auf. »Dir tut verdammt noch mal gar nichts leid, Jamie. Du bist hier, um ihnen zu helfen. Um mich in Stücke zu reißen, genau wie sie das mit mir machen. Okay, du machst das nicht mit Skalpell oder Reagenzglas, aber du bist genauso ein Metzger wie sie. Du bist einfach zum Kotzen.«

Hinter ihr öffnete sich die Tür und zwei Wächter kamen herein. Einer trug mein Notebook, der andere hatte ein Sturmgewehr im Anschlag, die Finger am Abzug. Der Mann mit dem Computer trug diesen in die Kabine am anderen Ende des Raums und stellte ihn auf die Ablage vor der Glasscheibe. Er hielt ein wachsames Auge auf Terry, während er das Notebook aufklappte und den Schalter auf der Rückseite betätigte, der es hochfahren ließ und das Programm automatisch startete.

»Du erwartest von mir, eines von deinen kranken kleinen Computerprogrammen zu durchlaufen, ja, Jamie?«, kreischte sie ins Telefon. Die beiden Wächter wichen zurück und verschwanden durch die Tür. Sie schloss sich geräuschlos hinter ihnen.

»Beruhige dich, Terry«, sagte ich. W-A-N-N … »Sie haben mir gesagt, wenn du kooperierst, lassen sie dich deine Freunde sehen.« K-O-M-M-E-N S-I-E? Das stimmte nicht, sie hatten mir gesagt, man würde sie nie wieder zu ihren Artgenossen lassen. Sie würde das ebenfalls wissen, andererseits aber auch, dass sie sich mehr Zeit erkaufte, wenn sie das Programm mit mir durchging.

»Das haben sie gesagt?«, fragte sie stirnrunzelnd. B-A-L-D.

»Wenn du kooperativ bist«, sagte ich. »Diese Forschung ist wichtig, Terry.«

Sie sah mich durch das kugelsichere Glas an und ich versuchte in ihren kohlschwarzen Augen zu lesen. Sie lächelte und strich sich eine Strähne aus dem Gesicht. »Okay, Jamie, ich machs.« Sie legte den Hörer hin und schlurfte zum Computer. Sie sah auf die Tastatur, ihr Haar fiel ihr wie ein Schleier über das Gesicht, und tippte mit einem Finger. Ich ging die Reihe der Kabinen entlang, bis ich ihr gegenüberstand, aber sie sah nicht auf, während sie tippte. Dabei fuhr sie aber mit der Zeichensprache fort, kleine Handbewegungen, die sie mit ihrem Körper abschirmte. S-A-G I-H-N-E N, H-I-E-R I-S-T N-E-R-V-E-N-G-A-S, B-R-A-U-C-H-E-N M-A-S-K-E-N. A-U-C-H T-R-A-N-S-P-O-N-D-E-R I-N D-E-N H-A-L-S I-M-P-L-A-N-T-I-E-R-T. M-Ü-S-S-E-N R-A-U-S.

Als sie fertig war, trat sie vom Computer zurück. Sie nahm den Telefonhörer auf und ich tat es ihr gleich. »Bitte sehr, Jamie. Hoffentlich halten sie sich an ihren Teil der Abmachung.«

»Das hoffe ich auch«, sagte ich. Dann gebärdete ich behutsam. M-A-C-H E-S G-U-T.

Sie lächelte. Die Tür öffnete sich hinter ihr und zwei weitere Wächter erschienen. »Sieht so aus, als ob die Zeit um ist«, sagte sie. Sie legte den Hörer auf und kehrte mir den Rücken zu, während die beiden Wärter sie in die Mitte nahmen. Ein dritter Wärter schaltete das Notebook aus und hob es auf. Terry schaute sich nicht mehr um, als sie die stählerne Gruft verließ. Ich merkte, dass ich noch immer den Hörer in der Hand hielt und ihn so fest umklammerte, dass meine Knöchel weiß waren und sich die Sehnen unter der Haut spannten.

Das war das letzte Mal, dass ich sie sah. Ich wurde zurück ins Erdgeschoss begleitet, ein Mann im weißen Kittel gab mir wieder eine Spritze, und als ich aufwachte, war ich zu Hause. Das Notebook stand auf dem Schreibtisch. Das war heute Nachmittag. Rund eine Stunde fühlte ich mich schwer angeschlagen und dann ließ ich ihre Antworten durch die neueste Version des Programms laufen. Als ich die Ergebnisse überflogen hatte, nahm ich den Wagen und fuhr zur Bank, öffnete das Schließfach und holte die braune Aktenmappe heraus. Es waren nicht so sehr die Notizen zum Fall, die ich suchte, sondern das Bild. Ich wollte ihr Bild auf dem Schreibtisch haben, während ich wartete. Auf dem Heimweg sah ich ständig in den Rückspiegel, aber offenbar folgte mir niemand. Jedenfalls war da kein roter Kleinlaster, aber er würde wohl auch nicht zehn Jahre lang dasselbe Fahrzeug benutzen, oder?

Das wärs dann also. Jetzt warte ich einfach ab. Ich sitze hier an meinem Schreibtisch und warte, dass sie mich holen. Dauert sicher nicht lange. Die Frage ist nur, wer mich zuerst erwischt. Terrys Freund, der mich offensichtlich zehn Jahre lang observiert und gewartet hat, dass ich sie besuche, oder die Männer in den Anzügen. Und was geschieht, wenn sie mich schnappen?

Mit zittrigen Händen schenke ich mir einen Drink ein und setze das Glas an den Mund. Ein bisschen läuft mir am Kinn herab, aber das meiste kann ich doch runterschlucken. Als ich das Glas abstellen will, blitzt es, und ich lasse es beinahe fallen. Meine Nerven liegen blank.

Vertraue ich ihr, das ist die Frage. Kann ich ihr vertrauen? Oder glaube ich den Männern in den Anzügen? Wenn sie die Wahrheit gesagt hat, dann muss ich ihrem Freund nur sagen, wo sie ist, und abwarten, dass sie ihr beim Ausbruch helfen. Aber wie lange würde das dauern? Marion ist der Superknast.

Man kann sich ihm nicht ungesehen auf zehn Meilen nähern. Es gibt weniger als vierhundert Gefangene und Tausende von Wärtern, und selbst innerhalb des doppelten Sicherheitszauns und seinen Rollen von rasiermesserscharfem Stacheldraht kann man sich nicht mehr als ein paar Meter bewegen, ohne durch ein Stahltor oder an einer Kamera vorbeizugehen.

Aus Marion gelingt nur äußerst selten ein Ausbruch. Es ist zudem nicht bloß ein Ort, um gewalttätige Verbrecher festzuhalten. Die Regierung hat dort eine besondere Einheit installiert – sieben Zellen, in denen sie Spione mit derart geheimen Informationen unter Verschluss halten, dass man ihnen den Kontakt mit anderen Insassen nicht gestatten kann. Niemals. Und Terry hat mir gesagt, dass sie und drei andere wie sie achtzehn Ebenen unter der Erde festgehalten werden. Wie in Gottes Namen gedachte sie da zu entkommen? Mit Geduld und Spucke könnte sie vielleicht mehr von ihren Artgenossen ins Gefängnissystem einschleusen, per Marsch durch die Institutionen bis ins Marion Prison. Doch es würde Jahre dauern, vermutlich sogar Jahrzehnte, einen gefälschten beruflichen Werdegang zu basteln, samt Referenzen und jahrelanger Arbeit in anderen Gefängnissen. Ich könnte tot sein, bevor sie auch nur annähernd dazu kämen, sie herauszuholen. Vielleicht planen sie auch, sich an einen der Wärter heranzumachen, ihn zu erpressen oder seine Familie zu entführen. Aber ich weiß, dass die Wächter dort handverlesen sind und in regelmäßigen Abständen praktisch auf Herz und Nieren geprüft werden. Es wäre so schwierig, dass es buchstäblich unmöglich ist. Und was soll ich tun, während sie ihren Fluchtplan aushecken? Soll ich warten und Tag für Tag älter werden? Greig

Turners Schildkrötengesicht blitzt vor meinem geistigen Auge auf. Wie lange soll ich ihrer Meinung nach warten? Trauen sie mir überhaupt? Wäre es nicht besser für sie, mich zu töten, damit sie jede Menge Zeit haben?

Die Fragen quälen mich und ich trinke noch einen Whiskey. Die Lampe auf dem Schreibtisch flackert, und ein Donnergrollen rüttelt an den Fenstern, als ich die kleine Flasche mit den Kapseln nehme und die Versieglung abreiße. Es knackt leise. Ich drücke den Deckel und schraube ihn gleichzeitig auf.

Hat sie gelogen, als sie gesagt hat, dass ich für immer mit ihr zusammen sein will? Die Männer in den Anzügen sagten, es sei nicht möglich, das Phänomen sei erblich bedingt und nicht übertragbar; dass der Kuss eines Vampirs ein Todeskuss war und nicht der Anfang vom ewigen Leben. Wenn sie gelogen hat, wird mich ihr Freund mit Sicherheit töten. Ich lege den Plastikverschluss auf den Schreibtisch und schütte die roten und grünen Kapseln heraus. Sie liegen in einem unordentlichen Haufen neben der Whiskeyflasche, rot und grün, rot und grun.

Irgendwann spulen sie dann die Aufnahmen zurück, die Männer in den Anzügen. Sie werden dasitzen und sich das Gespräch anhören, das ich mit Terry geführt habe, und sie werden es immer wieder abspielen und sich wundern, dass ich manchmal stottere und manchmal einen verwirrten Eindruck mache, und sie werden sich die Videoaufzeichnung von den versteckten Kameras in den Lüftungsgittern ansehen. Ich glaube nicht, dass sie viel sehen werden, sonst hätten sie es schon bei meinem Besuch bemerkt. In dem Fall hätten sie mich nie wieder gehen lassen. Aber falls sie argwöhnen, dass etwas nicht stimmt, dann erkennen sie vielleicht die Armbewegungen und vielleicht, ganz vielleicht, werden sie sich dann alles zusammenreimen. Falls ja, werden sie zu mir kommen, um herauszufinden, was sie mir erzählt hat. Sie werden alles in ihrer Macht Stehende tun, um mich zu zwingen, es ihnen zu sagen. Und falls sie glauben, dass ich ihr zu helfen versucht habe, werden sie mich töten, da bin ich mir ganz sicher. Sie töten mich und verlegen Terry und ihre Artgenossen an einen anderen sicheren Ort. Dieses Mal bekommt sie dann von niemandem Besuch, oder vielleicht benutzen sie mich auch als Lockvogel, um durch mich ihre Freunde zu fangen. Terry würde dann annehmen, dass ich sie verraten habe.

Ich hebe eine Kapsel auf und schlucke sie. Sie schmeckt nach nichts. Ich spüle mit einem Mund voll Whiskey nach.

In den letzten zehn Jahren hatte ich viel Zeit zum Nachdenken. Ich bin ziemlich sicher, dass ich jetzt weiß, was gelaufen ist. Terry und ihre Freunde haben jemanden wie mich gesucht, jemanden, über den sie herausfinden konnten, wo man ihre Artgenossen festhält. Sie hatten jahrtausendelange Erfahrung im Verwischen ihrer Spuren, aber dennoch bin ich innerhalb weniger Tage dahintergekommen, wer und was sie sind. Das wäre schlicht nicht möglich gewesen, wenn sie das nicht gewollt hätten. Es war von Anfang an inszeniert: das Foto von Greig Turner, der Porsche, die Kontoauszüge. Alle Hinweise deuteten in dieselbe Richtung, sie führten mich in den Keller, wo sie schon auf mich wartete. Und die ganze Zeit, nie ganz weit weg, der Redneck im Kleinlaster, der zugesehen und gewartet hat, während sie mir die Indizien enthüllte.

Sie hat sich mit Blumenthals Leichnam erwischen lassen und

sich absichtlich mit seinem Blut beschmiert. Sie zeigte mir, wie stark sie war, wie gebildet, wie fähig, und schließlich zeigte sie mir alles, weil sie wusste, dass man ihr auf die Schliche gekommen war und die Männer von der Regierung zu ihr kommen würden. Und sie wusste, dass ich mich in sie verlieben würde, dass ich Himmel und Hölle in Bewegung setzen würde, um mit ihr zusammen zu sein, und dass ich sie schließlich besuchen durfte. Sie brauchten nur abzuwarten und zuzusehen. Es war nur eine Frage der Zeit. Und davon haben sie ja reichlich.

Was habe ich also für eine Wahl? Terrys Freund tötet mich, die Männer in den Anzügen töten mich, oder keiner tötet mich und ich verbringe den Rest meines Lebens damit, auf sie zu warten, und werde jeden Tag älter. Die Altersflecke auf meinen Handrücken werden größer. Meine Haut ist runzeliger und nicht mehr so geschmeidig wie früher. Meine noch nicht überkronten Zähne beginnen sich gelb zu verfärben. Nicht stark, Sie würden es sicher nicht bemerken, wenn ich Sie anlächeln würde, aber ich kann die Veränderungen sehen. Ich werde älter, und sie bleibt, wie sie ist. Das kann ich nicht ertragen.

Ich nehme noch eine Kapsel und einen großen Schluck Whiskey.

Über die Wand vor dem Schreibtisch zuckt ein greller weißer Blitz und der Himmel reißt wieder auf. Von irgendwo im Haus höre ich ein Geräusch, ein Stuhlrücken.

Ich liebe sie so sehr, ich will sie nicht verraten und ich will nicht alt werden und nicht mit ihr zusammen sein. Ich will nicht verlassen werden. Ich will nicht alt und einsam sein. Ich habe zehn Jahre gewartet, um sie zu besuchen, und jetzt, nachdem ich sie gesehen habe, weiß ich, dass sie mich angelogen hat. In ihren schwarzen Augen konnte ich das nicht lesen, so tief ich auch in sie hineinsah. Dort las ich nichts als Liebe und das Versprechen, dass wir für immer zusammen sein würden. Ich wollte ihren Augen Glauben schenken, aber ich wusste, dass mein Gefühl rein subjektiv war und ich nur einer einzigen Sache wahrhaft glauben konnte, dem Beaverbrook-Programm, und das war unmissverständlich. Terry war zur Liebe vollkommen unfähig – das hatte das Programm festgestellt. Die Fragen, mit denen ich das psychologische Profiling-Programm gefüttert hatte, erschienen ganz harmlos, aber im Zusammenhang mit den Reaktionszeiten und dem Tastendruck verrieten sie mir, was den Augen entgangen war. Sie benutzte mich, und ihre Behauptung, dass wir zusammen sein würden, war eine Lüge. Sie liebte mich auf gewisse Weise schon, dessen bin ich mir sicher, doch ihre Loyalität gegenüber ihrer eigenen Art und ihr eigenes Überleben hatten Vorrang. Es gab keine Möglichkeit für mich, für immer mit ihr zusammen zu sein. Ich würde sterben und sie weiterleben, so wie Sugar gesagt hatte.

Die Kapseln schmecken immer noch nach nichts, selbst wenn ich mehrere auf einmal schlucke. Wer mich wohl zuerst kriegt? Die Vampire? Die Männer in den Anzügen? Oder die Kapseln?

ENDE